# 火の姫

## 茶々と信長

秋山香乃

Akiyama Kano

文芸社文庫

# 目次

岐阜城
大垣
関ケ原
柏原
清洲城
千草

本書関係図
北之庄城
一乗谷
若狭湾
木の芽峠
金ケ崎城
敦賀
佐柿
柳ヶ瀬
行市山
余呉湖
大岩山
賤ケ嶽
木之本
小谷
熊川
虎後前山
国
琵琶湖
姉川
長浜
朽木
佐和山城
比良山地
愛知川
大原
安土城
観音寺城
比叡山
箕作城
守山
京都

# 第一章　野望と反逆

## 一

　外ではしきりと鶯《うぐいす》が春を告げている。永禄十一（一五六八）年。新春の祝賀の行事も終え、ようやく静けさを取り戻した濃州岐阜城の一室で、脇息《きょうそく》にもたれて鏡を覗《のぞ》いた於市《おいち》は、小さく溜息《ためいき》を吐《つ》いた。

「まあ、もうすぐ嫁《とつ》ごうかという姫様が溜息など」

　火桶《ひおけ》に炭をついでいた侍女の於竹《おたけ》が、ほほと笑う。於市は兄織田尾張守《おだおわりのかみ》信長《のぶなが》の命で、江北《ごうほく》の領主浅井《あざい》長政《ながまさ》のもとに嫁ぐことが決まっているのだ。

「されど歳《とし》が」

　於市はこの年二十二歳、初婚にしてはあまりに遅い。女としては年増《としま》と呼ばれる齢《よわい》である。

「まあ、姫様は御自身の美しさを御存知ないのですか。天女か菩薩《ぼさつ》かと一目でもお姿を見たものは申しておりますのに。なんの引け目を覚えることがございましょう」

「でも、一度は断られた身」

それは、今から四年前のことだ。信長がまだ美濃《みの》を平定する以前の話である。桶狭間《おけはざま》の戦いで海道一の弓取りと称された今川義元の大軍を寡兵《かへい》で破った信長が、本格的な美濃攻略に取りかかっている最中《さなか》のことであった。

当時の美濃は斎藤家の版図《はんと》である。

信長は、背後の脅威を除くため、まずは岡崎の松平元康、後の徳川家康と同盟を結んだ。娘の五徳《ごとく》と元康の嫡子竹千代（後の信康）を婚約させたのもこのころだ。

幾度か干戈《かんか》を交え、思った以上に美濃が手強《てごわ》いことを実感した信長は、江北の長政にも攻守同盟を申し入れた。浅井の版図は、信長の版図尾張とは、ちょうど美濃を挟む場所に位置している。信長は、今度は腹違いの妹於市を長政と娶《めあわ》せようとしたのだ。

於市は、信長秘蔵の妹と言われる姫である。美麗な容姿は天下に鳴り響き、信長の慈しみようは尋常ではない。

その最愛の妹姫を差し出すとまで言い、さらに信長が提示した同盟の条件も、卑屈なまでに浅井家に都合のよいものだった。

〝上洛《じようらく》した暁は、天下の仕置きは両人で執り行う。

美濃が欲しければやる。

浅井と古くから同盟関係にある越前朝倉を、浅井の許しなく織田が攻めたりはしない。

　必要ならば誓紙《せいし》をいれよう〟

　というものだ。

　だが、浅井から色よい返事はなされなかった。攻守同盟はともかく、縁談に関しては「必要なし」という回答だ。長政の代になってから浅井は快勝を続けている。新興勢力の織田と手を結ばずとも、俺は十分やっていける、という長政の自信がその返答から窺《うかが》えた。

「これほどの美貌の姫様を。一目でも御姿をご覧なされていれば、果たして同じ答えが出せたでしょうや」

　と侍女たちは囁《ささや》き合ったものだ。

　ちくり、と於市の胸は疼《うず》いた。自分が疎《うと》まれたわけではない。ましてや見も知らぬ長政に未練などない。それでも、断られたという事実が、於市の自尊心を傷つけた。

　それが今になって縁談の話が再燃したのは、織田と浅井両家の利害が一致したからだ。美濃を平定した織田の勢いに、領土が隣接するようになった浅井は脅威を感じている。「天下布武《てんかふぶ》」を宣言し、上洛を狙う織田も浅井の案内で近江《おうみ》をすみやかに通過したい。

「まあまあ、そのようなことを気になされていたのでございますか。あのときは姫様が断られたわけではございませんよ」

と於竹が慰《なぐさ》めてくれた直後、

「市、市。市はおるか」

ふいに甲高《かんだか》い男の声と共に荒々しい足音が聞こえ、於市はハッと上体を起こした。於竹の顔にも緊張が走る。派手な音をたてて襖《ふすま》が開いた。まるで野分《のわき》のような激しさで一人の男が入ってくる。

「市」

男は、於市の眼前で仁王立ちになった。

うりざね顔の中心をとおった鼻筋と薄い唇の形は於市そのものだ。が、一重に切れ上がった目には異様な光を潜めている。上背はあるが、これが尾張と美濃を征した武将かと疑いたくなるほど細い体躯《たいく》だ。華奢《きやしや》というのとは違う。鍛え上げられた筋肉が、一分の隙《すき》もなく張り詰めている。

この男が、於市の兄、信長である。

信長は於竹をぎろりと睨《にら》むと、

「下がれ」

鋭く命じる。於竹は弾《はじ》かれたように返事をし、脱兎《だつと》のごとく去っていった。

「見せよ」

一人残った於市に言葉短く信長が命じる。

家臣や身内に向けられる信長の発声は常に短い。なにを言わんとしているのか、これで理解できねば、その者の居場所は信長の周囲から消えることになる。いや、家臣なら、言葉が発せられる前に、信長の意向を汲《く》み取らねば、その者は無能者として憎悪の対象となりかねない。だから、織田家臣団は常に他家では考えられないほど、緊張をはらんでいる。

於市は身内の中では噂《うわさ》どおり格別に愛されていたが、それは容姿がとくに優れていたせいばかりではない。頭の回転が速過ぎて言葉による表現が追いつかない信長の意趣を、汲み取る能力に長《た》けていたことも大きいのだ。

このときの「見せよ」は、もうすぐ他国へ嫁ぐ妹に、よく顔を見せておけという意味だ。

於市は、信長とは逆の優しげに潤む瞳《ひとみ》を精一杯見開き、あと数日で離れて暮らすことになる兄を見つめた。この男を正視することは、於市のような寵《ちょう》の深い身内であっても、ひどく気力を要することである。感情が高ぶると赤みがかった光を放つ信長の瞳は、平素は冷え冷えとして底なしに暗く、於市の躰《からだ》は小さく震えた。

この怯《おび》えも、信長が於市を愛する理由の一つであった。どんなに信長が親しく接しても、その寵《ちょう》に胡坐《あぐら》をかくのは危険である。畏敬《いけい》の念を瞬時たりとも忘れた者には、あとで手ひどい報復が待つ。

信長は、しゃがんで於市の顎《あご》を持ち上げた。細く長くしかも白い指であったが、節は太く皮膚も硬《かた》く、紛《まぎ》れもなく歴戦を潜《くぐ》りぬけてきた男の指である。この指で幾人もの兵《つわもの》たちを血祭りに上げてきたのだ。

「血のつながりがなければ我がものにしたものを」

信長の呟《つぶや》きに、於市の肩がぴくりと揺らぐ。本能で身を引こうとした瞬間、信長の手に躰ごと捉《とら》えられ、

「あっ」

叫んだときは、組み敷かれていた。青みがかった豊かな黒髪が、乱れて床に散らばる。

「お戯《たわむ》れは……」

於市はそこで口をつぐむ。信長の目に、赤い光が宿っている。

信長は親指の腹で於市の薄い唇をなぞった。

「備前めが果報者よ」

この部屋に入って初めての笑みを信長は浮かべ、突き放すようなそっけなさで於市の躰から下りた。

「市」

「は、はい」

「筆まめにな」

手紙を書けと言うのだが、もちろん消息を知らせるのではなく、間者《かんじゃ》の役目を果たせとの念押しだ。この時代、大名家の女が嫁ぐ場合、少なからずそういう側面を持っている。

「備前めに溺《おぼ》れるなよ」

於市は無言で懸命にうなずいた。

信長はそれで満足したのか、あとは来たときと同じ勢いで去っていく。来たときも去るときも、これといった挨拶《あいさつ》はない。

独《ひと》り残された於市はしばらく瞬《まばた》きさえも控え、じっとしていた。

（熱い）

違和感を覚えて腕を見ると、白い於市の絹肌に信長の指の痕《あと》がくっきりと残っている。於市はそっと撫《な》でた。

「浅井備前守……」

夫となる男の名を於市の唇が辿《たど》る。

美濃が織田の手に落ちるまで、信長の威光を見抜けなかった平凡な男、という印象を於市はその名に対して抱いている。

そういう男に嫁ぐのもいいかもしれないと思った。平穏は兄の傍《そば》では無縁である。どうせ乱世でいつ果てるとも知れぬ身だ。ことに女は、男任せの人生になる。だからこそ於市は、短いひとときだけでも仕合せになりたかった。

浅井備前守長政は、江北の浅井郡小谷《おだに》城の大広間で先刻岐阜から到着した於市の支度が済むのを待ちながら、鬱々《うつうつ》として楽しまない。

織田との同盟が、どうにもしっくり心に馴染《なじ》まないのだ。

於市は長政のことを平凡と評したが、とんでもない。長政の初陣は、今から八年前の永禄三年、ちょうど信長が桶狭間で今川義元を破った年のことだ。長政、十六歳の春。初陣にして全軍の将という唐突さである。長政は、六尺を超えるがっぷりとした巨躯《きょく》を先頭に躍らせ、自らおよそ一万の軍勢を率いて二万の敵勢を破り、大勝を飾った。

敵は江南の大名、六角義賢《ろっかくよしかた》(承禎《しょうてい》)だった。浅井にとって佐々木六角氏は、二代前の亮政《すけまさ》の時代から相争う宿敵だ。

宿敵、といっても浅井と六角では格と規模がまるで違う。近江の地は治承・寿永年間に起こった乱以降、守護大名佐々木氏が統治していた土地である。その佐々木氏が六角氏と京極《きょうごく》氏に分かれて江州の南と北をそれぞれ六郡ずつ支配した。

それにくらべて浅井氏は、元々は江北の守護大名京極氏の被官人に過ぎない。それが戦国の気風の中で主家の内訌《ないこう》に乗じ、亮政の代に国人一揆《いっき》を繰り返し、小谷城と江北の三郡を領するに至った新興勢力である。

亮政とその子、つまりは長政の父久政の二代にわたり、同盟軍、越前朝倉氏に助けられながら六角氏の領土へ南進を図るが、その都度蹴《け》散《ち》らされてきた。

戦いに疲れた久政は亮政の死後、六角氏との同盟を画策し、六角義賢の重臣平井加賀守の娘と浅井家嫡子猿夜叉《さるやしゃ》の縁談を押し進めた。名も義賢の一字を貰《もら》い、猿夜叉に浅井新九郎賢政《かたまさ》を名乗らせた。のちの長政である。

長政はそこまでは承知したが、こちらから江南の舅《しゅうと》のもとへ出向き、親子の盃《さかずき》を交わすよう久政に命じられたとき、彼の中でなにかが切れた。

（卑屈すぎる）

弱肉強食の戦国の世で、見くびられればやがては食われる。

長政は、久政の承諾を得ぬまま、決然とした態度で貰った娘を江南の地へ送り返した。賢政の名乗りも捨てた。「武運長久」の意味をこめ、長政と改めた。事実上の六角氏への宣戦布告である。このとき、長政の年齢はわずかに十五歳であった。

浅井を守る重臣たちは、この一連の事件の中で、自らの当主を久政から長政へと乗り換えた。久政は隠居へ追いやられ、若き当主、浅井備前守長政が誕生したのである。

長政は翌年の春には家臣団をまとめ、父の代で六角氏に奪われた太尾城を急襲し、奪取した。六角は美濃の斎藤と組んで浅井の背後を突かせたが、長政はそれをも退けた。浅井の若き獅子《しし》の名は、瞬く間に近隣へと鳴り響いた。旗下へ参じる者は後を絶たず、先代のときに離反した者も、再び浅井の旗に跪《ひざまず》いた。

長政の兵力は膨れ上がり、版図も拡張していった。

六角氏との争いも長政に代替わりしてから敵の内訌を巧みに利用し、ようよう追い詰めるところまできた。祖父亮政の代からの宿願、近江平定が眼前に見えてきたのである。

出発が小身であればこそ、江南攻略に十年もの間てこずったが、〝信長、なにほどのもの〟という気概と自信が長政にはある。

(せめて近江平定のあとであれば)

尾張、美濃を手中にした信長と、江北のみの長政では、同盟といえどもすでに同等の関係では有り得ない。信長は、長政が十年かけて広げていった領土を楽々と通過し、将軍を擁して京へ上るつもりでいる。

(いま少し早く生まれていれば)

長政はぎりぎりと切歯した。

「殿、ご婚礼でございますぞ。そのように苦虫を噛《か》み潰《つぶ》した顔をなされては」

浅井の知恵袋として苦楽を共にしてきた宿老遠藤喜右衛門尉直経《きえもんのじようなおつね》がにじり寄ってきてたしなめる。その顔は、しかし嬉々《きき》としている。家臣らも今度の婚礼を仕方なしと認めているものの、手放しで喜ぶ者など一人もいない。

だからこそ長政の憤怒が逆に頼もしい。

「織田尾張守殿のご息女、ご来場にあらせられます」

取次ぎが声を上げた。

於市は信長の妹だが、娘同等として嫁いできている。

やがて、好奇と敵意のないまぜになった男たちの群の中に、一人の女が現れた。

とたんに、どよめきが起こる。長政は、知らず立ち上がっていた。

女は臆《おく》することなく洗練された仕草で長政の前へ歩み出る。艶然《えんぜん》と唇にほのかな笑みを湛《たた》え、

「織田尾張守が娘にございます」

作法どおりの所作で挨拶《あいさつ》の口上を述べた。高過ぎず、低過ぎず、張りのあるいい声だ。

その場にいた誰もが、女の気品と度胸と美貌に圧倒された。

「……於市か」

「市にございます」

「わしが浅井備前守だ。以後、よしなに頼む」

長政は自ら手を差し伸べ、於市を傍らへと導いた。二度目のどよめきが、場内に起こった。

長政はこのとき、迂闊《うかつ》にも於市に恋に落ちていた。

二

長政が、義兄《あに》となった信長に初めて対面したのは、於市が嫁いだ年の八月八日。浅井の版図佐和山《さわやま》城へ信長が出向く形で実現された。

信長側からの申し出である。

生存するただ一人の将軍家直系足利義昭の求めに応じ、六月に岐阜へ招いた信長は、九月には義昭を奉戴《ほうたい》して上洛を開始するつもりでいる。おのが手で、義昭を十五代将軍に就けるためだ。

足利将軍家は、畿内《きない》に勢力を馳《は》せた三好長慶《みよしながよし》の叛乱《はんらん》のせいで衰退の一途を辿《たど》っていた。

十二代将軍と十三代将軍はこのため何度か都を追われなければならなかったほどだ。

そして四年前の永禄七年に長慶が没した翌年、三好家の家宰《かさい》松永久秀の手にかかり、義昭の兄十三代将軍義輝は殺害されてしまったのだ。

義昭も殺される寸前であった。が、間一髪で久秀の手から脱出した。その後、放浪の人生を余儀なくされている。

十四代将軍には、三好三人衆と呼ばれる三好政康、三好長逸《ながゆき》、岩成友通《ともみち》らが担ぐ義昭の従弟義栄《よしひで》が就任した。

だが義昭は、その現実に甘んじるには執念が深すぎた。兄義輝亡き今、将軍職を継ぐべき人物は直系の自分であると信じ、新公方《くぼう》を名乗りながら各地の有力大名を転々と頼って回った。

佐々木六角、若狭《わかさ》武田、上杉、朝倉。

しかし、三好勢を蹴散らすのは容易ではない。誰も上洛には及ばず歳月だけがいたずらに流れ、絶望しかけたそのとき、一人の男の名が浮上した。

織田信長である。

信長は義昭という正統を戴《いただ》くことで自らの上洛に正義を得、それらを阻《はば》むであろう畿内勢力への挙兵に大義でもって当たろうとした。上洛するためには美濃に隣接した浅井氏と、その南方にある六角氏の版図を通過せねばならないため、協力を仰ぎに佐和山城まで自ら足を運ぶと言い出したのだ。

すでに同盟を結んでいる浅井が、信長の江北通過を許し、江南の六角氏が抵抗を見せれば織田軍団に手を貸すのは当然のことである。だのに、使者ではなく信長当人がわざわざ足を運ぶと聞いて浅井側は騒然となった。

「自らの目で、我が浅井の胆《きも》を見抜くつもりでしょうな」

重臣安養寺経世の言葉に、長政もうなずく。

「疑《うたぐ》り深い性格のようだ。よい。納得ゆくまで探ってもらおうぞ」

長政は会見の場となる佐和山城へ出向く前、小谷の方と呼ばれるようになった於市の局《つぼね》に寄った。局は、小谷城の麓《ふもと》にある清水谷の〝御屋敷〟の中にある。

訪ねたとき於市は、三歳になる長政の長子万福丸を膝に抱き、あやしている最中であった。突然の夫の訪問に居住まいを正そうとする於市を制し、長政は微笑する。

真横に座り、自分とよく似た色白のもちもちした肌の万福丸の頬《ほお》をつついた。於市も真似をして、反対側の頬をつつく。万福丸が柔らかい声をたてて笑う。

万福丸は於市の子ではない。側室の産んだ子だが、その母もすでになく不憫《ふびん》に思っていたところを、まるで当然のように於市は手元に引きとり、我が子として育ててくれている。

「御台《みだい》様は天女のごときお人や」

城中の者にも家臣らにも、今ではすっかり美貌ではなく気性を愛されている於市であった。さらに、すぐに懐妊したことも浅井家に早く受け入れられた理由の一つである。これが男児なら言うことはない。

こういう事情ゆえ、長政も心置きなく織田の女である於市を慈《いつく》しむことができる。於市も一筋に自分を慕《した》ってくれる。

長政は侍女に命じて万福丸を下がらせ、於市と二人きりになった。

「今から尾張殿にお会いするが、兄上になにか伝えることはないか」

信長への伝言を引き受けようと言うと、於市は小首を傾《かし》げてしばし考える素振りを見せる。話し出す前に自分の思いつきにくすりと笑うのは於市の癖《くせ》だ。このときも笑った。

「そうでございますね。市は小谷に参ってから初めて仕合せというものを噛《か》み締めておりますと、少し惚《のろ》けて差し上げてはいかがでございましょう」

「いや、それはさすがに」

長政は言いよどんだ。

「ほんの冗談《じょうだん》でございます。懐かしがっていたとお伝え下さい」

「うむ、そうしよう。それがいい。できれば再会させてやりたいが、こればかりはしかと約束できぬ。ただ、いつ呼び出されてもよいように、化粧はしておけよ」

「はい」

うなずく於市の濃い睫毛《まつげ》の下の瞳がわずかに潤むのを長政は目ざとく見つける。

「兄者殿にそれほど会いたいか」

「いいえ。殿の労《いたわ》りが染みたのでございます」

長政は咳《せき》払いをして頬をかいた。あまりに於市がいとおしく、このまま押し倒してしまいたい気持ちを鎮めるために話題を変える。

「於市、兄君はいったいどのようなお人であろう」

「一言で表すなら、天才……でございましょうか」

「ほう」

「さらに忍耐の人でもございます」

「それは、どこか意外な」

「勝つまではいかなる屈辱も飲めるお方でございますゆえ」

「目的のためには手段を選ばぬということか」

「言葉も顔色もあまり参考になさいますな」

「では、尾張殿は最後はなにを目指しておられる」

天下人《てんかびと》――わかりきった答えだが、長政はあえて於市に聞いてみた。だが、於市は別の答えを口にした。

「神」

一瞬、長政は言葉を失う。ぞくりと背筋に寒気《さむけ》が走った。その分、派手に笑い飛ばす。於市もほほ、と一緒になって笑っている。それでまた、いつもの冗談なのだろうと合点した。

「ちと、そこもとはふざけすぎる性質《たち》のようだな」

「ごめんなされてくださりませ」

「許す」

長政は於市を引き寄せ口付けてから、立ち上がった。

（神だと）

機嫌よく出ていく振りを装ったが、局を出た長政は、知らずに滲《にじ》んだ汗を拭《ぬぐ》った。

（これが信長なのか）

長政は信長到着の刻限にあわせて一門家老衆を引き連れ、自ら佐和山城より美濃方面磨針峠《すりばりとうげ》まで出迎えた。

野辺に咲いた女郎花《おみなえし》にかかる朝露が、木々の葉を色とりどりに映し出し、七色の光を放っている。峠から遠方を望めば水色に煌《きら》めく琵琶《びわ》湖が見えるが、そこから吹きあがってくる風も、生温かさが影をひそめ、ずいぶん優しくなっていた。

（秋だな）

と長政が思ううちに、信長が馬廻り衆二百数十騎に守られながら、颯爽《さっそう》とした歩みで浅井領へと乗り込んできた。その姿を一目見て、長政はわずかに動揺したのだ。あまりに想像していた信長像と違っていたからだ。

海道一の弓取りと言われた今川義元を電光石火の奇襲で破り、武力による天下統一、すなわち「天下布武」を宣言し、越前朝倉が成し得なかった新公方を奉じての上洛に着手した男、というからには荒々しい武者を想像していた。若いころは〝うつけ者〟と呼ばれ、とんだ乱暴者でとおっていたとも聞いている。それが、目前に信長と名乗って現れた男のなんと貴公子然としていることか。

顔は於市に似て、色白で整っている。武将としては整い過ぎているという印象だ。細身だが鍛え上げられた肉体は華奢《きゃしゃ》ではない。ただ、どっしりとした長政の躰の半分ほどの太さしかないのではなかろうか。

だが、全身からは見るものを圧倒する一種異様な気が立ち上っている。

(この男を敵に回してはならない)

冷酷な光を宿す目を見ながら、長政は織田との同盟が間違っていなかったことを確信した。

信長を招いた佐和山城は、中仙道と北国街道が交わる交通の要所に築いた城である。この地は江南と美濃、いずれの方面から攻め入られても最前線となる。そのため、長政は佐和山城を浅井一の猛将磯野《いその》丹波守員昌《かずまさ》に守らせていた。

　この日、信長は初めから機嫌が良かった。浅井側が驚くほどの土産品《みやげ》を持参し、長政には名刀一文字宗吉《むねよし》、槍《やり》を百本、箙《えびら》百腰、具足一領、馬一頭を、隠居の久政には黄金五十枚、太刀《たち》一振りをふるまっただけでなく、家臣団へもそれぞれ用意してあり、ことに佐和山城主員昌には銀子三十枚、祐光《すけみつ》の太刀、駿馬《しゅんめ》を贈った。

　於市が輿入《こしい》れしたときも持参品の豪華さに長政は驚いたが、浅井の数倍も織田は富んでいるようだ。

　佐和山城大広間には、浅井の主だった重臣のほとんどが集まった。

　歓待の酒宴の最中、信長は彼らに向かい、

「佐々木六角が新将軍の旗下につくならそれでよし、もしこの大義の上洛を阻《はば》む気なら織田が滅ぼして進ぜよう」

と宣言する。

　浅井側からどよめきが起こった。織田に功名をさらわれることへの戸惑いと、苛立《いらだ》ちのどよめきだ。長年、悩まされ続けた六角氏を近江の地から葬《ほうむ》るのは浅井の宿願だが、それは自らの力で成し遂げてこそ意味がある。

　空気を十分察した長政は、これ以上は家臣団に不満を表に出させぬため、

「これはまことに頼もしく感じ入ります」

口元に微笑をためて、ゆったりと返答した。長政を捉《とら》える信長の目がきらりと光る。

酒宴と並行して信長は、観音寺城《かんのんじ》にいる六角承禎のもとへ使者を遣《つか》わし、上洛時の協力を将軍の名のもとに仰いでいる。使者は、酒宴の行われている最中に戻り、結果を告げた。

承禎の出した答えは「否《いな》」である。予想どおりだ。

「であるか」

信長の表情に変化はない。皆を見渡し、最後に長政に視線を合わせ、

「是非もなし」

と一言。これで戦《いくさ》は確定となった。

織田家臣団からは鯨波《げいは》に似た声が威勢よく上がり、浅井側からは先刻同様、複雑なざわめきが起こる。長政の全身からも力が抜けた。

(十年、十年かけて追い詰めたというのに。いったい、わしの十年はなんであったか)

江南を信長に進呈するために血を流してきたようなものだ。長政は六角氏と戦い続けた初陣から今日までの時間を思い返し、洩《も》れ出そうになる溜息を飲み込んだ。覇者になりそこねた自分を思いきり嘲嗤《ちようし》したい気分だ。

織田が天下を取れば、協力者で姻戚関係に当たる浅井の地位も自然と上がる。大勢を見れば六角氏討伐問題など小さきことだ。理屈ではわかる。だが、長政の腹の底で

はどす黒い感情が生まれ、うごめきはじめている。

「婿殿《むこ》」

信長が低く呟《つぶや》いた。表層はいたって静かだが、目が赤く燃え立って見えることに気付き、長政はぎくりとした。

「なにか」

飲みかけの酒を置き、長政は姿勢を正して上座の信長に躰ごと顔を向ける。

「とくと見よ」

すっと立ち上がった信長は、広間の中央へ歩み出た。なにごとかと全員が見守る中、片肌を脱ぎ、扇を取り出す。

「余興である」

高くよくとおる声で一曲、謡《うた》いながら舞い始めた。辺りは水を打ったように静まり返る。


人間五十年、下天《げてん》のうちをくらぶれば、夢幻のごとくなり。ひとたび生を得て滅せぬもののあるべきか

『敦盛《あつもり》』の舞だ。信長はこの曲舞《くせまい》を愛し、生死を分けた桶狭間の戦いに出陣するときも、一差し舞って出たのだと長政は於市から寝物語に聞いて知っていた。まさかここで目にできるとは思いもよらなかった。

見事なものだ。

舞い終えると両家臣団からわっと歓声が上がった。

信長はこの場の全員を見渡し、

「いずれわしは天下を取る」

すかさず宣言した。

「取った暁には婿殿と二人、この国を治めようぞ。そのときは皆も大名である」

甲高い声が、びんと大広間に響き渡る。勢いよく声が上がったのは織田方からで、浅井方は困惑気味に数拍遅れてどよめいた。

長政は微笑を保っていたが、遠藤直経の肩がぴくりと微《かす》かに揺らぐのを見逃さなかった。

「いや、これはめでたい。殿もなにかご披露なされませい」

宿老の一人、赤尾美作守《みまさかのかみ》清綱が長政を促す。

「では、舞は舞えぬゆえ小歌なりと一つ」

長政は体格にあった深みのある声で、江北に昔より伝わる歌を披露した。腹の底はわからぬが、信長は満足気に耳を傾けている。

それから互いの家臣たちがそれぞれの得意芸を出し合い、宴会は大いに盛り上がった。ことに信長の配下木下藤吉郎秀吉と名乗る五尺足らずの小男が、その姿だけでも

どこか鼠《ねずみ》のようで愛嬌《あいきよう》があるのに、
　紙虫《しみ》喰うとも忘れまじ。死のうは一定、夢の世なれば、婆々《ばば》どのおじゃれよ、あ
　ねさも下され、夏の夜は短く夢枕、明けやらぬ間の仇情《あだなさけ》
と謡《うた》い、奇妙な手つきと腰つきで鷹《たか》の身振りを真似ながら踊《おど》り出すと、みなは腹を
抱えて笑い転げた。
　信長も、
「禿げ鼠」
　声をかけつつ悪童のような顔で笑っている。
(こんな顔もするのか)
　信長の意外な一面に触れ、浅井家は主従共々ようやく心をほぐし始めた。

　その日の夜、信長は長政の勧めで於市を佐和山城へと呼び出し、再会を果たした。

「なにもかも心のこもったもてなし、痛み入る」

　翌日は逆に織田方が佐和山城を場に借りて、浅井方を招く。

「さようなお気遣いは無用に願います」

　長政は恐縮して断ったが、信長にぜひにと言われ、接待を受けた。

　この日も引き続き信長の機嫌はいい。酒は飲まぬと於市に聞いていたが、一口、二

口、信長は杯に口をつけた。

「少し、酔うた」

途中で席を立ち、長政に目配せをする。長政は付いてこようとする小姓を制し、一人で後を追った。信長はそのまま奥座敷へ移動する。

信長の小姓が灯《あか》りを点《とも》して控えの間に引くと、そこには二人だけが残った。初対面に近い国主同士が親しく二人きりで時を過ごすのは異常なことだが、聞き及ぶ限り信長に常識を求めても仕方がないと長政は判じている。

少年のころなどは、奇抜な格好をして庶民の子供たちに混ざって遊んでいたというし、嘘《うそ》か本当か知らぬがお忍びでわずかな供を連れただけで都《みやこ》を見にでかけたこともあるという。それで人々から〝うつけもの〟と呼ばれていたと聞くが、そうではなく、あらゆるものを自分で直《じか》に確かめてみたい性質の表れなのだろう。

今も機嫌よく振舞っていたが、本音は家臣団を交えての遠まわしな会話に苛立っていたのかもしれない。そうだとすれば、胸襟《きょうきん》を開いて話をしなければ、不興を買うことになる。

信長は脇息にもたれてゆったりくつろいだ姿勢をとる。その無防備さに長政は呆《あき》れたが、信長を決して害することがないとの意志をあらわにするためまるっきり丸腰の自分の方が、よくよく考えれば大胆なまでに無防備である。そういう長政を信長はひ

どく気に入ったようで、

「婿殿は義の人である」

まずは評した。「わしは疑り深い性質ゆえ、昨日から婿殿の放った忍びがうろついておらぬか当たらせたが、一人もいずに安堵《あんど》いたした」

と言われ、長政は背に冷たい汗を流した。そちらはもっぱら直経に任せていたが、今度に限り使わぬよう指示を出しておいたのは正解だった。それとなく、事前に於市が忠告してくれていたのだ。

「当たらせた」と信長は簡潔に表現したが、くまなく忍びの存在を探したのだとすれば、今もこの城には信長の手の者が張りついているのだ。つい、長政の目は床下と天井へと漂った。

「わしは明日より六角承禎の説得のため、もうしばらく滞在いたすが、よけいな気を遣《つか》われては迷惑ゆえ婿殿は平生どおり過ごされよ」

「……承禎を説得なされますか」

「する。昨日は士気を高めるため、あのように申したが、よけいな戦はせぬがよい」

長政は意外な印象を受けた。どうも信長という男がつかめない。戸惑う長政を信長は笑った。

「どうした。意外そうな顔をして」

「もっと好戦的な御方だと思っておりました」

「戦《いくさ》は好かぬ」

長政は返答に詰まった。天下布武を宣言した男の言葉とは思えない。

「好かぬからわしは戦う。今の世は親子で殺し合い、兄弟で憎みあう。気に入らぬ世ゆえ、作りかえてやるのだ」

手伝え、と目が語りかけてくる。

戦いのない世とは極楽浄土《ごくらくじょうど》のことである。

まるで粘土細工《ねんどざいく》かなにかのように信長は簡単に言ってのけたが、非常に傲慢《ごうまん》なもの言いだ。長政は、〝信長が神になりたがっている〟と言った於市の言葉を思い出した。於市はあのとき笑いに紛《まぎ》らせたが、冗談などではなかったのだ。

「尾張殿は、極楽浄土をこの地上に出現させるおつもりか。そのためにこそ修羅《しゅら》になられると?」

「できるはずがないと、思っておるな」

「いえ……」

「わしに嘘はつくな。顔に書いてある。だが、できるのだ。なぜなら、この地上に地獄が出現しているからだ。逆ができぬはずがない」

ぽかんと長政は信長を見た。こんな考え方をする男は初めてである。

（これはまた、大きなことを考える男だ）

長政は急速に信長に興味を抱き始めた自分を意識した。

信長は承禎が説得に応じなかったときの六角攻めのために、幾つか観音寺城についても長政に問う。長政は承禎が信長の説得に今後も応じるとは思えなかったので、実際に攻めるときに役立つよう城の弱点や攻め難い場所を知り得る限り伝えた。

「あとで砦《とりで》や堀の位置を記した地図を小谷城から届けさせましょう」

信長は深く謝意を示し、近江を通過した後に待つ三好勢との戦についても長政の意見を求めた。部下の意見もほとんど聞いたことがないという信長にしては異例のことだ。

（わしは器量を試されているのか）

長政は信長の動員兵力に見合った策をその場でたて、

「練れてはおりませぬが」

少々恥じ入りながら語った。語りながら長政の胸は熱く躍《おど》ってくる。自分の動かせる兵力はせいぜいが一万を少し超えた数である。その数倍の兵力を動員できれば、おのずと展開する戦の規模も変わってくる。

（力を持つとはこういうことなのか。実際に動かしてみたいものだ）

一通り語り終えたあとで、夢中になりすぎた自分に気付き、長政はうろたえた。

（喋《しゃべ》りすぎたか）

信長の眉間《みけん》に筋が何本か浮き立っている。だが、信長はすぐに頬を緩め、長政を褒《ほ》めた。

「才があるということは、うらやましいことであるな」

「して、婿殿は手の内を明かし過ぎておるが、それはこの信長相手であるからと自負してもよいのか」

「……もちろんです」

「であるな。大広間にいるときの老成ぶりとは別人である」

浅井の宿老たちの年齢は高く、父の代からというよりは祖父の代から浅井家を守《も》り立ててきたものが多い。織田では信長がわずかに指を動かしただけで家臣が従うという噂《うわさ》だが、浅井では全《すべ》て合議のもとでことを決していかなければならない。長政に不備があれば君主の座からも下ろされる。父久政がよい例である。そうであれば、長政は常に家臣には気を遣わなければならなかったし、彼らの理想とする男を演じ、惚《ほ》れさせていなければならなかった。

その背伸びを、信長にはとっくに見抜かれていたのだ。

二人はさらに話し込んだ。信長に一方的にしゃべらされた感は否めないが、長政は求めに応じて素直に語った。

夜明けが近付いたころ信長も、母に疎《うと》まれ、家臣に軽視されてきた自らの過去をぽ

つぽつと話し、

「婿殿は不思議な男であるな。わしは骨肉の争いに力で勝ち抜くことで今の地位を築き上げてきた。弟もこの手で殺した。が、婿殿は父君の座を追ってのちも仲よう暮らしておる。正妻は政略のために貰《もら》うもので慈しむものではない。わしは正室の於濃《おのう》を好ましく感じていたが、惚れる前に遠ざけた。だが、婿殿は市を心《しん》から大事にしてくれていると聞いた。なにゆえ同じ世に生きて、修羅に落ちぬ男がいるのかと、興味があった」

「父に野望はありませぬ。市は慈しむに足る女でございます。買いかぶりなさるな。この長政、野心も妬《ねた》みもございます」

「当然だ。それすらもない男は信用ならぬ」

すっかり夜が明けてしまった。

「市が子をなしたそうだな」

信長は最後に於市の懐妊に触れた。「めでたいことだ。織田と浅井の絆《きずな》がこれでいっそう強まれば言うことがない」

長政は小谷に戻る前に親交の証《あかし》として持参していた家宝、浅井家初代亮政秘蔵の太刀備前兼光、別名「石わり」を信長へ進呈した。

「祖父の形見であり、浅井の精神《こころ》でござれば、ぜひ兄者に受けていただきたく、お持ちいたした」

信長は頬を紅潮させ、心から驚いた目を長政に向ける。長政は初めて信長の生の感情に触れた気がした。長政がどきりとするほどの喜びようだ。

「うむ。備前殿が誠意、この信長、しかと受け取った」

信長は浅井領に七日間、滞留した。その間、六角承禎の説得にかかる。長政は家臣の直経らに接待を任せ、自分が小谷に戻る代わりに長子万福丸を質に差し出した。が、信長は、

「不要である」

と万福丸を小谷城へ送り返してきた。

「ずいぶんと信用されておりますな」

赤尾美作守清綱が意表をつかれたような顔をする。

「うむ。思ったよりも情深い」

信長は結局三度、承禎を説得し、三度とも不首尾に終わった。不機嫌な様子は見られなかったという。浅井の歓迎ぶりにはいたく満足したのか警戒心も薄く、まるで自分の城にいるかのごときくつろぎぶりに、城主の磯野丹波守員昌は感激しているという。人間、信用されれば嬉《うれ》しいものだ。

岐阜へ帰る前日、信長は佐和山城を出立し、同じ浅井領の柏原にある寺院、菩提院《ぼだいいん》に宿泊した。接待役の直経が、見送りで菩提院まで付き従って最後の世話をしている。浅井としては、今宵《こよい》が最後の接待だ。

もうよほどのことがない限り失態は起こらないに違いない。長政はほっとしつつ七日ぶりに於市の局に渡って夜を過ごすことにした。

於市が目を輝かせて迎えてくれる。腹に子供が息づいているから無体な真似はできないが、同じ褥《しとね》で於市の体温を感じていると、心まで温かくなってくる。

「そなたの兄君は短気なお方と推察しておったが、なかなか気長なところもあるようで安堵《あんど》したぞ。もっとも、わしは尾張殿がどのようなお方でも、感謝していることが一つある」

「えっ」

「お方《かた》をここに遣わしてくれたことだ」

於市は目を見開いて首を横に振る。黒髪が項《うなじ》の横で揺れて乱れる様《さま》が美しい。

「もったいのうございます」

含羞《がんしゅう》を頬に浮かべて答える於市を、長政は抱き寄せた。白くて細い首筋に唇を寄せる。

甘い気持ちになったこのとき、部屋の外で待機している小姓が、非常を告げた。菩提院にいるはずの遠藤喜右衛門尉直経が、至急の面会を求めてきたというのだ。

（なにがあった！）

長政は跳ね起きた。

ただちに局を出、直経の控える座敷へわたる。直経は柏原からこの小谷まで、おそらくこの男のできうる限りの速さで馬を駆ってきたのだろう。髪が乱れ、額からぷつぷつと汗が噴き出している。顔色も室内を照らす灯火の下では、しかと判別できないが、心なし青白く見える。

「まさか、尾張殿の身になにか起こったのではあるまいな」

「ご機嫌も麗《うるわ》しく、お休みのご様子でございます」

ほうっと長政は息を抜いた。

「ならば、いったい、どうしたというのだ。明朝、そのほうがいなければ、いらぬ不審を抱かせるではないか」

「殿！　なんと言われる。嘆かわしい」

耳をさく大声だ。

「どういう意味だ」

「御屋形様につきましては真に信長が浅井と手を組む気とお思いでしょうか。大名に取りたてるなどというあの言葉、この喜右衛門にはことが叶《かな》った暁は、その方らを切り捨てると聞こえましたぞ」

「あれはただの余興の言葉だ」

言いつつ長政も調子の良過ぎる宣言には、少々不快を感じていた。わしに付けば大名になれるなど、浅井の者をすでに自らの配下として見下している証拠ではないか。

長政は先日飲み込んだしこりのようなものを、直経に摑《つか》み出されたようで、憂鬱《ゆううつ》げに眉根を寄せる。

直経は声を励まして叫ぶ。

「信長めは小姓当番十四、五人を傍につけたのみで我が浅井領の菩提院になんの用心もなく、眠っているのでございます。あやつめが岐阜から連れてきた二百ばかりの馬廻り衆は、町家に分宿しておりますゆえ、咄嗟《とっさ》の事態に応ずるには少しのときがかかりましょう。絶好の、これ以上ないほどの絶好の機会でございます。御屋形様、ご決断なされませい」

直経の進言に、長政は衝撃を受けた。

「爺《じい》はこのわしに、尾張殿を討てと申すのか」

「いかにも。このような好機は、今宵しかありますまい。今宵しか……」

直経の言うとおりである。今宵を逃せば、信長を討つことなど、夢のまた夢になるに違いない。

信長を討ち、織田の代わりに浅井が新将軍を担いで入京する姿を、長政は刹那《せつな》、夢想した。それはこの時代の武将なら震える思いで渇望する己の姿である。

(なんという甘美な夢が目の前に転がってきたことか……)

だが、夢は所詮、夢である。

長政は直経に目配せした。

(爺、罠《わな》だ)

話が出来すぎている。それに信長は忍びのものを浅井領に放っていると悪びれずに言い放ったではないか。だからこそ、大胆なまでに無防備に振舞えるのだ。

「いずれにせよ、わしの一存では決められぬ。大広間に一同を集め、詮議《せんぎ》しよう」

長政の答えは決まっている。「否」だ。

(浅井の腹の中が試されている)

そして、長政自身これを機に、家臣の織田への反応を試してみたい。

覇《は》を促すか、従属を選ぶか。

それはこの七日、直に接して彼らが信長をどうみたかを如実に物語るはずだ。もっと辛辣《しんらつ》に言えば、信長と長政の器量のどちらが上と見られたか。

緊急の太鼓の音による召集にもかかわらず、すみやかに評議は開始された。長政は上座に座し、黙してみなの意見に耳を傾ける。

「確かにこれは絶好の機会ではあるな」

「いかにも討つのはたやすかろう」

「しかし、なにゆえたやすいかを考えれば、御屋形様を信頼しているからではござらぬか。それを討つというのはのう」

「討つのはたやすい。討ったあとが問題じゃ。義をそこねて人心が付いてこようか。世間が浅井を痴《し》れものよと嘲《あざけ》れば、いったんは利があるように見えて、逆に害となろう」

　ここで初めて長政が口を挟む。

「遠藤が意見に賛同のものはいないのか」

　みな、黙り込んだ。

　結果は自重である。

（長政、敗れたり）

　長政は、歯を噛み締めて全身をわななかせている遠藤直経の方を向く。

「すみやかに戻り、明日は我らの義兄者の見送りをせよ」

　がっくりとうなだれる直経を横目に、鬱悶《うつもん》としながら長政は評議を解散させた。

　翌日、信長は直経に関ケ原まで見送られ、悠然と戻っていった。

九月七日、六万もの大軍を引き連れ、信長は岐阜を出発した。

このころまでに〝弾正忠《だんじようのじよう》〟を称するようになっていた信長は、旗指物もそれまで使用していた織田家紋「木瓜《もつこう》」を廃し、永楽通宝が三つ並んだ新しい文様に改めた。尾張の信長から天下人信長への飛躍を、世間にわかりやすい形で示す演出である。

長政は信長の要請に応《こた》えて出陣し、いったん佐和山城に入って織田方と合流した。

このとき、信長から江南にある十数個の砦《とりで》は、はむかってこぬ限り無視を決め込み、承禎の居城観音寺城とその南方一里余に位置する箕作《みづくり》城の二城に攻撃の焦点を絞ることを伝えられた。

観音寺城は標高およそ四百三十メートル、箕作城はおよそ三百二十メートルに建ち、どちらも要害堅固な城である。

勾配《こうばい》はなはだ急で、大木が山を覆い尽くしている。

「前線にある和田城はいかがいたします」

織田が攻め入る方角へわずかに突き出る形で位置するこの城に、承禎はかなりの人数を割《さ》いてくることが想像できたため、長政が口を出す。

「先刻告げたとおり、二城以外は無視をする」

「しかし、ここは他の支城とは規模も重要度も違うかと」

「押さえは置く」

不機嫌に返され、長政は口を閉ざした。

貴様は従っていればいいと言われたような不快さだ。

織田、浅井の両軍勢は中仙道を西進し、八日には高宮に着陣する。そこで二日間、人馬を休めた信長は、十一日にようやく愛知《えち》川西岸へ渡り、六角承禎と対峙《たいじ》した。

長政は何度もこの地で戦闘を繰り返してきただけに、もうあといくばくもなく観音寺城が織田に蹂躙《じゆうりん》されるのかと思うだに、複雑にざわめく心を静めることができない。

やがて織田陣営から、信長の策が伝えられた。軍勢を二手に分かたず箕作城を先に攻め、観音寺城の承禎を孤立させる戦法を取るため、浅井勢には両城の間に陣を敷き、観音寺城の押さえについて欲しいという申し出だ。

承禎が山を下れば最前線でぶつかることになる危険な配置だ。場合によっては箕作城守兵に背後を取られ挟撃されるおそれもある。通常、このような配置には、敵方から寝返ったばかりの新参者がいれば、その忠誠をためされて付けられることが多い。

どうしても軽く扱われている印象が拭《ぬぐ》えない。

(織田は浅井をどのように見ている)

不信感が諸将の間から立ち上がるのを長政は感じた。規模はともかく浅井はあくまで織田とは対等な同盟国である。忠誠を試されるいわれはない。織田には斎藤氏から寝返ってきたばかりの稲葉一鉄ら美濃三人衆が従軍しているのだから、通例では彼らが命じられるべき役割でもあった。美濃三人衆は、六角承禎と呼応して浅井方に戦をしかけてきた過去を持つ、いわば長政にとっての宿敵でもあったから、余計にこの命令が浅井の宿老たちの癪《しゃく》に障った。

（まずいな）

と長政は感じた。

長年、観音寺城落城を夢見てきた浅井勢を観音寺城先手に置くのは、むしろ信長にしては好意のつもりだったのかもしれない。

（いや、絶対にそうだ）

箕作は織田が引き受けるから承禎を落とす最後の仕上げは、やはり長年戦ってきた浅井がやれと、これは信長の心意気なのだ。

そこまでわかっていながら長政は、織田陣営からの指図に難色を示す赤尾清綱ら重臣に信長の真意を説明し、宥《なだ》めて従わせるという道を取る気がしなかった。

矜持《きょうじ》が傷つくのだ。織田につけてもらった段取りで、六角攻めの仕上げをやれと機会を投げ与えられたような現状に、屈辱を感じる。

（わしも愚かな男だ）

長政は自身に苦笑を洩らしたが、男としての胸奥の疼《うず》きが、いつになくこの男を頑《かたく》なにさせている。

「お断りいたす」

信長の伝令を届けに来た使者に、長政がきっぱりと返答したとき、重臣たちの無骨一辺倒な顔に喜色が浮かんだ。

使者は、信じられないと唖然《あぜん》となり、怒りも顕《あら》わに身を震わせる。信長の命令に「諾」か「否」かの選択肢などあろうはずがないではないか、と顔が訴えている。その顔を見ると、使者には気の毒だが長政の胸はすっとする。

「なんと……正気でござるか」

「わしは正気である。そのように弾正忠殿にはお伝え下され。浅井は下知に従いかねると」

「伝えはいたす。いたすが、僣越《せんえつ》ながら一言申し上げれば備前様におかれては、後々のことはお考えでござろうか」

「浅井が織田に従わねば、なにかまずいことでもあろうか」

「わかり申した。そこまで言われるのなら、そのままお伝えいたす」

憤然と戻っていく使者を見送りながら、

「美作、やってしもうたぞ」

長政は傍に控える清綱に呟く。

「やってしまいましたなあ」

「短慮であったろうか」

「時は戻りませぬゆえ、後悔なさいますな」

ふっふと二人は同時に笑った。はたして信長がどう反応するか。

しばらくして、信長から再び浅井陣営へ使者がやってくる。

「これより、織田の手並みをご覧入れます。備前様におかれましては、物見遊山に見物なされますようとの殿の仰《おお》せにございました」

信長は、六角攻めを手勢のみで行うことに決めたのだ。

「……かたじけない」

よもやまったく外されるとは思いもよらなかったため、長政は複雑な気分でうなずいた。

しかも、いざ攻撃が始まると信長はわずか二日で箕作城と観音寺城を落とし、簡単に六角承禎をこの江南の地から追放してしまったのだ。

長政は力の差を見せ付けられて呆然《ぼうぜん》となった。

承禎は身一つで伊賀へ逃亡し、六角家臣団の多くはすみやかに織田方に下って新たに忠誠を誓った。信長は戦う前に有力な家臣の幾人かにあらかじめ離反を促《うなが》していたのだ。すでに戦う前から戦の八割方は決していたと言っていい。そうであればこそ、二城以外の砦は無視をするという力技をやってのけたのだ。

（わしの注進はさぞ聞くに足らぬたわごとだったに違いない）

今から思えば信長は、佐和山城に滞在して承禎を説得しつつ、家臣籠絡《ろうらく》の布石も打っていたのかもしれない。

あまりの信長の鮮やかさに、長政はうなるしかない。

観音寺城入りをした信長は、戦勝の挨拶のために訪ねた長政を、案に反して上機嫌に迎え入れた。琵琶湖が眺望できる場所へ長政を誘い、

「あれが比良《ひら》であちらが比叡《ひえい》か。岐阜では望めぬ良い眺めだ。あの向こうが京であるな」

親しく語りかけてくる。

「そう。京まではすぐでございます」

「備前殿」

「はっ」

「此度《こたび》のこと、若さゆえと思うておるが」

「長政が愚かでございました」

「まこと愚かと思うか」

「弾正忠殿の真心の指図を無にいたしました」

「わしの心は通じておったか」

「通じてはおりましたが、それをお受けいたすには、あまりに浅井と六角の因縁が深うござった」

「わしは上洛には浅井勢は連れていかぬぞ」

一瞬、長政からさすがに血の気が引いたが、これも自分の招いたことである。納得しているが、とっさに声が出ない。

「……いたし方ございませぬ。また必要な折にはいつなりとお呼びくだされ。そのときこそは浅井の働きを存分に御見せいたしたく存じます」

神妙にやっとの思いで返答すると、突然、信長が笑い出す。

「なにを勘違いしておる。そうではない。わしが三好攻めをしている間、この江南の地の留守を頼みたいと申しておるのだ。観音寺城を預けおく」

「は?」

「わしの心が通じておったと言うたではないか。であれば、安堵して任せられる」

信長は言葉どおり観音寺城と箕作城の留守を浅井勢にまかせ、織田勢のみで西へ向かった。そして、二十六日には入京を果たしてしまった。信長が上洛までに費やした日数はわずかに二十日。あっという間の出来事である。

信長の上京を阻もうと京に布陣していた三好勢の抵抗はあっけなかった。観音寺城を攻め落とした勢いに乗り、織田方がこのまま攻めあがってくるに違いないと予測していた三好勢に肩透かしをくらわすように、信長は京を睨《にら》む守山に本陣を敷き、六万もの大軍を足止めさせた。ここで後発の新将軍足利義昭を待って、共に入京を果たすためである。

一気に押し寄せてくれれば死にもの狂いで抵抗するつもりでいたが、下手に沈黙の時間ができたがために、三好勢に恐怖が芽生えた。信長の軍勢は、三好方の五倍である。

(負ける)

冷静になればなるほど、一つの言葉が彼らの頭を支配し始める。このまま京に留まり信長に血祭りに上げられる道を選ぶか、それとも逃げるが利口か。

やがて三好方では傭兵《ようへい》の離反が始まり、戦う前に力を殺《そ》がれ、撤退《てったい》を余儀なくされた。

入京した織田軍が、畿内平定にかけた日数は十数日に過ぎない。

十四代将軍義栄は、三好党の領国阿波《あわ》へ追われ、代わりに京で十五代将軍足利義昭が誕生した。十月十八日のことである。

全てが電光石火に行われた。

長政はただ舌を巻く思いだ。

いずれにしても長政が悟ったのは、己と義兄となった信長の将器の違いであった。

現実は認めなければ、生き延びることができない。

# 三

「それはまことであるかや」

と身を乗り出した木下藤吉郎秀吉に、

「雑兵どものたてるただの噂でございます」

才蔵と名乗るその男は、静かに否定した。

ここは京での秀吉の宿所で、人払いがしてある。

才蔵は、秀吉が使う川並衆の棟梁《とうりょう》蜂須賀小六正勝の手のもので、忍びのものでもある。中肉中背で目が細く、これといった身体的特徴の見られぬ平凡な外見の男だ。

信長が浅井との同盟を画策し始めた辺りから、浅井領に潜り込み、二つの仕事に当たっている。そのうちの一つは浅井の監視であった。これは信長の命令とは関係なく、秀吉が独自の判断で行っていることだ。

昨年の遠藤直経の夜駆けも、長政の示した反応も、秀吉は才蔵から聞いて知っていた。

だから六角攻めのときの長政のつれない返答も、秀吉はさほど不可解に感じなかった。あれは男の妬心《としん》がうずいたのだ。時の勢いに押されて織田に従うが、長政の心のどこかに俺だってという思いがあるに違いない。信長は三十六歳、長政は二十四歳である。もし同じ年に生まれていれば、ここまで遅れをとらなかったという自負が、あの男の胸のうちには息づいているのだろう。

（長政は危ない）

というのが、秀吉の下した判断である。

もっとも秀吉の主人である信長は、そういう危ない男が嫌いではない。もう少し突っ込んで言えば、どこかしら自分に似たところのある危な気な男を、服従させるのが嫌いではない。

例えば、大和信貴山城主松永久秀という男がいる。三好三人衆と謀《はか》って十三代将軍義輝を殺害し、神仏をも恐れず東大寺大仏殿に火をかけるという暴挙を平然とやってのけた男である。久秀は、今度の信長の上洛では、戦っても敵《かな》わぬと悟ると、人質を差し出し、あっさり寝返ってきた。

しかも新将軍義昭には媚《こ》びずに、信長の方に稀代の名器で唐物の茶入れ「我朝無双のつくもがみ」と、名刀「天下一振りの吉光」を贈る露骨さを見せた。

実の兄の仇《かたき》であり、かつて自身も殺されかけた義昭は久秀を許せず、彼の死を願ったが、信長は許した。悪事を平然とやってのけ、因習に囚《とら》われずに仏をも破棄できる久秀が気に入ったのだ。信長は彼に大和の支配を任せた。

一方、長政は覇気《はき》を愛されている。

「あやつは気性がわしに似て、さらに実力もあるでな。惜しむらくは、教養がありすぎることだ」

と秀吉の前で一度、信長が評したことがある。

教養のあるものは馬鹿に徹しきれない。馬鹿になれない男は、信長の傍は耐え難いに違いない。信長にとって戦場での部下や同盟軍は将棋《しょうぎ》の駒《こま》に等しい。自我などは邪魔なだけだ。

秀吉は、才蔵がやっと手に入れてきた浅井軍の使う鉄炮《てっぽう》をいじりながら、ついでに報告された〝噂〟の方に、より興味を抱いていた。

昨年末に生まれた、小谷の方こと於市の初めての娘於茶々《おちゃちゃ》姫が、長政の子ではないという不思議な噂が城内でたっているのだ。

秀吉は才蔵の持ってきた鉄炮の精巧さに驚きながらも、

「その赤子、見たかや」

口にしたのは噂の方だ。

「一度、忍んで参ったゆえ」

「見たか。で、どうだったかや」

「どう、と申しますと」

「父親《てて》の面影はあったかや」

「まだ顔立ちのはっきりせぬ赤子でござりますれば、それがしには猿《さる》にしか見えませぬ」

中年生まれゆえに猿《さる》と仇名《あだな》される秀吉は、

「猿なら、わしの子かもしれぬでや」

と冗談を言う。が、暇さえあれば妻の於祢《おね》と励んでいるのに、三十三歳にして子宝に恵まれぬ秀吉は急に自分の言葉に気落ちして、頬をかいた。

(それにしても、面白い噂がたっておるだわ)

於茶々は月足らずで生まれたのに、これといってひ弱なところはなく、丸々としっかりしていたため、どこか不自然さを周囲のものが抱いたのだという。

だが長政のあの巨体を考えれば、十月十日かけて当たり前に生まれれば、子牛のような赤子が生まれそうではないかと想像し、秀吉は一人笑った。

「備前殿はなんと言っておるのかのん」

「なんとも言わずに、普通に愛《め》でておられる御様子」

「小谷の方様はどうであろうず」

「憂いもなく、お仕合せそうで」

「はっは、ならば問題なかろうて、おかしな噂がたつもんよ。どんなに周りが騒ごうと備前殿は初夜を過ごしておるのやで。小谷の方様が乙女であれば、疑いようのにゃーことだで。それより才蔵、この種子島《たねがしま》（鉄炮）はおみゃーの先の報告どおり、織田の扱うものよりどえりゃあ精巧だぎゃや」

この鉄炮は浅井領国友《くにとも》の産で、国友筒と呼ばれるものだ。鉄炮を握る場所が他のどの地方で作られる火縄銃より美しい曲線を描いているのが特徴だ。

浅井領湖北地方は昔から良質な鉄の取れる産地として、そこに住む職人は日本一の鉄製武具製造技術を誇っていた。

中でも国友は高度な鍛冶《かじ》技術が発達した集落として、鉄炮が種子島に伝わった天文十二（一五四三）年の翌年にはすでに、開発に着手したと言われている。

弓矢の射程が八十メートルなのに対し、鉄炮は二百メートルを飛び、破壊力も大きい。新しい武器として期待がかかっている。その一方で命中率はお粗末だった。さらに火薬を一発ごとに詰めて撃たねばならず、その作業が十五秒から二十五秒ほどかかってしまう。扱いがはなはだ難しく、また価格も高いため、本格的に注目している大名はまだ少ない。

信長は違った。

日ごろからこの武器に熱い期待を寄せ、鉄炮を主力に使う戦闘ができないものかと研究を重ねている。それは急速に膨張した織田軍団が他国者を寄せ集めて作った軍勢であるがために、少しの衝撃で瓦解《がかい》するもろさを持っていることと無縁ではない。

「織田は弱い」

信長は日ごろからこの事実を噛み締めている。己の軍の弱さを補うために目を付けたのが鉄炮であった。そして今では、鉄炮を制するものが天下を制すると、確信を持つにいたっている。

信長が浅井に目を付け、卑屈なまでの条件で同盟を結びたがったのは、京への道を確保するためだけではなく、高度な技術で鉄炮を製造する国友村の支配を、虎視眈々《たんたん》と狙っているからでもあるのだ。信長の頭の中で国友村の支配は天下と直結している。

およそ今から六年前の永禄五（一五六二）年、信長はいつもは堺《さかい》から仕入れている鉄炮を、佐々平左衛門、佐々与左衛門、前野小兵衛尉に命じ、国友村からも二百挺ほど仕入れさせ、その質のよさに目をみはった。その後、領主長政からの干渉で国友筒の入手は困難となり、信長も無理はしなかったが、日本一の鉄匠集団国友を我がものにしたいという思いは、逆に募《つの》っていった。

信長は調略や細作《さいさく》活動を得意とする秀吉に国友村を探るように命じてあった。秀吉はこのため、才蔵を浅井領に放ったのだ。

こうして才蔵の持ち帰った鉄炮を見ると、技術もいっそう進んでいるようで秀吉を唸《うな》らせた。

才蔵は、織田と浅井の鉄炮では飛距離が違うと指摘する。

「なにより銃口を下《おろ》せる角度が違います」

この時代の鉄炮は、あまり銃口を下げすぎると構造上、銃身にこめた弾が転がり落ちてしまう。土塁から、下方に取り付く敵を撃ち殺すには、弾込めをした筒の中にさらに紙などの詰め物をいちいちしながら撃たなければならない。それは、戦場では非常に手間だ。詰め物をしている間も敵は待ってくれない。

詰め物がなければだいたい二十五度から三十度の間しか銃口を下げることができない。それが国友の銃は幾分角度を深くすることができ、飛距離もまた伸びるとなれば予期せぬところで使われる可能性も出てくる。ことに浅井の城は畝状竪堀《うねじようたてぼり》などが複雑に配置され、うかつに攻めれば敵の罠《わな》にはまってしまう。

「まだ、大量に生産できぬ難がございますれば、数も多くはございませぬが」

「うむ。これをお見せいたせば、殿もさぞ興奮されようで。それにしても、地形も峻《しゆん》険《けん》で縄張りも細長く侵入し難く、守るに易《やす》く、攻めるに難い城である上に、この種子島。備前殿が殿と別れぬことを願うばかりだぎゃァ」

と秀吉はうなずき、

「才蔵は今からまた浅井まで戻るのかや。急ぐほどのこともなあし、朝まで少しでも休んで行きやーせ」

忍びの者である才蔵にいたわりの言葉をかけた。百姓の生まれで信長の草履《ぞうり》取りから一軍の将へとのし上がった秀吉は、人一倍情け深く、下の者への配慮も忘れない。言葉も相も変わらず百姓なまりで親しみやすい。だからこの男の周りには自然と協力者が集まってくる。

信長が圧倒的な力で人を支配するのと対照的だ。

才蔵は一礼して秀吉の寝所を出て行った。秀吉もわずかでも眠りをむさぼる。明日も早くから使役につかねばならない。なんせ、主君の信長自ら作業に従事しているのだから、部下である諸将や諸侯も汗を流さぬわけにはいかない。

彼らは今、京で新将軍の居城となる室町第《むろまちてい》（二条城）を建築しているのだ。

それというのも今年の正月に一つの事件が起こったからだ。

昨秋、義昭を奉じて怒濤《どとう》のような上洛を果たした信長は、畿内を平定すると明智光秀を京に、佐久間信盛や木下ら幾人かの部将を近郊に残してさっさと岐阜へ戻ってしまった。織田領の背後には上杉や武田などの強力な大名が控えており、いつまでも留守にするわけにいかなかった事情もある。

だが、冬季を控えたこの時期に、それほどの警戒が必要だったか疑問が残る。ともあれ信長は岐阜に戻り、その隙《すき》をついて当然のごとく、京を追われていた三好三人衆が六条本圀寺《ほんこくじ》を仮殿に住まう義昭を襲った。

本圀寺には堀がぐるりと囲んであり、一瞬で落ちる造りではない。信長の手配で二千人の兵も常備してある。義昭はかろうじて身を守り、在京の諸将で三好勢を追い払った。

岐阜城内で急報に接した信長は、大雪の中を数人の近習のみを率いて飛び出し、早駆けして通常三日かかる行程を二日で京に到着した。そのころには後を追った部下も追いつき、織田軍勢の素早い入京は京市民たちの目を見張らせた。

本圀寺が襲われたのが五日、信長が到着したのが十日である。

このとき、浅井勢もすみやかに馳《は》せ参じて粛々と待機しており、信長の興味を引いている。ただ駆けつけるだけなら近隣諸国の国人領主たちもやったことだが、信長が通常より早く駆けつけたように浅井も時を短縮させて一刻を争ったことが、信長の目に留まったのだ。

「婿殿は愛すべき男である」

と呟いたのを秀吉は聞いている。

なにごとにも仕掛けがある。奇跡を起こしたような信長の早駆けは、日ごろから領内の道路を整備し、雪も掻《か》いていたからこそ成しえたことだ。それは初めから三好勢の急襲をある程度予測していたことによる準備であった。

信長にとって今度の早駆けは予定の行動であったが、長政は不測の事態へ対応してなお早かった。

決断力も統率力も知恵もある証《あかし》である。

信長は、再びこういうことのないように将軍の住まうにふさわしい居城を建築することにした。

信長が採用したのは当時一般的な「土造り」ではなく、「石造り」による堅牢な城郭の築城である。この当時、石垣による築城は近江では行われていたものの、高度な技術を要するため普及してはいなかった。

信長が昨年落とした六角承禎の観音寺城が日本で初めての本格的な石垣城だが、信長は江南を手に入れたときにその技術も我がものにしたのだ。同じ近江の長政の小谷城も石垣を使った城だが、観音寺城に比べると技術は稚拙《ちせつ》で規模も小さい。

観音寺城も小谷城も山城であり、気軽に誰彼と見られる城ではないから、室町第は石垣というものが大衆にさらされた初めてであった。

キリスト教を伝えるため永禄六（一五六三）年に来日したルイス・フロイスが、

【日本に於いてはかつて見たることなき石造とするに決した】

と書き残している。

このとき信長は自らの構想にある本格的な高石垣による築城を、初めて試みたのである。これが後に安土城へと繋《つな》がっていく。

このときは、まだ研究途上で、「実験してみた」程度に留《とど》まったが、それでもこの石を使った築城は京で話題を呼んだ。注目されることが好きな信長をおおいに満足させている。

築城場所は歴代将軍御殿の建った室町通りを選んだ。

普請《ふしん》が開始されたのは二月二十七日である。

フロイスが見たところ二、三年はかかると思われる大工事を、

「東北の雪が溶けるまでに仕めるようにしろ」

信長は命じ、数千人の人足を動員し、自身も虎皮を腰に巻いた姿で現場におもむく。ときに、自ら土を掘り返したり石を運ぶ。誰になにを命じずとも、その姿を見れば諸将、諸侯共に現場に立ち入って働かざるを得ない。いやが上にも士気は上がった。この築城に近隣十四カ国の国人がかかわり、最終的には数万人が使役に従事した。

三月。京のそこかしこに桜の花が咲き乱れ、ことに長政の宿坊、清水寺は息をのむ美しさだ。ときおり起こる桜吹雪の激しさに、長政は於市を呼び寄せたくて仕方なくなる。

近隣諸侯の例にもれず長政も室町第の築城に従事していたが、今日は朝から気分がすぐれない。家老三田村左衛門大夫に指揮を任せ、清水寺成就院の一室で休息した。

横に伏して考えるのはひたすらに信長のことだ。

宿坊を一条妙覚寺に定めて入居した信長のもとに、人々は新しい権力の匂いを嗅《か》ぎ取り、初日から挨拶をしようと押しかけた。長政も当然、挨拶に出向いた。

そのとき、信長は衆人の前で親しく長政を呼び寄せ、大声で語った。

「清水に着座する浅井備前守は我らの大事な婿殿である。この信長を大事に思うてくれるなら、かの者の方へも参られよ」

このため翌日から長政は信長と同じように清水寺で多くの客人に囲まれることになった。

浅井の名声は瞬く間に上がったが、長政は複雑な気分である。戦いで得た名声ならともかく、信長の一声で与えてもらう名声に、どれほどの価値があるというのか。

織田家臣からの嫉妬《しっと》も激しく、別のわずらわしさも呼び込んでいる。主人らの感情が下の者にも伝わるのか、なにかと浅井の人足たちが織田の人足らに嫌がらせを受ける毎日だ。

それに――。

(信長殿のやることはどうにも予測がつかん)

得体の知れぬ印象が、居心地の悪さにつながる。

信長はいとも簡単に常識を覆《くつがえ》す。築城中の室町御殿もそうだ。近江に伝わる石積み技術を利用して、なにか新たな城郭《じようかく》を生み出そうと模索しているのはわかるが、材料である石の採取が間に合わないからと、近郊の寺院からありったけの石仏を奪い取り、あるいは、墓石を引き抜いては積み上げていく無神経さはなんなのだろう。理解の範囲を超えている。悪い冗談を見ているような気分だ。

石仏の運搬の仕方にいたっては、もはや長政は嫌悪を覚えた。人々の信仰の対象である仏の首に縄をかけて引きずっていく。現場に着くと、胴のところで真っ二つに割る。それを信長の部下たちはためらわずに、というよりは先を争うようにやってのける。ことの正否を超えた服従の姿勢は、みていて不快さを誘う。

(いずれわしも、ああなるかもしれぬのか)

信長の下した命令よりも、そちらの方が長政にはぞっとした。

石仏と墓石が積み上げられつつある室町第を見るたびに、

(こんな屋敷に住むのはわしならごめんだ)

長政は新将軍義昭が気の毒でならない。

さらに信長はなにを考えたか、両手を上げた仏像二体を将軍専用の台所に運び込み、

「使え。鍋《なべ》が置ける」

と賄《まかな》い係りに鍋置きにするよう告げたという。

長政は聞いた瞬間、唖然《あぜん》となった。

（確かに鍋は置けるかもしれぬが）

なにゆえ、信長自ら鍋置きについてまで頭をめぐらせる必要があるのかわからない。

長政は生まれてこのかた、鍋置きについて考えたことなど一度もない。

（大名とはそういうものではないのか）

第一、仏の頭に鍋を置くなど、とんでもない発想だ。

京市民もさすがに「罰当たりなことよ」と眉をひそめて囁《ささや》き合っている。

不可解この上ないが、長政が信長に覚える感情は嫌悪ばかりではない。

他の者にはやれないことを平然とやってのけるあの男に、強く魅《み》せられる。そして、魅せられている自分に激しく戸惑う。

「殿！」

ふいに、宿老赤尾美作守清綱が部屋の外で大声を上げた。長政は驚いて飛び起きる。

「どうした、美作。無骨《ぶこつ》すぎるぞ」

入ってきた清綱を叱責《しっせき》する。

「一大事でございます」

長政は、たった今まで寝ていた寝具を押しやり、胡坐《あぐら》をかいた。

「落ち着け。それが武人の心得ぞ」

「されど、喧嘩《けんか》でございます」

確かに一大事だ。清綱の言葉から事態を把握していくに従い、長政の血の気が引いていく。

浅井の人足と織田の人足が数百人規模で争いを起こしたというのだ。怪我人どころか死人も出て、さながら合戦のごとき有様だという。

「なにが原因ぞ」

「我ら浅井に向かい石の運搬途中でかち合った織田衆が侮蔑《ぶべつ》の言葉を吐《は》いてきたゆえ、途中までは耐え申したが……」

どうしても聞き捨てならなかったのだという。初めは道を避ける避けないという争いだったが、そのうち観音寺城攻めのときのことに話が及び、織田方が浅井の返答を怯懦《きょうだ》ゆえの所業と嘲《あざけ》りだしたという。一人が叫ぶと堰《せき》を切ったように織田側は騒ぎ始めた。

信長が問題にしなかったゆえに、今まで表立って六角攻めのときの浅井の態度をなじるものはいなかったが、織田勢は腹に据えかねていたのだ。

「合戦では尻ごむだけで役に立たぬ木偶《でく》人形がと罵《ののし》られ、挙句浅井は織田の荷物とまで言われた以上はもう」

かかれーと口の中で清綱はごにょごにょと呟く。

「先に手を出したのは我が方か」

「混乱をきたしておりましたゆえ、どちらが先かは。しかしそれがしも気持ちの上ではかかれと叫んでおりましたなあ」

（口にしたのではあるまいな）

「織田方の監督は誰だ」

「柴田殿と佐久間殿でございます」

「なるほど、古参の荒武者だな」

長政は立ち上がった。

「どちらが優勢だ」

「我が軍が」

長政の口元がひくりとひきつる。

「弾正忠殿（信長）は、さぞやお怒りであろうな」

「まったく出てくる気配はございません」

「放置か。死人が出ているのであろう」

「それはもう。押し合いへし合いで」

としゃべる清綱の顔を、長政はちらりと窺《うかが》う。大仰に駆け込んできたわりには汗一つかいていない。

「始まってどのくらい経過しておる」

清綱は黙り込んでしまった。

（やはり）

話を聞くうちにわざと報せを遅らせたのではなかろうかと長政は思い始めていたが、どうやら図星のようだ。

喧嘩を始めてしまったからには、どこでやめても罰《ばつ》せられる。ならば今までずっとくすぶっていた織田への憤懣《ふんまん》を、ここで一気に発散させたいと清綱が思ったとしても不思議ではない。

「場所は！」

「立売《たちうり》堀川の辺りでござる」

「馬、曳《ひ》けェ」

長政は数人の近習を従えて清水寺を飛び出した。なるほど、堀川に向けて駆けるほどに、喧騒《けんそう》が風に乗って大きくなる。

大柄な長政の騎馬姿は、遠目でも威風堂々として威厳がある。

それが刀を抜き放ち、蹄《ひづめ》の音も猛々《たけだけ》しく揉《も》み合う群衆に駆け迫り、

「引け、引けィ。我らは浅井長政である。両者とも控えぬか」

大音声《だいおんじょう》で叫ぶと、まずは浅井のものたちが潮が引くように喧嘩を止《や》めて道の脇に寄った。そのあまりに整然とした様子に毒気を抜かれた形で織田勢も脇に寄る。

「公方様の城普請の最中になにごとか。すみやかに持ち場へ戻れ」

彼らの中央を長政は馬で回りながら怒号した。

そこへ桜の花びらがパッと散る。

なにごとかと長政が振り返ると、小柄な秀吉の姿が目に入る。踊《おど》るような足取りでたずさえた花かごの中から花びらを摑み出し、パッパッと散らしながら長政の方へ近寄ってくるのだ。あまりに予想外の出来事に、誰もがわけがわからずぽかんとなるなか、柴田修理亮勝家が、

「ぬしゃァ、なにをしておる」

秀吉を高圧的に怒鳴りつけた。

暴走する部下を抑えきれずに騒ぎを起こしてしまった柴田は、長政が出てきたとたんに事態が沈静化されてしまっただけに、なにか収まりのつかぬ屈辱にうち震えていた。その怒りが全て秀吉に向かったような激しさだ。

秀吉は一向に気にしたふうもなく、

「あいや、お怒り召さるな。おのおの方。都大路においでなさいまし、殿のお召しじゃ。そうりゃ、そりゃ」

謡《うた》うような口調でしゃべると、また花を散らす。

楽しげなのは秀吉一人だ。他のものは信長の呼び出しに慄然《りつぜん》となった。これだけの

騒ぎを起こしたのだからただではすむまい。

浅井方の作事奉行を任命されている三田村左衛門大夫や大野木土佐守らは顔を見合わせうなずきあう。切腹を覚悟している顔だ。柴田や佐久間右衛門尉信盛も同じだ。彼らは主君を知り尽くしているだけに、いっそう覚悟のほどが見てとれる。

ぐずっていればさらに信長の勘気を煽《あお》るだけだと柴田が身を翻《ひるがえ》したのをきっかけに、全員が都大路へ駆け足で向かった。

長政は騎馬だから彼らを引き離して先をゆく。徐々に笛や鼓《つづみ》や太鼓《たいこ》の囃子《はやし》の音色《ねいろ》が聞こえ始め、大路に出ると秀吉と同じ花かごを持った男たちが踊るような足取りで桃色の淡い花びらを、なにごとかと見物に集まってきた民衆たちに向かって撒《ま》いてまわっている。

「本番は明日でござるぞ」「明日でござるぞ」「明日は手弁当を抱えて出てまいれ」「共に楽しもうぞ」

花かごの男たちは民衆に向かって大声で告げる。

(なにが明日なのだ)

面食らう長政の目に、信長を先頭にした色とりどりの派手な衣装の囃子方の行列が映った。騎馬は信長一人で目の覚めるような艶《つや》やかな青毛にまたがり、徒歩で従う囃子方は気分の沸き立つ陽気な楽を奏でている。

信長は赤地に金の唐草模様という目立つだけが取り柄の趣味の悪い羽織を着ていた。長政は近くまで寄ると馬を下りて控えた。が、

「備前殿、共に」

　来いと促されて再び馬上の人となる。戸惑いつつも信長と馬首を並べた。

「これはなんでございましょう。なにやら華やかな」

「明日、藤戸石《ふじとのいし》を室町第の庭へ運ぶ、その前触れである。備前殿は藤戸石をご存知か」

「見たことはございませぬが、細川管領《かんれい》（藤賢《ふじかた》）のお屋敷にある、噂では小山ほどの苔《こけ》むした名石だとか」

「である。よき眺望は公方様の慰みになるでな。それを移動させる間、石を綾錦で包み、色とりどりの花々で飾って京雀にも人足たちにも楽しんでもらう」

「それはまた、祭りのようでございますな」

「楽しみがないと人は力が湧《わ》かぬものだ」

　派手好きな信長の考えそうなことであった。藤戸石を移すとなれば、数百人の人足が幾本にも取り付けた大綱を引いていかねば動かない。大変な労働になるところを信長はいっそ祭りのように囃《はや》し立て、人々に楽しんでもらうと同時に、そんなことをやってのける自身の権力をも誇示するつもりでいるのだ。

「すばらしい考えです」

相槌《あいづち》を打ちつつ、長政はどこで話の腰を折り、例の喧嘩の件を切り出そうかと窺った。機嫌良く話しているが信長の心中ははかりしれない。

「実は申しわけない事態が起こりまして……」

長政が思い切って切り出したとたん、信長は馬の歩みを止めた。長政は激しい叱責を食らうよりも緊張した。信長が止まったため、今まで背後で陽気に響いていた楽の音もぴたりと止まった。見物の群衆がざわめいたが、すぐに沈黙して信長の次の動きを見つめている。

静まり返った空気の中、追いついた柴田や佐久間、両家の人足たちがやってきた。彼らは道の両脇に寄り、みな膝をついて信長に控えた。

彼ら全てに聞こえる声で、

「備前守はなにか謝らねばならぬことをしたと申すか」

信長に問いただされ、長政は冷や水を浴びせられた気分だ。下手な返答をすれば、浅井の家臣たちへ不信感を与えてしまうことになる。なんとか丸く収めたく、安易に申しわけないなどという言葉を口にしたことを長政は悔やんだ。

「弾正忠様の御家来衆と我が衆が先刻、往来でぶつかりまして、たいそうな諍《いさか》いごとになりました由」

「黙れ！　小ざかしいわ」

全てを言い終えぬうちに信長の額に筋が立ち、怒声が上がる。「わしが知らぬことと思うか」

「いえ」

「本気で浅井が悪いと思うておるのか」

信長はいきなり核心に触れた。矜持を激しく傷つけられて向かっていった部下の所業は、利口とは言えないが、長政は本心から怒る気になれない。信長はそんな長政の心中を過《あやま》たず見抜いている。

（この男に誤魔化しはきかない）

思い知らされたとき、長政の腹が決まった。

「死人の出るほどの争いになりましたのは我らの監督不行き届きにて、心より謝罪いたす。しかれども、理由につきましてはこれより調査いたし、その上であらためて見解を申し上げたき所存でございます」

「必要ない。調べはついておる。我らが衆が浅井が衆に怯懦《きようだ》と言って侮蔑したのだ。権六」

「ははっ」

信長は控える柴田勝家を呼ぶ。

「直に手を合わせてみてどうだ。浅井衆は怯懦であったか」

「決して」

「信盛、わしが婿殿の采配はどうであった」

「見事にございました」

「それではその方らは浅井衆にいわれのない侮蔑を浴びせたのであるな」

「申しわけございませぬ」

二人はその場で非を認めて謝罪する。なにもこんな衆人の面前で謝罪させずとも、と長政はことのなりゆきに狼狽《ろうばい》した。

信長が長政の方を向く。

「あやつらの非礼はわしの不徳。今後二度とこのようなことがなきようにいたすゆえ、今回は許せ」

「もったいのうございます」

長政の本音を探るように信長はしばし睥睨《へいげい》した。見据えられて長政のこめかみの辺りが痛み始める。

「浅井を愚弄《ぐろう》するものは、今後この信長を愚弄するものと知れ」

突如、信長は織田の人足らに向かい、大音声を上げた。

長政の顔が火照《ほて》る。思わず信長という男に心ごと籠絡されてしまいそうな自分がいる。感動した分、頭痛はさらに激しくなった。

桜の花びらがパッと散る。どこからともなく秀吉が現れ、

「落着でござりまするな」

と花びらを散らす。信長は不機嫌そうに秀吉を睨んだが、なにごともなかったかのように再び馬を進め始めた。長政も、居心地の悪さを感じながら従う。背後で笛や太鼓が鳴り始め、

「明日でござりまするぞ」「明日でござりまするぞ」

今まで鳴りを潜めていた花かごの男たちが見物人の中からわっと飛び出したかと思うと、桜の花びらを散らし始める。まるで喧嘩から先刻のことまでふくめて信長の仕組んだ出し物の一環だったような印象すら与える平静ぶりだ。

「於市から文が届いた」

信長が一転して穏やかな声音《こわね》で、まったく予想していなかった話題を長政に振った。

「お方からでございまするか」

「わしはあやつを小谷にやるとき、逐一浅井家の様子を知らせよと申し渡して嫁に出したがの」

この時代の女が実家の間諜となって婚家の様子を知らせるのはごく普通のことであり、それゆえに戦国武将は正妻に気を許すことは滅多にない。局に閉じ込めて、城の

縄張りも水源も収入もよほどのことがない限り目にも耳にも入れぬものだ。だから信長は当たり前のことを口にしたに過ぎないが、長政はどきりとした。が、

「於市の文はいつも備前守への感謝で終始しておるわ。あれは間諜には向かぬ女だ」

信長は明るく笑った。「子ができたそうであるな。むつまじき様子でほっとした」

長政はどう返答していいかわからない。長女の於茶々が生まれてすでに三ヶ月ほどは過ぎている。信長からは祝いの品が山のように送られてきた。なにより於茶々という名は、長政は於初《おはつ》と決めていたのに、信長が付けて贈ってくれたものだ。なぜ、今ごろこの話題に触れるのか。

信長は腑《ふ》に落ちぬ顔の長政を覗《のぞ》き込み、

「もしや、知らぬのか」

「なにをでございましょう」

「子だ。二人目だ。早いので驚いておる。つい先ごろ、於茶々姫が生まれたばかりではないか」

「はあ。は?」

(二人目? 二人目だと!)

「できましたか」

「作っておいてなにを言う」

「いや、しかし初耳で」

「次々と織田と浅井をつなぐ子ができていく。京の近くで婿殿が睨《にら》みをきかせてくれれば心強い。頼むぞ」

「はっ」

「いずれこの国は一つになる。一つになればあらゆるものが流れるようになる。人も品も金も。流れはそれ自体が力である。もっと全てが豊かになる」

「そういう世に、於茶々らが暮らせればよいですな」

「うむ。もっとわしを知り、備前守には真の家族となって欲しい。京にいる間はなるべくわしの傍にいよ」

　長政は素直に高揚を覚えた。少し力のある武将であれば天下統一を夢見るものだが、その先についてこれほど明確な像を結んでいるものは皆無なのではないか。信長の目はずっと未来をみつめている。

　その信長の目が、突然紅《あか》く燃え立ち、

「そこな雑色《ぞうしき》」

　落雷のような怒声が上がった。

　あっと思ったときには信長は鞭《むち》をふるい、長政を残して疾走する。

（なにごとだ！）

わけがわからず面くらう長政の耳に、

「信長が治政を行うこの京で言語道断」

鋭い声が響いた。信長の向かった方角を見ると、人足の一人が見物人の女の被衣《かつぎ》をめくりかけたまま、全身をこわばらせている。信長の憤怒に驚愕《きようがく》してとっさに動けないでいるのだ。

信長は男の少し手前で馬を飛び降り、刀を抜くと悲鳴を上げて逃げかけたそのものの首を、わずかの逡巡《しゆんじゆん》もなく刎《は》ねた。血しぶきが上がり、首が転がる。

一瞬で場の空気が凍《こお》った。斬《き》られた人足は女を犯したわけではない。ただ、ほんの少しふざけて娘の顔を隠す被衣をめくろうとしたに過ぎない。楽の音と、舞い散る桜の花びらに、すっかり心の底まで祭り気分になって、さして悪意もなくやってしまったのだろう。それを、信長は有無を言わせず斬り捨てた。

（一を許せば十が乱れるということか。それにしても激しい。厳しすぎる）

この日、どっぷり疲れて宿舎に戻った長政のもとに於市から手紙が届いていた。万福丸のことと於茶々のことと、宿ったばかりのもう一つの命について書いてある。

（お方よ、そなたの兄者に逆らうは、愚か者のすることだと、悔しいがこの長政、今日はとくと実感したぞ）

あの男はかつてない人物なのだ。

# 四

信長が浅井と同盟を結ぶときに交わした約定を破ったのは、義昭を奉じてのあの怒濤《どとう》のような上洛から、わずか一年半後のことである。

浅井と同盟関係にある朝倉を、勝手に攻めることはしないと誓っていたにもかかわらず、信長は永禄十三（一五七〇）年二月晦日《みそか》、朝倉討伐のため上洛した。

もちろんこの上洛が朝倉攻めのためであると、公表しているわけではない。今後の朝倉の出方しだいでは取りやめになる可能性もある。

洛中の宿舎に待機する秀吉は、浅井領に潜ませておいた才蔵から小谷の反応についての報せを受けた。

（なァして殿は一度信頼した相手にゃァあまで無防備になるんだぎゃや）

信長は今度の違約が、浅井との仲に悪影響を及ぼすとは考えていない。そもそも、天下人となった信長には、違約という概念自体が存在しないのかもしれない。

だから信長から浅井の方へ、今度の討伐についても一言の説明もする気はない。

才蔵の報せでは、浅井はきわめて静寂を保っているということだ。織田と朝倉が現在険悪な状況にあるということは理解していても、信長がいざ朝倉を攻めるという直前には、なんらかの打診が浅井にあると信じているのだろう。

（ないとわかれば、もしかしたら裏切るかもしれにゃァで）

浅井が朝倉と内通すれば、背後を浅井に預ける形で布陣する織田軍は、両軍から挟み撃ちにあう。

（くわばら、くわばら）

秀吉は肩をすくめた。

「動きがありゃァなにがなんでもわしまで知らせてちょーだい。して、於茶々姫は元気だぎゃや」

秀吉は才蔵が現れれば必ず於茶々のことを聞く。絶世の美姫といわれた於市の方に似て、幼いながらもすでに傾城《けいせい》の面影を見せ、気性は伯父《おじ》の信長と同じく激しいという。

（殿に似ておられるんか）

昨年生まれた二子の初姫も愛くるしいが、姉姫と比べればいかにも平凡だと聞けば、秀吉の興味はいやでも於茶々にそそがれる。

「お健やかであらせられますが」

「が？」

「それがしが天井裏に潜んで窺っておりますと、姫の目が過たずそれがしの方を見据えているときがあり、なにやら苦手でございます」

ははは と秀吉は笑い飛ばした。

「姫はまだ三つであろう。気のせいだぎゃや」


ちょうど同じ時刻――。

小谷で於市を抱きながら、長政はこれからのことを考えている。

昨年の織田と浅井の関係は、城普請の際の喧嘩を除けばずっと良好だった。良好というよりは、四月に将軍が室町第へ無事に移転して以降、ほとんど接触がなかったといった方が正しい。

信長は将軍から勧められた栄誉ある副将軍職や管領職をあっさり断ると、代わりに足利家に伝わる「引両筋」と「桐紋」の二つの紋のみを受け取り、既成の組織の中には入らずして将軍との深い繋がりを目で見える形で衆人に知らしめた。

また、近江、山城、摂津、和泉、河内五カ国の知行を勧められたがそれも断り、堺をはじめ大津、草津の商業都市に代官を置くことを申し出て許された。経済の要所を押さえた信長は、八月には八万もの軍勢を従え、北伊勢の北畠氏の版図へ侵攻した。

幾度か干戈《かんか》を交えたあと大軍で囲み、和睦《わぼく》に持ち込む戦略を取った。

兵を撤退させる代わりに、十二歳になる二男茶筅丸《ちゃせんまる》を、後見人ともども北畠具教《きたばたけとものり》のもとへ養子に送り込んだのだ。これで北伊勢は信長の手に落ちた。

信長は支配をより強固にするために、すみやかに北伊勢の織田にとって無用の城を破却させた。また、人や物の流通を阻む関銭《せきせん》の撤廃をおこない、領民に受け入れられた。

当時、北伊勢だけで数十の関所が存在し、人と物が通過するたびに金を取られる仕組みになっていた。これでは行商をしようにも、最初一文の品が、全ての関所を通過するうちに数十文にも跳ね上がってしまう。関所を撤廃した信長への人々の賛美は一通りではない。

その間、唯一、信長から浅井への要請は、領国内にある国友村への鉄炮の依頼の許しのみであった。信長は前年五月下旬に塙直政《ばんなおまさ》、丹羽《にわ》長秀の両人を鉄炮奉行に任命し、本格的に全国から鉄炮をかき集め始めたが、さしあたって国友からは五百ほど買い入れたいと、膨大な量をさらりと言って大金を積んだ。

これは長政には二重の痛手である。まずは自身のそろえたい鉄炮が後回しになってしまう。さらに織田に力を与えてしまう。わかってはいるが、拒めば叛意を疑われる。

だが、長政にとってこの一年でもっとも辛かったのは、戦らしい戦をしていないことだ。長政の版図と隣接するのは織田と朝倉であり、どちらも同盟国であるからやりようがない。

(飼い殺されているような)

と信長に対して感じたことは一度や二度ではない。浅井領は安堵されているが、減らぬかわりに増えもしない。

北伊勢の制圧で、信長は十二カ国の領主となっている。かつては拮抗《きっこう》していた織田と浅井の勢力はもはや雲泥の差だ。その差は戦う場も見出せないまま、今後、ますます開いていくのだろうか。

(わしはまだ二十六だ)

叫び出したくなるような夜がある。

そんな日は決まって於市の肌を求めた。本来なら戦いに向ける衝動を、雄の猛りに変化させ、於市の身体に突きたて爆発させると少しは気持ちも和らぐ。

(気の毒な)

と於市のことを思わぬでもないが、不思議なことに、責めれば責めるほど於市の肌はうるおいをましてくるようだ。二人も子を産んだというのに、嫁いできたころよりも、いっそ若やいでみえる。

この日も長政は於市をひとしきり泣かせたあと抱き寄せて眠ったふりをしている。

(本当にこれでいいのか)

信長という男に不足があるわけではない。信長の理想にも共感できる。初めは反発一色だったが、むしろ今では憧《あこが》れすら抱いている。天下統一という一大事業をたすけるのも生涯を賭《か》け得る大仕事に違いない。信長が全国を制圧すれば、友軍として働く浅井の地位も自然と上がる。

（だが、わしは）

じくじくと胸のうちが疼《うず》く。

逆らってみたいのだ、信長に。

どこまで自分という男が、あの男に対抗し得るか試してみたい。

誘惑が、払っても払っても波のように幾度も押し寄せてくる。

今、長政の手元には一通の書状がある。将軍義昭からの密書だ。

大胆にもそこには自分の後見人であるはずの信長を討てと書いてある。笑止であった。

現将軍は誰が見ても信長の傀儡《かいらい》である。信長がいたからこそ、上京することができ、将軍職に就任することができ、荘厳な室町第に住まうことができるのだ。義昭はそれで満足すべきであった。だが、彼は将軍職に就くと同時に、信長から隠れて内書を諸大名へ発給し、自ら天下に下知しようと試みた。

それを知った信長は、室町幕府の権限を制限する条々（掟書《おきてがき》）を義昭に突き出した。昨年の正月のことだ。

「お前はわしの言うことを聞いておればいいのだ」と、将軍は言われたようなものだ。義昭は屈辱に打ち震えたが、実際、信長の力を頼まなければなに一つ叶《かな》わないのが現実だ。それだけに、義昭の心の内には信長への憎悪と嫌悪が渦巻いている。

義昭はこの一年、懲《こ》りもせずに内書を発給し続け、その内容もより過激に信長討伐を含むものに変わっていった。

今年の正月、信長はさらに義昭牽制《けんせい》のため、五箇条の条々を突きつけた。

一つ、諸大名へ発給する御内書は信長の添状を添える。

一つ、これまでの義昭の下知は無効とする。

一つ、公儀に対し忠義のものに恩賞、褒美《ほうび》を与えたくとも領中なきときは、信長の領内のうちから上意しだいで与えることとする。

一つ、天下の仕置きは信長にまかせた上は、誰であれ上意なく分別しだいで成敗できるものとする。

一つ、天下御静謐《せいひつ》につき、禁中の儀、いつも油断なくおこなうこと。

内容は昨年のものよりさらに辛辣《しんらつ》である。義昭は今度も条々を飲んだ。飲んでおきつつ、さらに密書を朝倉と浅井に送る狡猾《こうかつ》さを見せた。

(信長を倒す)

傀儡の将軍にそんな力があろうはずもない。朝倉と浅井にもその力はない。だのに一通の密書に長政の心は揺れる。

「死のうは一定、しのび草にはなにをしよぞ、一定かたりおこすよの」

長政は低い声で、前回の上京のときに信長から口移しに教わった小歌を口ずさんだ。

「人は死ぬ。万世に変わらざる、これが真理だ。だから備前、死ぬまでになにをするかだ」

と信長は語っていた。

ふっと長政は笑う。密書は破り捨てるべきである。

長政の腕の中で、於市が無邪気に寝返りをうった。


信長は、将軍に宛てた条々と同日付の触書《ふれがき》を、美濃在国中に京近隣二十一カ国の諸大名らに発給して上洛を促した。

昨年から信長主導のもとで行われている禁中修理と室町第の竣工に対して、「天下静謐のため朝廷と将軍に礼参すべし」と呼びかけたのだ。

その真の目的は朝倉征伐《せいばつ》にあり、呼びかけに応じて朝倉義景が上洛しなければ、朝廷と将軍家への不敬とみなし、「上意」により堂々と討つつもりでいる。

信長は、室町第竣工の祝いにことよせ、盛大な相撲《すもう》や猿楽《さるがく》の催しを執り行いつつ、朝倉の上洛を待った。

動く気配はない。

今度の上洛は朝倉だけでなく、呼ばれた諸侯全てが表向きは朝廷と将軍に、実際は信長への忠義を試されている。

だが、信長は浅井長政だけはこの試しの人数から外しておいた。

「昨年は西の婿殿と心行くまで過ごしたゆえ今年は東の婿殿の饗応《きようおう》に尽くしたく、西の婿殿は領国内でごゆるりと過ごされよ」

と親しみをこめて伝えておいた。西の婿殿とは長政のことで、東の婿殿とは家康のことだ。本当は家康の長子信康が信長にとって婿殿に当たるのだが、東西頼りになる友軍の将ということで、家康と長政を同列にそう呼んでいる。

昨年の城普請の折、信長は好んで長政を連れ歩いた。その間、家康は甲斐《かい》の武田信玄が今川領駿河《するが》に侵攻するのに呼応し、同じく今川領の遠江《とおとうみ》に出陣して、泥沼の戦闘を続けていた。昨年は上洛どころではなかった分、今年はもてなしてやりたいというのは本心である。

だが、長政を呼ばなかったのは、それ以上に朝倉攻めを浅井に察知されぬためでもあった。朝倉と浅井は古くからの同盟国であるから、事前に知られればやはりややこしいことになるだろう。当然、浅井は仲介を申し出てくる。それは、はなはだ迷惑なのだ。

信長はこの機に朝倉を攻め滅ぼしたい。義景自身は毒にも薬にもならぬ人物だが、京に近い越前に朝倉が控えていると、将軍義昭が信長への対抗勢力として期待を寄せる。尾張の東に武田や上杉の憂慮がある以上、西の不安は取り除いておかねばならない。

四月二十日、永禄が元亀となる三日前、改元の祝事に出席することなく信長は行動を開始した。

小谷山は青葉に包まれ、薫風《くんぷう》が吹き渡って爽《さわ》やかである。庭には於市が好きな眠り草がゆかしい風情で揺れている。一年のうちで長政がもっとも好む季節であった。

「兄様、兄様」

小鳥のような声でまとわりつく於茶々を抱き上げる万福丸を、於初をあやす於市の横で長政は眺めている。於市の局で子供たちを交えて朝餉《あさげ》をとったあとのひとときだ。

於市の手が長政の手をさすする。

(なにかご心配ごとでもございますか)

見ると於市が、小首を傾げて目だけで問う。

(いや)

やはり長政も目で答え、視線を再び万福丸と於茶々へとそらす。

朝倉義景から、隠居している父久政の元へ書状が届いたのは数日前のことだ。もし、織田が攻めてくることがあれば、朝倉に味方して欲しいという内容だった。久政はこれまでの浅井と朝倉の関係上、当然のことと受け止めたが、織田が朝倉を攻めることについては、

「まさか」

疑心暗鬼な様子を見せた。朝倉義景に織田と対抗して天下盗《と》りの争いに参戦するだけの野心があるとは思えない。今度、信長の上洛の要請に応じなかったのも、暗殺を警戒してのいわば保身であり、自ら討って出て信長と交戦しようとたくらんでのことではない。そんな朝倉を、浅井との友好関係に軋《きし》みを入れてまで織田が叩《たた》く意味が、久政のような凡庸《ぼんよう》な男には理解できない。

「いずれにせよ、挙兵前にはこちらになんらかの打診があるはずだ。そういう約束だからな」

と事態をしばらく静観するよう提案してきたので、長政はそれに従った。同時に細作を放って織田の動きに気を遣う。

長政は父の言うように楽観的には考えられない。浅井に相談もなく朝倉を攻めぬと確かに起請文《きしょうもん》は交わしたが、それは「織田が私的に」という条件の下だ。いまや信長は将軍の後見人として公的に天下へ号令を下す立場となった。かつての約束がどこ

まで履行《りこう》されるか、定かではない。

織田と朝倉が実際に争うことになれば、はたして浅井はどちらにつくべきなのか。損得で考えれば織田である。義理をとおせば朝倉との三代にわたる攻守同盟がより重視されるべきだろう。もう何度も浅井は朝倉の派兵する友軍に助けられている。比べて、織田の上洛を助けたことはあるが、向こうから助けられたことはない。もっとも織田の二年前（永禄十一年）の六角攻めをどう受け取るかで見解の分かれるところではある。

（織田と争うことになれば、市は兄者へ返さねばならぬな）

この時代、夫婦間に破綻《はたん》がくれば二人の間にできた子は、女は母親に男は父親に引き取られるのが常である。於市は娘二人と共に織田へ戻すことになるだろう。

そう思ったとき、万福丸に抱かれたまま、於茶々が長政の方を振り返った。信長によく似た目元だ。

「於茶々」

長政に呼ばれると、

「お父上」

於茶々は目を輝かせて飛びついてくる。ふいに腕からすり抜けていかれて、万福丸は不服そうだ。

於茶々は長政の胸に柔らかい頬をすりよせ、

「ずっとこうしてたい」

ませた口調で甘えた。長政は胸の内を見抜かれたようで、少なからずどきりとした。

「茶々は父が好きか」

於茶々はじっと長政の目を覗き込む。すぐに答えが返ってくると思った長政は当てが外れた。

長政も於茶々の真意を知ろうと、涼やかな目を覗き込む。小さな沈黙ができた。

長政は肯定の言葉を期待しながら、いつしか息をつめるように於茶々の答えを待っている自分に気付いて苦笑した。

（この娘は……）

「父上」

と呟いて、於茶々はいっそう頬をすりよせる。だが、聞きたかった答えはとうとう聞けず、不満が残る。

「御屋形様」

近侍の呼ぶ声がする。

（例のものが戻ったか）

「今、参ろう」

長政は立ち上がったが、すっきりしない分、於茶々に心が引きずられたままだ。

「市、茶々はお方より評判の美姫に育つやもしれぬな」

於市は嬉《うれ》しそうに笑いながらうなずいた。

「於初殿も」

「初はわしに似て絶世のというわけにはいきそうもないが」

娘としては於茶々より可愛いという言葉を長政は飲み込んだ。

小書院へ急ぐと、思ったとおり放ってあった細作の一人が庭先に控えている。

「弾正忠様、勅命により京を発《た》ち、近江和迩《わに》に御着陣にございます」

「して、敵は誰であろう」

「越前朝倉左京大夫殿を、逆賊により誅《ちゅう》し奉るとかや」

(やはり。やはりそうなのか)

短くうなると長政はただちに重臣を大広間へと招集した。

織田か朝倉か。

長政には一つわかっていることがある。

(朝倉に付くのは愚だ)

四月二十日に東下して和迩に着陣した信長は、そのまま敦賀《つるが》に向けて駒《こま》を進め、二十二日には熊川を経て佐柿に入った。

明智光秀、蒲生氏郷《がもううじさと》、木下秀吉、柴田勝家、丹羽《にわ》長秀、前田利家、森可成《よしなり》、山田左《さ》衛門尉《えもんのじょう》、佐々成政《さっさなりまさ》ら織田の諸将の他に、客将として三河の徳川家康と大和の松永久秀が従軍している。総勢三万余の軍勢だ。

本陣を敦賀の妙顕寺に布《し》き、態勢を整えると、二十五日には佐柿からおよそ五里強離れた朝倉氏属城にして越前の入り口、天筒山《てづつやま》城を一気に攻めたてた。

佐々の鉄炮放《はなち》に持たせた五百の国友筒が一斉に火を噴く。

天筒山城は標高百七十四メートルに建つ山城だ。朝倉方部将寺田采女正《うねめのしょう》が二千の守兵を従え常駐している。信長はここを城の裏手に当たる沼地帯から攻めたて、首級を千三百七十も上げて圧勝した。

息も吐《つ》かずに翌二十六日には天筒山から北方半里、尾根続きの天嶮《てんけん》なる金ケ崎城を包囲し、落城させた。金ケ崎城主朝倉景恒は、城を捨てて退却した。

二十七日、金ケ崎城に入った信長は、南方二里の疋壇《ひきだ》城へ破竹の勢いで進軍させ、城主疋壇右近を戦わずして敗走させる。

残るは木の芽峠を越えた先にある、朝倉氏本拠地義景が居城一乗谷《いちじょうだに》である。ほとんど労せずここまで勝ち進んだ織田軍の、諸将から足軽にいたるまで、信長の威光と武運を信じ、朝倉の最後を思い浮かべていた。

そんなときに木下の陣営に、才蔵が駆け込んできたのである。

「備前殿の裏切りにございます。このまま木の芽峠を越えれば退路を絶たれ、朝倉と浅井の両軍に挟み撃ちにあいましょう」

　秀吉はごくりと唾を飲み込んだ。

「う、う、裏切ったかや！」

　今日という日を、万が一にもあるかもしれぬと予測していたからこそ、才蔵をとおして浅井の動きに目を光らせていたものの、実際に裏切られたと知ると秀吉の胃は痛んだ。

「それで我が殿は知っておりゃろうか」

「浅井の方には無防備でしたゆえ」

　知らぬ可能性が高いのではないかと才蔵は言う。

　知らぬはずだった。知っていれば、明日にも朝倉領に踏み込もうとしている今の状況は有り得ない。

　多方面に細作を放ち、ことに将軍の動きには神経を尖《とが》らせていた信長が、長政のことのみは見誤っている。秀吉にはまったく解《げ》せなかった。

　何度か秀吉は今日の可能性を信長の前で口にしてきたのだ。その都度、一笑に付された。

「そこまで長政は愚かではあるまい」

何度か隙を見せたり、難題をふっかけたりして試してきたが、いずれも長政は叛意を見せなかった。唯一、六角攻めのときに反発を見せたが、若さゆえの気負いがさせたと思えば、むしろ追従一本やりの人物より信用できると信長は判断したようだ。長い年月をかけて六角承禎を追い詰め、あと一歩で攻略できそうなまさにそのとき、信長が横槍《よこやり》を入れたのだから、あの場合、浅井が悔しくないはずがないのだ。

もっともあのとき信長が長政を許したのは、利用価値があるからに過ぎなかったが、昨春の京で傍らに置いて連れまわすうちに信頼が増したのは間違いない。秀吉の目から見ても、長政は義兄の信長を偉大な男と認めていたし、憧憬《しょうけい》の目を本気で向けていたこともしばしばだった。

（心酔していても、いや、むしろすればするだけ、その相手に抗《あらが》ってみたいときが男にはあるわな）

そういう秀吉も、草履取りから一軍の将に引き立ててくれた信長に言葉では尽くせぬ恩義を覚え、畏敬《いけい》の念を抱き心酔しきってはいたが、それでもいずれは越えてみたいという野望を心の奥に秘めている。

この男と真っ向から戦えるなら、八つ裂きにされても本望と思えるほどに惚《ほ》れている。そして万に一つ、征服することができたなら……。

秀吉は己の考えに身震いをした。

今、秀吉が考えたようなことは常に人の上に立ちつづけた信長には、理解し難い感情に違いない。

「御大将に急いで知らせねばならぬがな」

ここで一つ、問題が発生する。なぜ、全軍の中で浅井裏切りを秀吉が真っ先に知ることができたのか、あまり出過ぎた真似が信長の鼻につけば、虎口を脱した後に秀吉は排除されるだろう。

（さて、どぎゃーいたすか）

火急の事態だ。迷っている暇はない。

秀吉は自身を納得させるようにうなずいた。

「これしかにゃーのだわ。わしはここで死なにゃーならん運命だったのだわ」

秀吉の痩《や》せた体がさすがに小さくおののいた。だが、これしか信長をこの危機から脱出させる道はない。

少しは取り乱すかと思ったが、浅井の裏切りを聞いたときも信長はいつもと変わらぬ声音で、

「であるか」

一言、答えた。

秀吉の気持ちも、それで少しは落ち着いた。人払いをしてもらった陣屋の中で、信長が足を上げれば簡単に蹴飛ばすことができる距離に、秀吉は土に頭をすりつけるように平伏している。

秀吉は信長の許可を得ずに細作を浅井領に放っていたことを隠さなかった。後日のことを憂えるよりは、一刻も早く正しい報《しら》せを信長に届ける道を選んだ。

信長は確認のための細作をただちに浅井方へ走らせる。

「猿」

「はっ」

「上げよ」

秀吉が顔を上げると憎しみのこもった目で信長は宙を睨んでいる。

「申せ」

意見を求められたが、信長の中ではすでに結論が出ているはずだ。

（わしは技量を試されておる）

「退陣《のきじん》が宜《よろ》しいかと」

秀吉は声を振り絞って答えた。

「わしに逃げよと申すか」

「退路を絶たれる前にすみやかに京へ引き返し、さらなる大軍を引き連れて確実なる大勝を収められるが宜しいかと」

信長がぎろりと秀吉を睨む。

「御大将！　この猿めに殿《しんがり》をお申しつけ下され！」

秀吉は全身、声になって叫んでいた。

明日には朝倉を亡《ほろ》ぼすかという勢いの織田勢であったが、背後を突かれ挟み撃ちにされてなお優勢に立てるほど戦は甘くない。

しかも、相手にするのは豪胆できこえた命知らずの浅井勢であり、それを率いるのは十六歳の初陣から近隣に名を馳せた勇将長政なのだ。

形勢が不利になれば、兵は簡単に離反する。総勢三万といっても日雇いの傭兵《ようへい》が多いのが現状だ。

兵の離反が始まれば、百姓たちまでもが賞金稼ぎの落ち武者狩りを始める。それが土一揆へと発展する。そうなればあっという間に周囲は敵だらけになり、退路を失う。ここは、長政が戦場に駆け付ける前に西進し、浅井領をなるべく無傷で突きぬけるしかない。浅井が裏切ったことにより、信長は敵陣のど真ん中に放り込まれたに等しい状況に陥っているのだ。

そんな状態の殿《しんがり》を務める軍勢は、全滅を覚悟しなければならない。だが、誰かがやらねばならぬことだ。

　秀吉は初めからここで死のうと決めて、信長の前にいる。

「殿《しんがり》、許す。しかと勤めよ」

「ありがたき仕合せ」

「猿、生きて戻れ。戻れば長政のものをそっくり、そちにやる」

　あまりのことに秀吉は一瞬、目を見開いて信長を見た。すぐに弾《はじ》かれたように地にひれ伏す。

「ははっ」

　無断で細作を放っていた件は不問にいたすという返答であり、浅井攻略を担当せよということであり、浅井を落とせば江北の地を任せるということでもある。

　およそ十年前に五百人の足軽大将に、五年前には二千人を従える一軍の大将にのし上がった秀吉は、今度は夢にまで見た江北三郡の支配と城が手に入るかもしれない。

　これで、殿《しんがり》を万が一にも見事に務め、生き延びることができたなら、秀吉の運命が変わることが約束されたのだ。一か八か、死ぬか大名への道が開けるか、人生最大の大博打《おおばくち》である。

「備前めは、わしのなにが不足であったのだ」

　信長は、ぽつり呟くと、身を翻して出ていった。宿老たちを集めて今後の指示を出さなければならない。

秀吉の全身から力が抜けた。緊張から解放されると、尾張で何度かその姿を見かけたことのある於市のことが、心に浮かぶ。初めて姿を見たときは、信じられないほど美しい人間が、この世にはいるものだと思わず涙を流して伏し拝んだ。そんな秀吉を、信長が馬鹿じゃないかと呆《あき》れていた。

(こんなことになってしまい、あのお方はどうなるんだぎゃ)

それから生まれたときよりずっとその成長の様子を才蔵から聞いてきた、まだ見ぬ於茶々のことを思った。

於市は斬られることがあっても、娘たちは無事だろう。だが、於茶々には生まれたときにおかしな噂がたっていた。当時は一笑に付したが、万が一にも長政の実子でなかったとしたら、於茶々の扱いは微妙になりはしないだろうか。

(そんなはずはな一も。わしも、人のことを心配しどきじゃにゃーのだが)

秀吉は泥をはたいて立ちあがった。

## 五

於市は良人《おっと》長政によって一室に閉じ込められたまま、息をつめるようにして成行きを見守っている。

兄の信長と良人の長政が敵同士になるなど、思いもよらなかった。なぜ、思わなかったのか、自分は長政の抱える心の闇《やみ》を少しも理解していなかったのだと、今となってはそれだけが悔やまれる。

長政は四日前の四月二十七日の出陣の日、於市の元にやってきて、

「お方」

とのみ言って、口を閉ざした。於市は小首を傾げて続きの言葉を待った。

この日の長政の顔を、於市は忘れられない。困惑しきっているようにハの字に寄せた太い眉の下に、哀しみを湛《たた》えた瞳が揺らいでいた。そのくせどこかすっきりと憑《つ》きものが落ちたような明るさが頬に浮かんでいたのだ。

「近日来のお悩みごとが解決召されましたか」

それで於市がそう尋ねると、長政はゆっくりとうなずき、

「義兄者と交わした誓紙を、わしはお返ししたのだ」

と答えた。於市の胸がきゅうっと痛む。

この説明だけで全てが理解できた。長政は信長を裏切り、於市は浅井に無用の者となった。今後の於市の運命は、殺されるか織田に戻されるか二つに一つである。

二人は無言でみつめあっていたが、

「すまぬ」

長政は一言、詫《わ》びた。

於市は力なく首を左右に振る。

「お方には悪いことをした。しかし、わしと、わしに従う浅井の兵と、三代にわたる同盟国の越前殿に対しては、誠意ある回答をしたと思っておる」

「義でございまするか」

「織田と朝倉ではより朝倉方に義理がある。だが、それ以上に長政は人の下に付けぬ男であったということだ。愚かと思うか」

「いいえ」

「わしは思うぞ」

「女の市にはわかりませぬが、殿は正しいように思われます」

「うむ。愚かだが、いっそ、悔いはない。このまま織田の旗下で安堵されたとしても、ただ生かされているのみで、わしも浅井のものども生きているとは言い難い。真に生きるためにおことを犠牲にするぞ」

酷《むご》い言葉だが、於市はその中にひしひしと長政の愛を感じ取った。十分だ、と思った。

（殿の今の言葉を抱きしめて死のう）

於市は長政の前に指をつく。

「市の最後の願いを聞いてくださりませ。殿の御手でせめて」

「ならぬ。兄者の元へお返しする」

「いいえ。貴方様のお傍《そば》で土に返る我儘《わがまま》をお許しくださりませ」

「長政をそこまで不義理ものにさせたいか」

「この指も、髪も、胸の内まで、於市は殿のものでございます。戻れば、それも叶いませぬ」

戻れば於市は再び信長の政略の道具に使われる。再嫁《さいか》する可能性が高い。

長政は目を閉じた。眉間《みけん》に深い皺《しわ》を寄せ、一文字に口を結び、しばし苦悶《くもん》する。やがて心が決まったか、カッと目を見開き、

「刀！」

と叫んだ。廊下に控えていた小姓が、

「ごめんくだされ」

入室して刀を捧げる。

両手を胸の前で合わせて姿勢を正した於市に、抜き放った白刃を振りかざし、

「言い残すことはないか」

と尋ねる。声がわずかに乱れている。

「茶々も初も、これからも浅井の娘でござりまするな」

「案ずるな」

「きっと、お勝ちくださりませ」

「きっと、勝つ」

於市が目を閉じた。

「さらばじゃ、市」

長政が刀を振り下ろそうとしたこのとき、部屋に闖入《ちんにゅう》してきた影がある。

「いけませぬ。姫様、お待ちを」

突然、乳母の声がしたかと思うと、

「父上」

続いて明るい声が響き、その方角から於茶々が部屋に飛び込んできた。

追いかけてきた乳母は、長政の振り上げている刀を見て、小さく悲鳴を上げる。無邪気に父母に向かおうとする於茶々を抱き止めた。

「さ、姫様はこちらへ。お父上様とお母上様は大事なお話をなされておられます。お話が終わるまではこちらへ」

「嫌ッ。嫌、嫌」

於茶々は身をよじり、火が付いたように泣き始める。呆気《あっけ》にとられて長政と於市は、互いに目を見合わせた。

「於茶々殿」

於市は於茶々を招きよせ、一度力をこめて抱きしめる。子供特有の髪の匂いに鼻孔がくすぐられると、体の奥底から愛《いと》おしさが溢《あふ》れ出てくる。

「さ、呼ばれるまでは、あちらで待っていてたもれ」

於茶々はくすんくすんと鼻をすすりあげ、長政を見上げると、

「好き。茶々は父上が大好き」

と訴えて乳母と一緒に出ていった。

長政は振り上げた刀を下ろした。

そこへ近習が駆けつけ、出陣の用意が整ったことを告げる。

「わしが戻るまで、待っておれ」

於市の命は、こうして長政の帰還まで預けられることになった。

今日は月が改まって五月一日だ。四月二十三日に改元されたので、元号は元亀となる。

見張りを付けられた状態で、閉じ込められているから、外の様子はまったく伝わってこない。

兄信長が死なねば、たとえ戦に勝ったとしても浅井の明日は明るいとは言い難い。

於市には、長政の死も信長の死も耐えられそうになかった。

「死のうは一定……」

於市は信長が好み、いつしか長政も唄うようになった小歌を口ずさむ。「しのび草にはなにをしよぞ」

「一定かたりおこすよの」

「あっ」

ふいに唱和され、戸が荒々しく開けられたと思うや、まだ甲冑《かっちゅう》もそのままに汗と血と垢《あか》にまみれた長政が現れる。

「お帰りなさりませ」

於市は手をついて良人を迎え入れた。

浅井、朝倉の連合に、江南を逃れていた六角承禎が呼応して織田との兵数はほとんど互角。ただ、思わぬ裏切りと挟み撃ちにあう心理的動揺に加え、織田勢は土地に不明という不利がどう戦局に影響したか。於市の心臓は早鳴る。

(兄上は、どうなさったのかしら)

聞けるはずもない。が、長政の方から、

「信長どのはご無事である」

まずは告げ、鎧兜《よろいかぶと》を脱ぎ始めた。於市は手伝いながら、べっとり鎧にまとわりつく血が長政のものかどうかを確かめる。返り血だとわかると、はじめてほっと息をついた。

長政は褌《ふんどし》一枚の姿で胡坐をかく。鍛え上げられた肌の汚れを、於市が乾いた布で拭《ふ》きとっていく。

囚《とら》われの身の於市には、湯を用意することも、湯漬けを運ばせることもできなかった。織田から連れてきた侍女もみな、別室に集められて監視がついている。

「お方の兄者は見事であった。戦わずに逃げられたぞ」

と長政。

「戦わずに、でございますか」

「意外であった。浅井の裏切り、許せぬとばかりに憤激し、手強《てごわ》く向かってくると思っておったのが、当てが外れた。一戦交えることができたなら、織田の命運も尽きたであろうに、残念よ。ああも完璧《かんぺき》に逃げられてはの」

信長は秀吉から浅井裏切りの報せを受けたあと、参陣していた二、三の宿老たちに指示を与えたのみで、薄闇が辺りを覆《おお》うのを待ち、敵からも味方からも姿をくらませた。従うものは、松永久秀とたった数騎の従者のみである。三万の兵を置き去りに、京への逃走を開始したのだ。

同じころ、浅井領と朝倉領を繋ぐ北国街道およそ十一里の道程を、大急ぎで浅井勢は北上していた。途中、放ってあった忍びのものに、織田の陣営から倒すべき信長が消えたと報告を受けたときは、さすがの長政も狼狽《ろうばい》した。今度の出陣は信長の首を取ることが第一の目的であった。織田家は信長専横でやってきただけに、信長一人倒せばあとはもろいと長政は見ている。そうであればこそ、兵に少々の痛手を被《こうむ》ってでも全力で織田を叩くと気負っていたが、肩透かしをくらったようなものだ。取るべき首のない軍を攻めるのに、大きな損傷を出すわけにはいかない。

「なんとしてでも探し出せ」

長政は数十人もの刺客を放ったが、居場所がわからないから雲を摑むようなものだ。将が消えてもさほどの混乱もなく、若州佐柿へ馬首を向け、江北の地を突き抜けて退却を始めた織田勢は、わき目もふらぬ見事な逃げっぷりを見せた。浅井の追撃に挑発されることもなく、尻《しり》をまくって走り去ってしまったのだ。

もちろん、浅井は狩れるだけ首を狩ったが、頼みの朝倉は金ケ崎城に陣を構えた秀吉率いる軍勢と睨み合って動かない。秀吉が金ケ崎城から江州道にかけて、幟《のぼり》をそこここに立てかけ、大軍を装っていたからだ。秀吉軍が未知数なのはわかるが、長政の本音は腹立たしかった。朝倉はあまりに決断力がなさ過ぎる。

朝倉が出ねば、織田軍三万の兵と長政が急遽《きゅうきょ》動かした一万の兵では、数に差がありすぎる。結局、局地的な小競り合いのいずれもに勝利したものの、大きな打撃を与えることはできずに通過を許してしまうことになった。

獲物を逃した浅井勢は、一年数ヶ月ぶりの戦に猛《たけ》る血を、そのまま鎮めることができず、疋壇《ひきだ》を拠点に秀吉の籠《こ》もる金ケ崎城へ襲いかかった。

道沿いの雑木林に伏せていた秀吉配下の川並衆三百名ほどが一斉に飛び出し、金ケ崎へ突き進む浅井軍を攪乱《かくらん》しようと試みたが、豪胆で鳴らした浅井兵に通じるはずもなく、逆に切り伏せられるところを彼らはパッと道なき道へと散っていく。それでも半数ほどの首は討ち取った。

秀吉も、全軍が退却した今、もはや長居は無用と城を一気に駆け出してくる。その数はわずかに千人ほどか。彼らは浅井兵を十分に引きつけてから鉄炮へと手をかける。長政が信長のために用意した国友の精巧な鉄炮だ。

風光明媚《ふうこうめいび》な敦賀の地にかつて響いたことのない轟音《ごうおん》が轟《とどろ》き渡った。浅井兵の馬がおののく隙に、奇声を発した木下軍の槍隊が、信長が考案したという長槍を繰り出し、浅井の先陣に食らいついた。

先頭で指揮をとっていた長政の鼻先にも槍先が突き出されたが、初めの一突きを躱《かわ》すとかわいそうなくらいあっけなく、木下兵は浅井の剛兵に討ち取られていく。

木下勢から二度目の鉄炮が放たれた。が、木下勢の攻撃はここまでで、彼らは全力で浅井の陣を駆け抜け始めた。

長政らはそれらを、合戦というよりはなぶり殺しに近い形で散々に斬りたてた。木の芽峠から駆けつけた朝倉勢も追い討ちに参加したから、織田軍の殿《しんがり》を引き受けた木下勢で生還できた男は、まさに九死に一生を得たといえるだろう。

多大な首級を浅井方は討ち取ったが、肝心の信長の行方は摑めない。

五月、長政の元に信じ難い知らせが届いた。

「信長公、昨夜、大原方面より洛中へご到着」

「なに」

消えたときと同じく、忽然《こつぜん》と信長は現れたのだ。長政の版図から西近江へと迂回《うかい》した信長は、竹林に囲まれた山里深く分け入り、その姿を完全に追手から隠してしまった。まさか数万の兵を扱う大将が、わずか数人の供を連れたのみで山中に分け入るに等しい朽木越《くつきご》えを選ぶとは、誰も思わなかったのである。

長政は絶句するよりほかない。

いつか於市が言っていた、最後に勝つためならどんな屈辱も忍べる忍耐が信長にはあるという言葉が、このときほど実感できたことはない。

「武運強き男よ」

自分の躰を熱心に清める於市の前で、長政は短く吐き捨てた。布越しに、長政の肌に密接した於市の手がぴくりとこわばるのがわかる。長政はその手を捕らえて引き寄せた。

「おことの手が、わしの全身を這《は》いずるから、みよ」

と摑んだ於市の細い手を、己の股間へと導く。荒々しい形を成す長政自身に触れたとたん、於市は「あっ」と指を引いた。

「責任を取れよ」

長政は斟酌《しんしゃく》せずに於市へと覆い被《かぶ》さる。

「市、気付いておるか」

「なにをでございますか」

「小谷に参って初めておことがわしにした頼みごとじゃ」

「いいえ」

長政は於市の裾《すそ》を割る手を休めて、ふっと微笑する。

「殺してくれと言うたのじゃ。このわしの手で」

「はい」

「その願いを聞き届ければ、最初で最後の願いごとがそれになるな」

「お頼み申し上げます」

「ならぬ。おことはそれですっきりしようが、わしに悔いが残る」

長政に抱かれる於市の躰が硬くこわばる。

「織田には戻りませぬ」

「織田には返さぬ」

長政はほとんど前戯なく於市を刺し貫いた。

「ああっ」

悲鳴を上げた於市をさらに責め立てながら、

「ここにいよ」

と命じる。

「御家中がそれで納得いたしましょうか」

「させてみせる」

「でも」

「それすら納得させられぬ男が、あの男と対等に戦えようか」

於市は答える代わりに、長政に夢中でしがみついた。

信長はすぐに大軍を引き連れてこの近江の地へ戻ってくるはずだ。信長と真っ向から戦えると思うにつけ、長政はぞくぞくする。悦《よろこ》びと微《かす》かな恐怖がないまぜになって、気持ちを熱く駆りたてるのだ。長政はぞくぞくすればするほど、於市を激しく扱った。

信長が在京している間、長政は手をこまねいていたわけではない。ごく僅《わず》かな供回りを連れての朽木越えで京に戻った信長は、〝信長健在〟であることを衆人になんらかの形で知らしめるため、幾日かは京へ留まらなければならない。

細作の知らせでは、信長は宿坊で見舞いに押しかける公卿《くぎょう》の相手をする一方、明智十兵衛光秀と丹羽五郎左衛門の両人に命じ、若州石山城主武藤上野守友益を攻めさせ、織田に十分余力があることを証明しようとしているという。

これらに要するわずかな日数が、織田に離反した浅井には絶好の機会となる。

しかも野武士と化した六角承禎が、ここぞとばかりに古巣江南の地で一揆を煽動《せんどう》し、信長の注意を引きつけている。

（今のうちに岐阜を叩けば）

信長不在の岐阜を襲おうと長政は企図したのだ。だが、なにをするにしても浅井は悲しいことに小身過ぎる。岐阜遠征の人数が単独ではそろわない。長政は家臣団に遠征の準備をさせながら、すぐに朝倉義景へ川毛三河守と浅井福寿庵の両人を使者に立て、岐阜攻めを提案した。

元々は織田と朝倉の戦である。ここで叩いておかねば、今後の展開が苦しくなることは容易に想像できるのだから、長政の感覚では、むしろ朝倉からこの話が持ちあがってもよいくらいであった。浅井、朝倉で岐阜を攻めれば、再び江南の地を取り戻したい六角承禎もいっそう奮起するだろう。三好勢も京に取り残された信長に襲いかかるに違いない。

だが長政は信じられぬ答えを、戻ってきた両人から聞いた。岐阜攻めに朝倉は起《た》たぬという。

「まことか。まことに左京大夫殿はこの好機を投げると申されたか。信長は岐阜へ戻れば必ず態勢を整え、大軍を引き連れこの近江に戻ってくるぞ。そうなれば一大決戦、今からやろうとしている信長不在の岐阜への遠征といずれが困難か、よもや判断がつかぬわけではあるまいに」

「左京大夫殿は戦自体に腰が引けてございますれば」

義景に、他所《よそ》へ攻め込む覇気はないと福寿庵は報告する。長政は怒りでしばらく声が出ない。出たときには我を忘れて怒鳴っていた。

「金ケ崎では誰が朝倉の危急を救ったのだ。よもや忘れたとは言わせぬぞ。それとも義景めは、この浅井を利用し、切り捨てる気か」

長政は、数日前の自分の判断が大きく誤っていたことを、はっきりと悟った。

使者に立った二人は、あまりの長政の怒りの激しさに息をのむ。これほど長政が激情を顕《あら》わにしたのは初めてだ。

「朝倉が浅井を切り捨てるというわけではございませぬ。信長の軍勢が小谷に押し寄せてきたときは大軍を出兵させると、しかとお約束くだされました」

「遅い！　それでは遅いとわからぬか。義景の心底《しんてい》も知れたというもの。この好機を逃せば、信長ほどの大将……」

（討ち勝つことは十に一つもあるまいよ。家運、尽きたり）

とはさすがに部下の前では言葉にできない。

（なんと、頼み甲斐のない男と組んでしまったのだ……）

朝倉義景のこれまでの人生を振り返れば、積極的に加賀に攻め入り、加賀一向勢と激烈な戦いを繰り返し、二年前の永禄十一年に本願寺側と婚姻関係を結んで和睦するまで戦に明け暮れていたではないか。

（どこであの男は狂ってしまったのだ）

義昭が義景を頼って越前に入り、上洛を促していたころ、ちょうど愛児を亡くして失意の底に漂った。そのため、京とは目と鼻の先という地の利に恵まれながらも機会を逸してしまった事情は知っていたが、まさかいまだに立ち直れていないとは、戦乱の世の国主として言語道断である。

（腑抜《ふぬ》けなら腑抜けらしく、信長に膝《ひざ》を屈していればよいものを、紛《まぎ》らわしい）

将軍を奉戴《ほうたい》した信長に膝を屈せず、あくまで戦う道を選んだのは、なにゆえなのか。

「やむを得ぬ。六角承禎と連絡を取れ。信長の帰路を狙う」

長政は愛知郡にある鯰江《なまずえ》城へ入り、六角承禎は市原郷で一向宗徒を煽って一揆《いっき》を起こし、かつての宿敵は互いに連絡を取りつつ中仙道を押さえて信長を待ち伏せる策に出た。

が、今回も長政は信長に裏をかかれた。信長は蒲生賢秀《がもうかたひで》の進言を聞き、近江を通過せずに、間道に当たる千草峠から伊勢へ大きく回って岐阜へ戻る道を選んだのだ。

その可能性も考えて六角承禎は甲賀者の杉谷善住坊《ぜんじゅうぼう》に信長の暗殺を依頼していた。この男は鉄炮の名人である。狙った獲物はほぼ外さない。信長の命運はここで尽きるはずだった。

善住坊は信長が千草越えをすることを摑むと、千草峠へ続く山道から十二、三間隔てた風下《かざしも》に潜み、耳をすませ息をひそめて待つ。

心得で風下に陣取ったが、風のない夏の日で、汗がじっとりと全身を包む。なかなか信長は現れない。善住坊は喉の乾きを覚え、何度も唾を飲み込んだ。

やがて、幾つもの蹄《ひづめ》が地面を蹴る音が聞こえてくる。素早く善住坊は火縄に点火し、構えを取った。

先頭の集団が見え始める。その中に、いる。暑さに耐え兼ねたか半裸に近い格好で、わずかに物憂げに見える男が信長だ。

（焦るな。もう少し、もう少しだ）

信長が十分な位置に来るまで堪《こら》え、

（今だ）

という間際、しかし引き金を引くより早く信長が善住坊の方を振り返った。ハッと怯《ひる》んだ分、手元が狂う。しまったと思ったときには轟音を発し、弾は信長の顳顬《こめかみ》を掠《かす》めてとおりぬけた。失敗だ。

（俺としたことがどうしたのだ）

善住坊はじっとりと汗をかいた手を震わせ、万が一のときのために用意してあったもう一つの鉄炮へ点火した。

動揺の抜けぬままに慌てて構え、再び引き金を引く。

今度も大きな音が山間に木霊《こだま》した。信長の馬がいななく。弾は信長の着物を焦がし、今度もむなしく虚空に消えた。善住坊の全身がもはや汗でぐっしょりと濡れている。

「曲者が！　引っ捉《とら》えろ」

信長の怒号を背に、善住坊は全力で駆け出していた。

まるで信長にはなにか目に見えぬ大きな力が付いているかのように、次々と起こる危機をすりぬけてしまう。

善住坊失敗の報は、依頼した承禎も、それを後で聞いた長政にも、将軍義昭にも、それぞれに言い得ぬ恐怖を植え付けた。

もうすぐ信長が江北の地へ侵攻してくる。

（あの男はなに者なのだ。いったい、わしは何を敵に回したのだ）

迎え撃つ準備をしながら、長政は身を震わせた。

# 第二章　敗者の娘

## 一

数日前の野分《のわき》のせいで、落ち葉の積もる地面は湿り気を帯び、歩くたびにじゅくじゅくと音をたてる。

まだ幾分血が匂い立つ敦賀《つるが》の地で、木の芽峠を眼前に望んで信長は感慨にふけった。

（ようやくここまで来た）

というのが正直な思いであった。

天正元（一五七三）年八月十六日。あの元亀元（永禄十三）年の金ケ崎の退陣から三年以上が過ぎていた。

器量を見込み、徳川家康のように片腕となってくれればと願った義弟長政の裏切りで越えることのできなかった木の芽峠に、信長はやっと帰ってきたのだ。

この三年余は信長の苦難続きの人生の中でもひときわ苦しい時期となった。将軍義昭を中心に、浅井、朝倉、本願寺、比叡山の僧兵、三好三人衆に毛利に武田……反信長勢力が絶え間なく蜂起《ほうき》しては信長を悩ませた。

元亀元年に金ケ崎の危機を脱した信長は、二ヶ月後の六月下旬には二万五千の軍勢と、同盟軍家康率いる五千の兵と共に、長政の待つ江北に攻め寄せた。小谷《おだに》城と支城横山城の間を流れる姉川を挟んで、浅井、朝倉勢と横山城を巡《めぐ》る一大後詰戦を演じたのだ。

包囲した横山城を背に十三段に構えた織田の陣構えのうち、十一段までを救援に駆け付けた浅井の猛兵に破られる危うさではあったが、徳川軍の働きで、かろうじて信長はこの戦に勝利した。

失した数の倍の首級を上げたため、織田、徳川軍の大勝と信長は触れて回ったが、本音は「かろうじて」という印象を拭《ぬぐ》うことができなかった。

長政は強い。

あの男は足軽勢に混ざって織田の先陣に自ら突撃し、こともなげに次々と織田軍を蹴散《けち》らし、本陣の信長の鼻先まで迫ってきたのだ。金色の鎧《よろい》に十数本の矢を突き刺したまま刀を翳《かざ》し、躊躇《ためら》いもなく突き進んでくるその姿は、鬼神そのものである。深みのある切れ長の瞳に若者らしい含羞《がんしゅう》を時折覗《のぞ》かせながら、自分の前では常に物静かに振舞ってきた男の姿はそこにはない。

信長の中をカッと怒りが稲妻のように走った。思わず迎え討ちそうになったが、木下勢が二人の間に身を挺《てい》して割って入ったため、再び混戦の中に長政の勇姿を見失った。世にいう姉川の戦いである。

長政はこの戦いで、阿閉《あつじ》五郎右衛門、雨森次右衛門、浅井雅楽助ら、多くの重臣を失った。ことに浅井の頭脳とうたわれた遠藤直経の死は、長政の暗い前途を暗示していた。

平原での戦いに負けを喫した長政は、横山城を捨てて小谷城へと引き上げたが、信長は勝ちに乗じて攻めかかりはしなかった。小谷城がどれほど堅牢な城か十分わかっていたからだ。この城があればこそ、長政も決然と信長を裏切れたのだ。

奪取した横山城を秀吉に預け、信長はいったん江北の地を去った。

八月、三好征伐に乗り出した信長の大坂に構えた陣所に、本願寺宗徒が襲いかかった。すかさず呼応した浅井、朝倉軍が江南に攻め入ってくる。信長はこの戦で弟の信治と、腹心の森可成《よしなり》を失った。

十一月になると息もつかせず伊勢長島の一向宗徒《いっこうしゅうと》が蜂起した。信長はここでも弟の信興を失った。

翌年、元亀二年。この年も怒濤《どとう》のような一年となった。浅井を攻め、一向一揆《いっき》と戦い、比叡山に火をかけ、殺生に明け暮れた一年だ。ことに浅井、朝倉に味方した比叡山への報復は厳しく、そこにいた僧侶や女子供四千人を皆殺しにしてのけた。長政に裏切られた怒りのほどを象徴しているかのような激しさだ。

　信長の心は乾ききっている。

　元亀三年。投降しない三好衆と叛旗《ひるがえ》を翻した松永久秀をねじ伏せ、この年も長政の小谷を攻めたが、こちらはいっこうに落ちる気配がない。そうするうちにも信長にとって東の脅威、武田が動きを見せた。義昭の要請を受け、上洛するために遠江《とおとうみ》に侵入してきたのだ。遠江の三方《みかた》ケ原《はら》で徳川軍と激突し、武田軍団の圧倒的強さを見せつけた。このとき家康はあまりの恐怖に退却しながら馬の背に脱糞《だっぷん》してしまったという。笑えない話であった。信長ほどの男でも信玄のことを考えると肌が粟立《あわだ》つ。

　徳川を踏み潰《つぶ》し、いよいよ信玄が西上をはじめ、東に武田、西に浅井、朝倉、本願寺と敵を受け、信長は絶体絶命の危機にさらされた。陰で全ての糸を引いているのは、将軍義昭である。

　が、このときも天は信長に味方した。信玄が西上途上で急死したのだ。

　信玄という心強い味方をなくした義昭は、信長への凄《すさ》まじい恐怖心から、七月に追い詰められるように挙兵した。義昭は、もともと信長がいなければ将軍に就くことができなかった男である。力の差は歴然だ。わずか半月で降伏し、京を追放され、室町幕府はこの世から消滅した。

　幕府を倒した信長が最初に行ったのは、改元である。元亀という元号を、即座に天正に変えた。これは、三年前の改元時に義昭と信長が元号を元亀にするか天正にするかで争ったことが尾を引いている。義昭は元亀を推し、信長は天正を推した。あのときは将軍の義昭が元亀をごり押ししたが、幕府滅亡と同時に〝これからはわしの世だ〟と知らしめるため、信長は露骨に改元を行った。

「天」は信長の好きな言葉であり、自身のいるべき場所である。

だが、改元後も長政は書面に書く日付に決して天正を使わないという。信長の天下をあくまで認めない気性の激しさを見せた。

信長はその話を人づてに聞いたとき、

「けしからぬことを」

一言吐き捨て、二度とその話題には触れず、また他者にも触れさせなかった。

(長政め。どこまでもわしを否定しおるわ)

このころ信長は自らを生き神であると信じるようになっていた。信仰心が皆無と言われる信長だが、唯一絶対のものとして信仰しているものが自分である。ゆえに信長にとって自分に逆らう者は〝悪〟であり、〝悪〟を亡《ほろ》ぼすのになんのためらいも感傷も不要なのである。

信長はこの辺りから家臣に己を「上様」と呼ばせるようになっていた。

そして八月。

信長の元に横山城を預かる秀吉から、吉報が届いた。

浅井領前線を守る山本山城主阿閉淡路守貞征《さだゆき》が、織田方に内通してきたというのである。

信長は長い間、この瞬間を待っていた。長政の守る小谷城は難攻不落と言われる山城だ。加えて浅井の兵は強い。姉川の戦いのときのように平野におびき出し、人数差を付けて戦わなければ攻略は難しい。

だが、この三年、信長がどれほど挑発しても、長政が軽々しく山を下りることはなかった。小谷山を下りさえしなければ浅井勢は勝ちもしないが、負けもしない。

こうなれば、小谷城を攻略する手だては一つである。浅井家臣団を調略《ちょうりゃく》し、中から切り崩していくのだ。手引きするものがあれば、どれほど堅牢《けんろう》な城も必ず崩れる。

信長は秀吉に浅井重臣阿閉淡路守の調略を命じた。秀吉は、小兵《こひょう》で身長も五尺ほどしかなく、先陣を切る勇猛果敢な戦働きは望めぬ男だが、調略の名人である。人をたらし込む名人といった方がいいかもしれない。巧みな話術とひょうきんぶりで相手の心を知らぬ間に和らげてしまう。

秀吉は己の持てる想像力を駆使して常に相手の立場でものを言う。いつしか皆ほだされるのだ。追い詰められているものほど、ほだされる。

姉川の戦の前にも秀吉は、信長版図の美濃に続く北国街道の押さえとして長政が構えた要害、刈安砦《かりやすとりで》と長比砦《たけくらべ》の城将樋口三郎兵衛と堀次郎を寝返らせ、近江への侵入路を開いてみせた。

そして今度も期待どおり、阿閉を織田へ引き入れたのだ。

「でエー」

報《しら》せを受けた信長は小姓衆に出陣の意思を告げ、法螺《ほら》を吹かせ、真夜中だったにもかかわらず岐阜を飛び出した。

八月八日、八日前のことだ。

織田軍は阿閉軍二千の手引きで途上にある月ケ瀬城を落とし、小谷城の付城として元亀三年に信長が築かせた虎後前山《とらごぜやま》城へと入城した。虎後前山は小谷山南西一里に位置する標高およそ二百九十メートルの山だ。小谷の真向かいと言ってもよいくらい、互いの山がよく見える。

これまで織田が江北に兵を進めたときは、朝倉から援軍が必ず派兵されてきた。今度も必ず来る。

信長は、浅井と朝倉の連絡通路を断つため、小谷城背面を守る大嶽《おおずく》城より北方わずか三十町に位置する標高五百四十メートルの山田山に陣取らせた。連れてきた嫡子勘九郎信忠を虎後前山城に残し、自らは山田山へと移動する。

案の定、朝倉二万の軍勢が左京大夫義景自らの指揮で駆けつけてきたが、肝心の浅井と連絡が取れず、山田山を睨《にら》む田上山に本陣を置き、丁野《ようの》山にも兵を配置して織田の出方を見守った。

全て、信長の計算通りである。

信長は山田山で開いた評定《ひょうじょう》で、

「不落と言われた小谷の城で、もっとも難所はどこであろう」

皆に尋ねる。

「大嶽でありましょうな」

柴田勝家が即答する。

「であれば、大嶽を攻める」

小さなざわめきが起こる。

大嶽は標高およそ五百メートルの岩山に築かれた砦で、その峻険《しゅんけん》さから、南方の小谷城を突破しなければ敵は大嶽へは行きつくことはできないと信じられている。今日まで大嶽の背後を衝《つ》いて攻め登ることを考えた男は二人しかいない。浅井久政と信長である。

久政は過去に大嶽の守りとして麓《ふもと》に焼尾砦を築いた。つまり、攻め入る隙《すき》があることを、皮肉にもその砦の存在が教えている。砦から大嶽まで道が繋《つな》がっているのだ。

（焼尾を落とせば大嶽は落ちる）

「機が到来ししだい、大嶽を攻めよ。浅井を閉じ込め、まずは朝倉攻めに専念する」

信長は大嶽が落ちたのちの朝倉軍追撃の先手衆に佐久間信盛、柴田勝家、滝川左近、木下秀吉、丹羽長秀、蜂屋頼隆、稲葉一鉄、稲葉貞通、蒲生賢秀、蒲生氏郷、永田景弘、阿閉貞征らを選び、

「ここで必ず義景を討て。決して逃がすな。必ずだ」

としつこいくらい何度も命じた。義景には積年の恨みがある。信長の中に怒りが燃えあがり、その殺気に触れて歴戦の猛者《もさ》たちの躰《からだ》がこわばっている。

自分が合図を下せばすぐに出兵できるよう仕度を怠《おこた》るなと再度命じて、評議を解散させた。

それから二日、信長はじっと待った。

その間、朝倉は沈黙を続けている。信長は策のない義景を鼻でせせら笑った。

やがて、阿閉淡路守貞征が目どおりを申し出てきた。自然、信長の口元に笑みが浮かぶ。

（来たか）

新参者の貞征がひれ伏して告げる。

「浅見対馬守、自らの非を詫《わ》び、本日より上様のために粉骨砕身あい務めさせていただきたいと申しております」

信長は裏切り者の阿閉に浅見の裏切りを勧めさせていたのだ。

櫛《くし》の歯が抜け落ちるように、土壇場で浅井家臣団の結束が崩れていく。

(人とは信じるに足らぬ生き物よ)

思い知れ、と信長は長政に言ってやりたいような気もしたし、なにをそこまで自分はむきになっているのかと自嘲《じちょう》もした。

調略でことを進めていくのは、それがもっとも兵の消耗が少なく確実だからで、それ以上でも以下でもないはずだ。

「淡路守、手柄である」

信長は一言、阿閉貞征を褒《ほ》めた。

その日は朝から風が強かったが、時間が経つほどにいっそう激しくなった。夕方からは大粒の雨が飛矢のような激しさで大地に刺さり、風の鳴き声が麓《ふもと》いっぱいに響きわたった。

風雨は刻々とひどくなる一方で大木の幹が裂ける音が不気味に木霊《こだま》する。報告では谷の水も溢《あふ》れかえり、大嶽山の随所に滝ができているという。信長は天候が荒れれば荒れるほど不機嫌になっていき、一言も声を発さない。小姓たちが傍《そば》で息をつめている。

雨が降り出したころからすでに辺りは闇《やみ》に包まれていたが、信長は夜を待って、采《さい》配《はい》を振るった。馬廻り衆を引き連れ、浅見対馬守の案内で、一気に大嶽を攻め上る。

驚嘆したのは、大嶽を守っていた越前兵五百の守兵だ。彼らの中で事態がよく飲み込めたものなどおそらく一人もいなかったろう。大嶽が北から攻められることなどないと信じていた上に、この嵐《あらし》だ。

（まさか）

という思いの方が強い。

信長自ら率いる織田軍は、地獄の底から這《は》い登ってくる悪鬼にも似て、越前兵はろくに防戦もできぬまま逃げ惑った。その軍勢に美濃斎藤勢が混ざっている。過去に織田に国を追われた斎藤の残党らは、

「ここで恨みを晴らさずにいつ晴らすのじゃ」

と雄《お》たけび、憤然と向かってくる。

互いに名のある武士と見るや、追い回し、なで斬り、取っ組み合い、死闘を繰り広げたが斎藤勢は多勢に無勢。結局は首斬られ、あるいは捉《とら》えられ、信長の前にひきずりだされた。

信長は切歯する敗残兵らを前に、

「首を斬れ」

と部下に命じ、敵兵の表情の変化を見据えた。斎藤勢は、「斬るなら斬れ」と不遜《ふそん》

な面構えだが、朝倉勢は顔色を変え、信長をいたく満足させた。

（そうだ。貴様らはわしに怯《おび》えていればよい）

「斬れ、と言いたいところだが、越前殿は大嶽が落ちたことをいまだ知らずにぐずぐずと安眠をむさぼっているのではないか。うぬら、行って知らせて進ぜよ」

信長は下った五百の敵兵を、朝倉方本陣へと送り返した。

大嶽には、塚《つ》本小大膳、不破光治、不破直光、丸毛長照、丸毛兼利を留守居に置き、自らは息も吐かずに朝倉勢の守る丁野《ようの》山を急襲する。瞬く間に陥落させた。

もうすぐ夜が明ける。

次の戦闘は田上山に籠《こ》もる義景本隊が城を出て、退陣を始めたときに開始する。義景は辛抱のきく武将ではない。無様《ぶざま》に敗走する姿が容易に目に浮かぶ。大嶽と丁野の敗北で動揺しきった朝倉勢を掌握することも難しいのではないか。

そのとき、小谷からの援軍は望めない。小谷城は完全に織田軍で包囲してある。

生きるに価値のない無能者と信長は義景を嫌悪している。だが、長政は自分よりもその無能者を選んだのだ。思い出すとふつふつと怒りが立ち上ってくる。

（八つ裂きにしても飽《あ》き足らぬ）

信長は再び先手衆に、「ぬかるなよ」と念押しの伝令を走らせた。

朝倉が動くのは次に闇が訪れたときだ。それまでしばしの休息をとるべきだが、神経が冴《さ》えわたり、そういう気分にはなれない。

信長はここ数日、ほとんど眠っていない。どす黒くぼんだ隈《くま》の上に、目だけがぎらぎらと危うい光を放つ。

十三日の夜、義景が動いた。

北国街道を北上し、越前へと退却を始めたのだ。

「法螺《ほら》を鳴らせ」

先手衆に出陣を知らせ、信長も自ら馬廻り衆を引き連れて朝倉を追う。だが、どうしたわけか先手衆の飛び出してくる気配がない。信長は彼らの陣営を疾風《しっぷう》のごとく駆け抜け、気付くと先陣を切る形になっていた。

(馬鹿者どもが)

朝倉勢が一戦も交えぬうちから逃げ帰ると思っていなかったのか、油断して準備に手間取っているのだ。

信長は地蔵峠を越えたところで足踏みし、諸将が追いつくのを待った。機嫌は最悪である。

ようよう追いついた滝川、柴田、丹羽、蜂屋、木下、稲葉らは信長の足元のぬかるんだ地面にひれ伏し、

「面目しだいもございません」

泥に顔を浸しながらひたすら詫《わ》びを入れる。

(なにゆえに)

と信長は思うときがある。

(なにゆえに我が兵はこうなのだ。平素はわしのことを魔王のごとく懼《おそ》れあがめながら、戦時になると下知一つにも従えぬ)

それに比べて浅井は、平素は磊落《らいらく》な長政の下で豪放に過ごしている部将らは、戦時になると長政の指揮下で見事な働きをしてみせる。

怒りに躰を震わせる信長は、それでもどうにか勘気を抑えようと努めた。叱り過ぎると士気が落ちる。のちの離反にも繋《つな》がる。

だが、譜代の佐久間信盛の言葉がもともと切れやすい堪忍袋の緒を切った。

「しかれども、我々ほどの家臣はそれほどいないかと存じます」

それは、新参者の多い織田家中で古参らしく場をとりなそうとした信盛なりの知恵ではあったが、信長は激怒した。いや、もともと発火した怒りのやり場を信盛にみつけ、思いきりぶつけたというのが正しい。

「その方は、男の器量を自慢するか。なにをもってのことかは知らぬが片腹痛いわ」

この数年後、佐久間父子は「比類なき働きがなきゆえ」を理由に、追放処分を受けるが、そのときに信長はこの地蔵峠の発言も理由の一つに数え上げている。

「今よりただちに敦賀へ向かう。朝倉勢をなで斬りにいたせ。上げた首級しだいで、遅参の無礼は不問にいたす」

「ははっ」

諸将の顔にこれで生気が戻った。織田軍は疾風となって北国街道を北上し、敦賀手前の刀根山辺りで朝倉勢に追いつき、がむしゃらに追いすがっては首を狩る。狩った首数三千のすさまじさだ。

こうして、信長は三年強の歳月を経て再び敦賀の金ケ崎まで戻ってきたのだ。眼前に望むは、執念と怨念《おんねん》の木の芽峠である。

信長は金ケ崎の陣営に次々に持ち込まれる首を実検しつつ、十六日まで動かなかった。大敗を喫した朝倉軍の立て直しが、あの義景にできるとは思えなかった。義景は信長に逆らったが、愛児を失ってのちは基本的には戦を嫌い、本拠地一乗谷《いちじょうだに》に独自の文化を築き上げ、戦国大名としては華美な暮らしに惑溺《わくでき》した。

そのつけがもうすぐ回る。

（武将として戦場での最期など、あの下衆《げす》めにわざわざくれてやらぬでもよかろうよ）

すぐに踏み込んで手負い獅子《じし》となった残党を相手にするより、ここにどっしり陣を構えて睨《にら》みをきかせておけば、朝倉勢は自滅すると信長は読んでいる。

事実、素破《すっぱ》（間諜）の報告によると兵は義景の元に留まらず、逃亡が相次いでいるという。

憂鬱《ゆううつ》げに、運び込まれる首を見ては、討ち取った者へ〃お褒めの言葉〃を与えていた信長は、ふと金松又四郎という名の一人の武者に心をとめた。彼の持参した首が大将級だったこともさりながら、足が裸足《はだし》のせいで血にべっとりと染まっていたからだ。泥土を駆けての戦ゆえ、草鞋《わらじ》を無くしてしまったのだろうと見てとれた。

（こやつ、予備も用意いたしておらぬのか）

苛立《いらだ》ちと共に床几《しょうぎ》をいきなり立った信長に、お付きの衆は顔をこわばらせて緊張する。

「使うがよかろう」

信長は苦笑まじりに自分の腰にいつも予備でつるしてある踵《かかと》のない短い草鞋〃足半《あしなか》〃を取り、又四郎に差し出した。又四郎は感激のあまり、全身を震わせる。

「御大将、もったいのうございます！」

「ただの草鞋である。これからわしのごとく、予備を腰に吊《つ》るして参戦せよ」

「はは。ははっ」

十七日。ようやく信長は立ちあがった。出陣を下知すると、一気に先鋒隊を一乗谷へと乱入させ、自らは本隊を率い、悠然と木の芽峠を越えた。案内役を務めたのは、義景の元家臣、魚住景固である。

　先鋒隊の先導で、本陣となる府中龍門寺に入った信長のもとに、一乗谷の居城が全焼した報せが入る。織田軍が一乗谷に着いたときは、すでに義景は脱出しており、抵抗らしい抵抗はほとんどなく、朝倉軍は織田軍の前に壊滅したのだ。

　あったであろう豪奢《ごうしゃ》な襖絵《ふすまえ》も、寵《ちょう》を競った女たちの衣装も、茶の湯の名器も、なにもかも焼き尽くされ、一乗谷にはただ天を覆う黒煙が、たなびくだけである。

　信長は朝倉勢に加勢をした一揆勢をも狩り出させ、百人、二百人と連れてこられる百姓たちを一人残らず小姓衆に命じてその場で首をはねさせた。

　処刑者たちの阿鼻《あび》叫喚《きょうかん》とたちこめる血の匂いが、越前一帯を恐怖で凍らせる絶大な効果を感じながら、信長はつきとめた義景の潜伏先を、

「逃がすなよ」

　と見張らせ、なお数日、手出しせずに置いた。

　信長は待っている。義景には義景にふさわしい死が訪れるのを。

　二十四日、信長の陣に一人の男が現れた。朝倉一族のもので義景の従兄弟《いとこ》、朝倉式部大輔景鏡《しきぶのだいふかげあき》である。

　景鏡の手には義景の生首が携《たずさ》えられている。義景は一族のものに裏切られ、その首級は投降の土産にされたのだ。まさに信長の望んでいた義景の最期《さいご》である。

信長陣営で景鏡の非道な行為は失笑を買ったが、信長はこの卑怯《ひきょう》で小ずるい裏切り者の領土を安堵《あんど》した。景鏡のごとき小者にはなんの感情も湧《わ》いてこない。こういう人間は幾らでもいる。

この景鏡は、朝倉に最後まで味方した一揆勢の手で、間もなく誅殺《ちゅうさつ》される運命をたどる。それも信長には知らぬことである。

信長は持ってこられた義景の浮腫《むく》んだ首を前に、

(これを見よ、長政。その方がわしを差し置き選んだものの正体を)

また、埒《らち》もないことを思い、自嘲した。なぜ、こうも長政にこだわるのか自分でもわからない。元亀元年の手切れのときに、よほど矜持《きょうじ》を傷つけられたということだろう。

「京に送って獄門にせよ。次は浅井征伐ぞ」

いよいよ、という言葉を危うく信長は声に出しそうになった。

長政は小谷城の中で、朝倉の滅亡をどんな思いで耳にしているのか。

(泣きついてくれば許さぬでもない)

魔が差したようにそんな考えが浮かび、信長は秀吉を呼び出していた。

## 二

急に明け方が冷え込むようになったせいか、先日の風雨の晩いらい、於茶々《おちゃちゃ》は少し喉《のど》が痛い。だが、「気分が悪いの」などと、とても大人に言い出せる雰囲気ではない。小谷城は城ごと少しずつ、確実に地獄に引きずり込まれていっているのではないかと想像してしまうほど、あきらめと恐怖に満ちていた。

いつもはお屋敷と呼ばれる谷にある長政の館にいるのだが、数日前にせきたてられるように山上の本丸へ連れていかれた。

於茶々には事情がうっすらとわかっている。物心ついたときから父の長政は伯父の信長と戦をしていた。信長は足利幕府を亡ぼしてしまうほど強い男だと言う。

「きっと、恐いお人ね」

と兄の万福丸に囁《ささや》いても、

「どうであろう」

曖昧《あいまい》な答えしか返ってこない。

於茶々は老臣たちの間で亮政《すけまさ》の再来と期待されているこの兄が好きであった。浅井家に戦国大名への道を開いた祖父亮政は、家中ではすでに伝説の英雄として祭られており、「亮政の再来」という言葉は、家臣団からの最高の褒め言葉であることくらい、幼いながらに於茶々も承知している。

「兄上はみなの自慢なのですね」

於茶々にとっても自慢だという意味をこめて囁くと、

「父上もそう言われていたのだから」

一応はそう言ってみる家風なのだろうとあっさり切り返して、万福丸は頓着《とんじゃく》しない。そういうところも於茶々が兄を好きな理由の一つであった。

この兄が突然、長政にくってかかるようになった。自分も戦に出してくれと言うのだ。

「気概は買うが、早過ぎる」

というのが長政の答えである。当然だった。万福丸はまだ十歳の子供である。ただし、躰は五、六歳を越えるころから目に見えて大きくなり始め、長政の幼少期を彷彿《ほうふつ》とさせる体格となっていた。すでに五尺三寸は越えている。

長政は万福丸に鎧《よろい》を着せ、ふらつく姿に向かって、

「わかったであろう」

と一言。そののちは一切相手にしなかった。悔し涙を流す万福丸に、於市《おいち》も涙をため、

「いつかはご立派なお姿を拝見するためにお育て申し上げておりますけれど、どうかもうしばらくは母の傍にいてたもれ」

と懇願する。万福丸は唇をかんで、うなずいた。

朝倉氏の滅亡が小谷に伝えられると、於市と側室と子供たちは一室に集められた。側室は二人、子供は男女あわせて五人いる。男児は長子万福丸十歳と虎千代丸一歳の二人。女児は長女於茶々六歳を筆頭に、於初《おはつ》五歳、於江《おごう》一歳の三人である。このうち、正室於市の産んだ子は女ばかりの三人だ。

普段はあまり近寄らせてはもらえない、今年生まれたばかりの二人の赤子に、於茶々は目を輝かせた。弾む気持ちで寄っていっては顔を覗き込み、

「可愛い」

おそるおそる赤ん坊のぷにぷにした指をつついてみたりする。

於茶々が視線を感じて振り返ると、於市が慌てて涙を隠した。その膝に、城内の異様な空気に怯える妹の於初が、しがみついている。

「どうしてお泣きになるの」

尋ねなくても於茶々はうすうす事情は察している。それは禁句だと子供ながらに感じていたからこそ、なにも気付かぬ振りを続けてきた。だが、大人たちが平穏を取り繕《つくろ》おうとしてかえってかもし出してしまっている息のつまるような重苦しさに、これ

以上は堪え難かった。

口にしたことで急速に気が高ぶってくる。

「私たちは死ぬの？」

於茶々はずっと聞きたかったことを、とうとう聞いてしまった。刹那《せつな》、空気が凍りつく。

於市はなんと答えていいかわからぬ素振りを見せたが、すぐに決意を込めてこくりとうなずいた。

「場合によってはそうなるかもしれませんが、最後まで浅井のものとしての誇りを失わぬようにいたしましょう」

わっと泣き出したのは側室の於世祢《およね》の方である。

「気をしっかりお持ちなさい」

於市が叱りつけるが、

「お許しなされてくださりませ、お許しなされてくださりませ」

と繰り返しつつ、いっこうに泣き止《や》む気配がない。於世祢はもともと於市の侍女だったが、於市の懐妊中に長政の手が付いた女だ。

人目もはばからずに泣き出した於世祢の見苦しさに、於茶々の中で怒りが湧き起こった。妹の於江に摑《つか》ませていたお手玉をもぎ取り、於茶々は於世祢に向かって投げつけた。

「出て行きや」

「於茶々殿」

於市が厳しくたしなめる。

だが、結局は部屋を分けるのがよいと判断したのか、

「少し、なあ、妾《わらわ》と話をいたしましょう」

於世祢の背をさすりながら於市は別室に連れていった。そしてこれが、於茶々が於世祢を見た最後になった。


女たちが不安なときを過ごしているころ、長政は信長の寄越《よこ》した使者、不破河内守に対面していた。信長は義景の首を確認したあとすぐに越前から取って返し、今は虎後前山に着陣している。

長政が信長を裏切り、手切れを宣言してからこの三年幾月、夢のように時が過ぎていった。長政と信長の勝負はすでに姉川の戦のときに決してしまっていたように思える。それから先は、将軍義昭と信長の戦いであった。義昭は、将軍の立場を最大限に利用して、次々に敵を作り上げ、信長に仕掛けさせたがことごとく失敗に終わった。義昭と反信長勢力の一番大きな誤算は信玄の死であろう。

信玄さえ生きていれば、歴史は変わったかもしれない。だが、それを考えても詮《せん》ないことだ。煽動していた将軍も追放され、朝倉もいなくなってしまった今、浅井は滅びるしか道はない。

そういう中でやってきた使者である。

不破河内守は淡々と信長の言葉を伝える。

曰《いわ》く、

「浅井と織田の抗争の原因は朝倉にあり、その朝倉が亡びた今となっては、信長としては遺恨なく、小谷城を開ければ悪いようにはしない。すでに浅井は義理をとおした。ここはこの義兄を信じて降伏されよ」

長政は使者の口上を眉《まゆ》一つ動かさずに聞いていたが、

「お気持ちは有り難いが、この長政も武門のはしくれ。生き恥はさらすまいぞ。ご遠慮なく攻められるがよい、とお伝えくだされ」

静かな口調で返答した。

使者はいったん戻っていった。

その間にも、小谷山からは脱走する兵が後をたたないが、すでに浅井方はそれらの者どもを阻止する気はない。この三年余の間には寝返った者の人質を、見せしめのために殺して晒《さら》したこともあったが、そうする時期はすでに過ぎていた。

「去りたいものは去れ。城を枕に死にたいもののみ残るがよい。若者はなるべく去れ。去って明日を生きよ。残ったものどもは存分に男の最期を飾るが良い。敵に不足なし」

長政自身が昨日のうちに、大広間へ皆を集めて宣告した。そして、小姓にあるものを持ってこさせ、居並ぶ将士の前で掛かっている布を取った。とたんに、

「おおっ」

とどよめきが起こる。

「これが長政の覚悟のほどである」

長政が皆に示したのは、自らの墓石であった。

【徳膳寺殿一大英宗清大居士】

と戒名が記された石塔である。

「皆の者、焼香せよ」

長政に降伏の二文字は存在しない。

不破河内守は再びやってきて、次なる信長の言葉を伝えた。

「今でも信長は長政のことを義弟と思っている。忠節を誓ってくれるなら、大和一国を宛《あて》がおう」

「まことに慈悲深きお言葉なれど、長政の決意は固く、義兄上《あにうえ》に恥じぬ最期を貫きた

い」

長政はそう答えて目を閉じた。これ以上の説得は不要、との意思を態度で示したのである。

不破河内守は取りつく島もなく、虎後前山へ帰っていった。

その日の夜、長政は織田軍からの夜襲に備えたが、がっちりと包囲しているだけで、仕掛けてくる気配はない。

翌朝、さらに使者がやってくる。長政は、その顔を見てひどく驚いた。ここ数年来、横山城に入り浅井攻略の指揮を信長から任されている秀吉だったからだ。

相変わらず顔は逆三角形で顎《あご》がとがり、躰もやせ細って小さく、髭《ひげ》をつけてやりたくなるほど鼠《ねずみ》にそっくりな風情である。それがくしゃくしゃと顔中に皺《しわ》を作って、

「いや、これは久しぶりでございますなあ。こうして間近に対面ということになれば、佐和山城いらいですか」

抱きつかんばかりの挨拶をする。

この男は調略の天才で、長政もずいぶん煮え湯を飲まされてきた。この数年、対峙《たいじ》してきたとはいえ、秀吉からの力攻めはほとんどなく、気が付けば浅井家重臣が、一人、また一人と秀吉の手によって寝返っていた。

これは実際に干戈《かんか》を交えるより長政には堪《こた》えるやり方だ。

堀次郎、樋口三郎兵衛、磯野丹波守員昌、阿閉淡路守貞征、浅見対馬守、次々と長政を苦しめた寝返りの陰に、秀吉の姿がちらりちらりと見え隠れしている。

その張本人がのこのこやってきたのだから、呆《あき》れる以外ない。豪放な赤尾美作守清綱でさえ、積年の恨みに怒りを表すより先に、目を白黒させている。

「これは、信長殿のお考えか」

一応尋ねてみたが、秀吉の一存だろうと長政はみている。

「なーも、なーも。上様は今日も河内守が使者にたったと思うておりゃーすがや」

思ったとおりだ。

「大胆な。無事に帰れる保証はないであろうに。物言わぬ躰で帰ってもらうことになるかもしれぬぞ」

秀吉は明るく笑った。

「備前殿はそういう御仁ではござらぬゆえ、上様も助けまいらせたいと言うておられます」

「木下殿は本気でそれを信じておられるのか。信長殿のお言葉を」

「備前殿は疑っておりゃーすか」

「……いずれにせよ、わしの取る道は、もはや最後の花を咲かせ、腹を掻《か》っ捌《さば》くのみ」

今までに何度も口にしてきた返答を、長政は今度も繰り返した。

切り返してくるかと思ったが、意外にもあっさり、

「では、そのようにお伝えいたしましょう」

秀吉はうなずく。もはやなにを言われようと長政の決意は翻らぬが、調略の天才と言われる秀吉がどう説得を仕掛けてくるか、興味があったから拍子抜けだ。

これで去るかと思えば、秀吉は急にそわそわし始め、無意識なのか尻《しり》をかく。その姿がこの場にそぐわず滑稽《こっけい》で笑いを誘う。

「まだ、なにか」

長政がつい、おかしくなって促すと、

「いや、いやあ、その……小谷の方様はお元気でありゃーしょうか。この猿めは、あいや、小谷の方様にはかつてそう呼ばれておりゃーしたが、猿めは尾張のころよりお方様を見知っておりゃーして、最後に一目なりともお会いできますまいか」

しばし、沈黙になった。

(これか、禿げ鼠の目的は)

今回は長政の投降をすすめに来たのではなく、於市が目的でわざわざ秀吉自らやってきたのだと長政はやっと気が付いた。

なるほどと改めて秀吉を見れば、できることなら於市を織田に返してくれと顔に書

いてある。

それは長政自身何度も考え、また於市にも話してきたことであった。自分は信長の敵として討たれる定めだが、於市は信長の妹である。織田に渡しても悪いようには扱われないだろう。

だが、於市は頑として首を縦には振らなかった。

昨夜も、姫たちを連れて城を出ろと諭してみたが、

「女は所詮《しょせん》、政略の道具でございます。このまま戻れば意に染まぬ相手に再嫁させられてしまいます。長政様を知った後では、それは生き地獄、一緒に逝《ゆ》かせて下され」

泣きながら懇願する於市に、長政も震えるような感動を覚えたし、手放したくない女であるからそれ以上は強く言えなかった。長政の本音も共に逝《い》って欲しい。

ただ憐れは三人の姫たちのことであった。殺すのは忍びない。だが、この混乱しきった世で、実家の後ろ盾のない女の惨めな例は幾らでも聞こえてくる。たとえ姫たちの命をここで助けても、浅井が消滅した中で生きていくのは過酷だろう。於市は織田と手切れになったときから、長政の愛だけに縋《すが》って生きてきた。長政の気が変わればそこで捨てられるかもしれぬ危険を承知で、縋りついてきた。日々の不安はどれほどのものか。

（このわしを信じても、信じてもなお拭《ぬぐ》いきれぬ辛さがあったに違いない）

そんな於市が娘三人を連れての死を選ぶなら、連れていこうと決意したのである。

それでも、迷いは心の奥底でもやもやと揺らいでいる。

(幸、不幸は親がはかるものではないかもしれぬ。もしかしたら、どんな運命が待ち受けていても、あの子たちは生きたがっているかもしれないではないか)

ここで秀吉がやってきたのが、姫たちの運命だったのではないかと思え、長政はあと一度だけ於市を説得してみようという気になった。

「市はわしと共に逝くと言うておるが、しばし時をいただければ織田に戻るよう説得いたすが」

と切り出すと、秀吉の表情がパッと明るくなった。

「まことでござーすか。それは兄上様もさぞやお喜びでございましょう」

「喜ぶのは早い。これがなかなか、たおやかそうに見えて頑固ものだからな」

「はい。そのときにはせめて姫様方だけでも」

「市が共にいかねばその後の扱いも厳しいであろう」

「いざとなればこの秀吉が責任を持って、お引き受けいたしゃーす。この秀吉、ずっと子宝に恵まれなんだものが、昨年ようやく一子を授かりました。この可愛らしさ。子は宝とはよく言ったもの。ほんに宝でございます」

秀吉は顔をくしゃくしゃにする。長政も鼻の奥がつんとなった。が、やはり市がいなければ三人の娘は預けられない。

　二人きりで涙ながらに本音をぶつけられると、長政も情にほだされて結局は同じことの繰り返しになるのは目に見えている。長政はあえて秀吉のいるこの場に於市を呼んで、説得することにした。

　奥から姿を現した於市を見て、秀吉が息をのむ。頬《ほお》を紅潮させ、目には憧憬《しょうけい》を浮かべる。

　於市は歳《とし》を取るごとに不思議と麗艶さを増し、子を産むごとに慈愛を滲《にじ》ませるようになった。毎日見ている長政でさえ、ふと見せる表情や、物思いにふけった横顔の気高さに、胸を打たれることがある。

「お久しゅうございます」

　と口上を述べる秀吉に、於市は柔らかな微笑を向けた。

「ほんに、懐かしゅうございますなあ」

「市、木下殿はそなたを連れて帰りたいと言うておられる」

　はっと於市は長政を見た。

「殿、妾《わらわ》は殿と、ご一緒に」

「わかっておる。そなたの気持ちは十分にわかっておるのだが、市、頼みたいことがある。身勝手な願いではあるが、生きて我が菩提《ぼだい》を弔《とむら》ってはくれぬか」

「ああ」

と於市の白い喉から小さな悲鳴が洩れた。そう言われれば於市が断り難くなる言葉を、長政は探って口にした。

(わしも……ずるいな)

そなたを助けたいと言えば頑固に意地を張りとおす女だが、わしのために生きて欲しいと言えば、於市は屍《しかばね》になっても生きるいじらしさを持つ。

「頼まれてくれるか」

念を押すと於市はうな垂れる。

「でも、生きてこの城を出ても再嫁させられれば供養《くよう》もままなりませぬ。どうかこのままま」

「のう、市。わしは考えたのだ。三人の娘が生きのびれば、数十年後にでも浅井の弔《とむら》いができる日もまた来よう。それにのう、供養のことだけではない。姫たちにこの乱世の中でどのような一生が待っているか知れないが、姫たちの人生は姫たちのもの。それを我らが判断で断《た》ってしまうのはあまりに傲慢《ごうまん》ではなかろうか」

涙のたまった目で、於市は一心に長政をみつめている。娘たちのことを言われると、於市も心が揺れるのだ。

「このわしのかわりに生きのびて、姫たちを守ってくれ」

長政は「姫たちを」の部分を力を込めて言った。

於市は唇を噛みしめた。数拍の間、ぴくりとも動かなかった。が、みるみる於市は母親の顔になり、やがて無言のまま頷いた。

長政はほっと息を吐いた。

「では、三人の娘を呼ぼう」

長政は於市と娘たちに内室家老藤掛三河守を付けて秀吉へ預けることに決めた。三河守はもともと織田から於市に添えられてきた人物である。

秀吉はこの間、急《せ》かすこともなく静かに待ってくれている。こういう、相手の心情に立ってことを捉えることができる男だからこそ、調略も上手《うま》くいくのだなと長政は内心感服した。

やがて三人の娘が藤掛三河守と共に入ってきた。於市は乳母の手から於江を抱き取る。生まれて間もない於江は、なにが起こっていようと自分とはまるで無縁だと言いたげに昏々《こんこん》と眠っている。於初は不安気に母に擦《す》り寄ったが、於茶々は怒ったような顔で、見たことのない秀吉を胡散臭《うさんくさ》げに睨みつけた。燃えるような目だ。信長と同じ目を持つ娘だ。

ここまできて言葉を濁しても仕方がない。長政は長く続いた織田との戦が終結に向かいつつあること。この城はやがて落ちること。父とはこれで別れなければならないこと。母と於茶々たちは伯父であり父の宿敵である信長に今後は預けられることなどを手短に語った。

於茶々は憤りを湛《たた》えた目で、長政を責めた。

「父上は負けたのですか」

「姫」

叱る於市を長政は手で制す。

「これは……手厳しいな。その答えは、数年後に大人になった於茶々自身に答えてもらうがよい」

「では、どうして戦ったの。茶々たちを哀《かな》しくさせるのに」

長政は、頭を固いもので殴《なぐ》られたような衝撃を、於茶々の率直すぎる言葉から受けた。信長を裏切ることになったあのときの葛藤《かっとう》は、一口では言い表せない。いや、言い表せる言葉が一つある。つまりは愚か者だったということだ。

長政の口元が歪《ゆが》んだ。父の苦悩する表情に感じるものがあったのか、

「ごめんなさい」

於茶々は急にうちしおれて、涙ぐむ。「茶々はずっと父上と一緒にいたい。だから……」

「茶々姫」

「お願い。もう一度だけ茶々を抱いて……」

長政は一度、秀吉の方を見たが、すぐに立ち上がり、駆けてきた於茶々を抱きしめた。

今年生まれたばかりの於江は父を知らぬ子となるが、今日の悲劇も記憶には残るまい。だが、於茶々と於初の脳裏には落城の記憶がくっきりと刻まれて影を落とすことだろう。ことに於茶々は同じ年頃の子より聡明《そうめい》で、ある程度の事情を飲み込んでしまっている。

この子がせめて誇りを持ってこれから先を生きていけるように、長政は先刻の於茶々の疑問にきちんと答えておかなければならないと思った。

「於茶々、せっかくの機会だから話しておこう。この浅井家は於茶々のお爺様のお父君が起こされた家だが、大爺様はな、その昔、天下を目指されたのだ」

天下という言葉に、秀吉がぎょっとしたのが気配でわかったが、長政は振り返らなかった。目を見開いてじっと自分をみつめる於茶々から、長政も目を離せない。

「まだ若く、京極家の一郎党にすぎなかったころの話だ。誰もがそんな言葉はまともに聞こうとしない、嘲笑《あざわら》うほどの身分のときだ。大真面目だったのは当人だけだった」

「それで、それでどうされたのですか」

「もちろん天下を目指し、それがたとえ無理でも、せめて近江一国の主になろうと懸命に働かれて、そしてこの城を手に入れられた。於茶々、今の自分がなに者なのかが問題ではない。我が家風は、天を望む家風なのだ。結果は敗れたが、父は決して自身の選んだ道を悔いてはおらぬ。於茶々、浅井の娘であることを、誇りにするがよい」

「いたします」

於茶々は誓うと長政に熱い躰でしがみつき、

「父上、茶々が、茶々が天下を目指します。茶々が」

興奮気味に叫んだ。

一部始終を見ていた秀吉がごくりと唾をのみこむ。

長政は、〝浅井の心をきっと継ぎます〟と応えてくれた於茶々をいっそう強く抱きしめてやりながら、於市へ視線を移した。

「血だな。茶々には浅井三代の血が、間違いなく流れている」

「はい」

「大切に守ってくれ」

「必ず」

声がつまって言葉が続かぬ於市に、長政はうなずいた。

「あまり引きとめると長政が未練者と笑われてしまうな」

城を出ることを促す。

「木下殿。頼みますぞ」

「お任せくだされ。安心してくだされ。及ばずながら秀吉も出来得る限り三人の姫君方を見守っていきとうござる」

「かたじけない」

「いや、それにしても先ほどのお話はいいお話でござーした。秀吉、身にしみてござる。今の自分がどうであれ、天下を目指せよと言わりょーか。それでこそ、男として生まれた甲斐がありゃーすなあ」

秀吉に言われて初めて長政は目の前の小男が、一介の足軽から侍大将にまで駆けあがった稀有《けう》の人物だということを思い出した。まだ城持ちとは言えぬものの、浅井攻略に専念する間、横山城を預けられていたのだから、すさまじい出世だ。そしてこの小谷城が落ちれば、さらに未来が約束されるはずだ。信長にとって浅井の陥落は大きな意味がある、と長政は自負している。

（この男……）

「木下殿にもう一つ頼みたいことがござる。勝手を申すようで気もひけるが、ここに貴殿自らこられたのもご縁かと」

「なんでござろう」

なんでも言って欲しいと浮かべたとろけるような笑みに誘われ、長政は思いきって頼んだ。

「浅井の兵は気骨あるものが揃《そろ》っていると自負してござる。この度、多くの郎党を城から出し申した。よろしければ、可能な限り拾ってはいただけぬか」

ぽかん、と秀吉は頓狂《とんきょう》な顔をしたが、すぐに大袈裟《おおげさ》なまでに大きくうなずく。

「はい。これはまたァ、はい。この秀吉にお預け願えますか」

大声で答える秀吉は涙ぐんでいる。

「お頼み申す」

「いや、こちらこそ。この猿には小身の出ゆえ、人がいつも足らんのです。備前殿のありがたきお申し出」

秀吉は立場上では下げる必要のない頭を下げる。長政は逐電《ちくでん》した部下の中でこれは、という人物の名をしたため、秀吉に渡した。

「では、そろそろ参りましょう」

藤掛三河守に促された於市たちに、

「達者で暮らせ」

最後の言葉を長政はかけた。

このとき於茶々が、

「兄上様は」

万福丸は一緒でないのかと尋ねる。

「万福丸は父と一緒に逝く」

於茶々はきゅっと丸い唇を噛《か》んだ。が、それ以上はなにも言わない。

このとき、

「明日、この秀吉が先手を勤めます」

秀吉が含みのあることを口にした。

「明日」

「いずれの刻限かは申せませんが。明朝まで、備前殿のお気が変わられるのをなんとしても待ちとうござる」

秀吉は長政が信長に下ることなど有り得ないことを承知している。承知している以上、待ってくれるのは別のことなのだ。

(まさか)

秀吉の目を覗き、長政は確信する。

(万福丸を落とせと)

罠《わな》かもしれぬという思いはあったが、それでも長政には存在を外に洩らしていない男児、虎千代丸がいる。罠であれば万福丸は捕まるが、存在を知られていない虎千代丸は逃げおおせるかもしれない。

（やってみる価値はある）

まだ、信長との勝負は完全に終わったわけではないと長政は思った。於市を見ると、長政の考えがわかったようだ。

最後に於市は琵琶湖の湖水のように澄んだ瞳を向けて微笑んだ。

「参りましょう」

於市に促され、娘たちは歩き出す。母にべったりと張りついている於初はともかく、傍に付いてはいたが誰の手にもすがらずに一人で歩く於茶々に、長政の胸がじくじくと痛む。あの娘は、長女としてこの苛酷な運命に堪《た》えようとしている。

もう一度、名を呼びそうになって長政はかろうじて堪《こら》えた。

「姫」

すると秀吉が於茶々に向かって手を差し伸べたではないか。手をつなぎませんかと差し出された手の主を、於茶々は立ち止まって不審気に睨み据える。睨みながらじわりと於茶々の小さな手は、背中側に回される。拒絶されて、秀吉の手がむなしく宙に浮いた。

於茶々は長政を振り返った。目が潤んできらきらと輝いている。長政がうなずいてやると、於茶々はようやく秀吉のごつごつとした土色の手に、白くやわらかな指を乗せた。二人のつないだ手の上に於茶々から零《こぼ》れ落ちた雫《しずく》がぽたりとかかる。秀吉の目もしょぼしょぼしている。小さな肩を震わせて去っていく幼子を見送り、

「死のうは一定、しのび草にはなにをしよぞ、一定かたりおこすよの」

長政は小歌を唇でたどった。

（人は死ぬ。死ぬからこそ生きるのだ）

この夜、長政は夜陰に紛らせ万福丸を敦賀の方へと落とし、虎千代丸は葦《あし》の生える湿地帯に小舟を浮かばせ潜ませた。

三

於茶々は自分の人生を大きく揺るがした信長を、小谷城の一部ともいえる大嶽城で初めて目にした。父を追い詰めた武将は、想像していたような猛々《たけだけ》しさはなく、上背はあるものの細身で顔も母によく似ていた。母に似ているということは、自分にもひどく似ているということだ。

今日からこの男の庇護《ひご》のもと、母子四人は生きていかなければならない。小谷城の中では、信長は残酷で情に薄く、信じるに足らぬ男だと囁《ささや》かれていた。

その男が上座から、

「久しいの、市」

と声をかけた。その声は驚くほど甲高《かんだか》い。

「兄上様におかれましても御壮健の御様子でなによりでございます」

「もっと、泣き崩れているかと思うたが気が張っておるのかのう。於市、生きていればいろいろある。兄が夫を殺さねばならぬのもこのような世だからこそだ。わしが天下を統一し、争いのない世を作って進ぜるゆえ、今度のことは許せ」

「兄上様」

於市のか細い肩が揺れた。ぐっと堪《こら》えていたものが、思わず優しい言葉をかけられて堪えきれなくなったのだ。

「辛いときは泣いた方がよい。部屋を用意いたしておるゆえ、姫たちと過ごせよ。於市」

「はい」

「自害はせぬな」

「……はい。子らがおりますゆえ」

これで信長との対面は終わり、母子は奥座敷へと案内された。

信長が用意してくれた部屋は、すでにほっこりと温められている。於茶々は何度か鼻水をすすった。

　母子たちは、申し合わせたように、彼女たちだけになっても信長の話題は口にしない。戦のことも口にしない。

　ただ、於茶々はここでようやく、

「喉が痛いの。お背中も……」

と体調の不良を口にすることができた。於市は驚いて人を呼び、寝具や薬を用意してもらった。

　寝かされた於茶々の額《ひたい》に、母の手が添えられる。ひんやりとした感触が心地よく、かちかちにこわばった躰から、於茶々は少し力を抜いた。

　翌日になった。閉じられた部屋の中では、外の様子がどのようになっているのかまるでわからない。

　鉄炮の音も、男たちのあげる鯨波《げいは》も、於茶々には子守り歌ほどに聞き馴《な》れたものである。が、息をひそめて耳をそばだてても、この日は不気味なまでに静まりかえっている。

「恐い」

　於初は何度かそう言って母の躰にしがみついた。

　真夜中、突然、鯨波が起こった。とうとう最後の決戦が始まったのだ。鉄炮の音も間断なく聞こえはじめる。

於茶々は母に知れぬよう蒲団にくるまり、両耳を塞《ふさ》いで、歯を噛み締め続けた。

長い夜であった。

於茶々が聞いたこの音は、先鋒を勤める秀吉が、長政の籠《こ》もる本丸と久政の籠もる小丸の間に建つ京極丸を急襲したものであった。京極丸は大石で塁を築き、十丈余ほどの掘割を持つ出城である。秀吉は、久政を長政から切り離し、孤立させる作戦に出たのだ。先に父の久政から血祭りにあげる。

一番手五百が南方から、二番手七百が一の木戸口から襲いかかり、それに機を見て三番手六百、後詰八百が続く。大将秀吉は二番手を陣頭指揮する。

迎撃する久政の軍勢は千五百人。

秀吉は夜陰に紛れ、小谷山の尾根へよじ登り、まずは京極丸と本丸の通路を断ち、静まりかえった京極丸にいっせいに襲いかかる。そうするうちにも前野将右衛門と蜂須賀小六正勝の従える別働隊五百有余人が長政を引きつけるため、大手口目指して迂回する。

わっと正面から攻撃を仕掛けたかと思うと山中に散り、今度は谷間から沸《わ》いて攪乱《かくらん》するのだ。

小谷城のあちらこちらでたちまち大混戦となった。

信長は秀吉に小谷城攻撃を任せていたが援護のため二万の兵を率いて出馬し、戦闘への手だしはさせずにそれぞれの部署を定めて松明《たいまつ》や篝火《かがりび》を煌煌《こうこう》と焚《た》かせた。

ぴんと張った中秋の冷気の中、城全体が織田の焚く火で揺らめくように浮きあがり、小谷城は壮絶なまでの美しさを見せている。

いまだ織田勢からの攻撃が緩《ゆる》い長政守る本丸は持ちこたえていたが、秀吉軍が吶喊《とっかん》していく京極丸の陥落は時間の問題であった。やがて、内側から戸口が開けられる。裏切り者が出たのだ。

わっと木下軍が雪崩《なだ》れ込むと、城兵の中には戦わずに逃げ出すものもいる。

秀吉は、

「逃げるものは追うな、追うな。はむかう者は容赦なく斬り倒せ」

と道をわざと開かせたため、斬り死にを覚悟していた浅井勢に動揺が走った。死ぬしかないと思い詰めていたところに生への道が開かれたのだ。助かるかも知れないと思ったとたん、兵士たちの中に今まで麻痺《まひ》していた恐怖が甦《よみがえ》る。わっと浅井勢は声を上げ、木下勢の間を縫《ぬ》って、あたふたと京極丸を飛び出していく。次々と山中へ姿を消した。

「御大将、御大将はいずこ」

朗とした声が戦場に響き、才蔵が秀吉の元に駆けてくる。傍らに六尺を超える大男を連れている。太い首に蚯蚓《みみず》が張りついたような気味の悪い傷痕《きずあと》が走る男だ。

「おう、才蔵かや」

才蔵は逃げまどう浅井兵に嘆息する。

「見苦しいまでの脱走兵ですな」

「それが人間というもんだぎゃ」

答えつつ、秀吉は蚯蚓傷の男に目を走らせた。

「この者、我が手の者にて源太郎と申します。先刻、京極丸の戸口を開けましたのもこの者でございます。今より下野守（久政）のもとまで案内いたします」

「先ほどはおみゃァの手柄かや。源太郎、名も顔も我らの胸に刻んだぞ」

「下野守は小丸に退き、立て籠もってございます」

「下野守に逃げる素振りはないかや」

「命よりも名を残したいとすでに覚悟のご様子。従う者はわずかに二十余人。おそらくこの者どもはことごとく自害いたしましょう」

「それも人の情だぎゃや。すまぬが小丸まで案内してくりゃーせ。下野守の最期を確認し、必ず上様が許《もと》へ首級をお届けせにゃーならんでな」

小丸に籠もった久政は、二十人ほどの手勢で最後の意地を見せて抵抗したが、多勢に無勢はいかんともし難い。部下に敵兵の侵入を押さえさせている間に、潔く切腹をしてその生涯を閉じた。

介錯《かいしゃく》をしたのは風流ものの久政が日頃から目をかけていた鶴松大夫という舞手である。

「武人ではないそなたは見逃してもらえようほどに、逃げるがよい」

久政が声をかけたが、

「今日までご縁あって、御傍に置いていただき、寵をいただきました我が身は、芸人ではございますが、いまさらお傍を離れるのも切のうございます。お連れ下され」

と懇願し、鶴松は主の首を斬り落とした後、

「ご隠居様と同じ床で死ぬのはもったいのうござれば」

わざわざ縁に飛び降りてから自らの腹を掻っ捌き殉死《じゅんし》した。

京極丸が完全に秀吉の手に落ちると、信長が入城してくる。秀吉の差し出す久政の首を確認し、しばし本丸への攻撃を中止させ、長政に父の死を知らせてやった。ちょうどここは長政のいる本丸を眼前に見下ろす位置にある。

「猿」

「はっ」

「あの馬鹿に、開城いたせば、家来共々全員助けて進ぜるともう一度だけ伝えろ」

しかし、それは……無駄ではございませぬか、と出かかる言葉を秀吉はかろうじて飲み込んだ。

信長は秀吉をぎろりと睨む。

「さすればあやつは腹を切ると申すわ。切らせてやれ。それで全てが終わる。残ったものは投降させろ。使えるものは今後わしが使ってやる。使えぬものは斬るまでだわ」

「ははっ」

信長に命じられたままに、秀吉は最終通達を出し、長政は予測どおり突っぱねた。

「この長政、気が逸《はや》って葬式をすませてしまったゆえ、すでに死人でござる。ご遠慮なく攻められよ。死してなお戦う武門の意地をお見せいたす」

予想と違ったのは、すみやかに腹を切らずになお戦うと頑強に言い張ったことだ。

長政は残った家臣らに本丸から鉄炮を仕掛けさせ、秀吉勢を挑発した。自らも先陣に立ち、弓を射掛ける。

秀吉も手加減は無用と本丸へ部下を率いて雪崩《なだ》れ込む。たちまち血飛沫《ちしぶき》が散り、幾つもの首が、敵味方入り乱れてかき斬られていく。

勝負は時間が経過するごとに目に見えて浅井勢が押されていった。

次々と自ら敵に弓矢を射掛け、矢が尽きると太刀を揮《ふる》う長政に、

「殿、ここはこの年寄に任せ、そろそろ地獄の釜《かま》に入られよ」

赤尾美作守清綱が叫ぶ。

「おうよ、爺。つい血が騒いで熱中してしもうたわ」

長政は明るく笑いつつ、討ちかかってくる敵を太刀で弾《はじ》き飛ばし、小谷城東方にある赤尾屋敷の中に身を翻した。

秀吉勢が追おうにも、清綱率いる決死の数十名にはばまれて容易に突破できない。数をたのんで清綱らを取り囲み、秀吉が先頭に立って赤尾屋敷に飛び込んだとき、長政は首からどくどくと血を噴き出させ、抱き首でどっしりと座していた。

小谷城、落城である。

届けられた長政の首を、しばらく信長はみすえていた。が、秀吉が予想していたほどの激情は見せず、

「晒《さら》せ」

短く命じた。

浅井父子の首も朝倉義景と同じく京に運ばれて獄門となる。

「三年有余、終わったな、猿」

「はっ」

「旧浅井領と市をくれてやる。もらっておけ」

「ははっ。……は？」

「金ケ崎で殿《しんがり》をそちが申し出たときに、長政のものはすべてやるとわしは言うた。やる」

「いや、しかし……於市様は」

「不服か」

「め、滅相もございません。しかし、於市様はこの小谷の地で、浅井を攻めた秀吉に嫁ぐなど地獄に落とされたようなものでございましょう。それに我らには、足軽のころからこの猿に、婚礼衣装も用意してやれなかった不甲斐《ふがい》ないこの猿めに付いてきてくれた於祢《おね》がございます。於祢より大切にする女は持たぬつもりでございますれば」

秀吉の妻、於祢のことは、信長も気に入っている。秀吉がまだなに者でもなかったころに、鼠のような冴《さ》えぬ容貌の小男の中に流れる熱い情熱と、英気と、勇気と、性根を見抜き、一心に付いてきた女である。

「わしの妹だからというて、ことさら大事にせずともよい。今までどおり於祢を正妻として立てればよいのだ」

「そういうわけにゃー参りゃーせん。於市様は、主筋でございます。この猿の憧れでございます。猿は、猿は於市様に……」

望んでも決して手に入らぬ夜空に輝く月と思い定め、焦《こ》がれ続けてきた。急に「やる」と言われても、受け取れるものではない。生身の女として触れることなど到底できない。

　秀吉は信長の前にもかかわらず、感情が高ぶって涙がにじんだ。信長から溜息が洩れる。

「しからば、わしが手元に預かりおく。市は猿以外にやらぬ。それでよいな」

「ははっ」

　秀吉は泣きながらひれ伏す。

「殿！　殿のためならこの秀吉」

「黙れ。言えばその言葉に縛られる。……そのような誓いを欲したところもあったがな」

　秀吉は信長の孤独な魂に触れた気がして迂闊《うかつ》に返答ができず、ただひたすらにひれ伏した。

「猿。足軽から出発し、三十半ばにして悲願の城持ちじゃ。人が聞けばたいそうな出世じゃが、それに見合う働きがあってのこと」

「有り難き仕合せ。このご恩に酬《むく》いるべく、いっそう粉骨いたしゃァす」

「もっと働け。しからばもっと与えてやる」

「ははっ」

あまりの感激に躰が震え出した秀吉の頭上に、信長の冷酷な命令が下る。

「さっそくだが、万福丸の遺体が発見されぬは、逃げ延びた証《あかし》。なんとしても見つけだし、串刺《くしざ》しにいたせ」

秀吉は生唾《なまつば》を飲み込んだ。


辺りがすっかり静かになって、数刻経つ。

「父上は？」

という恐ろしい問いを於茶々は口に出せずにいる。そうかと言って頭の中でぐるぐる回るのは父のことばかりだ。

ここに来て何度目かの食事が出たが、誰も食欲は出ず、ほとんど手をつけぬまま膳《ぜん》を戻した。

その直後、荒々しい足音が聞こえ、断りもなく襖《ふすま》が開けられる。入ってきたのは信長だ。於市の顔が凍りついた。

「市、終わった」

信長が前置きもなく結論を告げると、

「あっ」

と於市は叫んで、ぷっつりと糸が切れたように倒れてしまった。於市にくっついて

いた於初が、

「母上様、母上様」

火がついたように泣き始める。その声に驚いたのか、今まで寝ていた於江も泣き声を上げる。

於茶々の中に激しい恐怖が湧《わ》き起こった。守ってくれると信じていた母が先に倒れた。それからじわりと終わったという言葉の意味がわかり始める。喉元まで出かかった悲鳴を於茶々はかろうじて飲み込んだ。しっかりしなければ、と思ったのだ。

倒れた於市の呼吸を確かめたあと、信長が於茶々の方を振り返る。風邪で寝具に横たわっていた躰を、於茶々も起こして向き合った。

於茶々の中に緊張が走る。

「於茶々か」

「はい」

「その名はわしが付けた」

於茶々はきゅっと唇を噛んだ。

信長が寄ってきたので、思わず身をわずかに引く。信長の手が於茶々の艶《つや》やかな髪に触れる。もてあそびながら信長が尋ねる。

「於初までは知っておったが、於江が生まれたことは知らなんだ。怯《おび》えることはない。

わしが不自由なく育ててやる。万福丸の姿が城から消えたが、これも探し出して呼んでやる。会いたいであろう、兄上に」

於茶々はこくりとうなずく。

「どこにいるか知らぬか」

万福丸が落ちた先は、ここにいる誰も知らない。於茶々は首を左右に振った。

「他に兄弟はおらぬか。みな呼んでやるゆえ、この伯父に話してみよ」

於茶々は信長をじっとみつめた。男児はもう一人、虎千代丸がいたが、生まれたばかりの側室の子と於茶々には、同じ小谷で育っても接点はない。於茶々が虎千代丸に会ったのは、落城寸前に数度だけである。

ひどい緊張も手伝って於茶々は虎千代丸の存在を失念していた。首を左右に振る。

「いぬのだな」

「おりませぬ」

信長が念を押す。

於茶々は、今度ははっきりと口に出して答えた。

「なにを怯える」

震える躰をふいに抱き上げられて、

「睨みました」

於茶々は叫ぶように答えた。ただでさえ恐い男の膝《ひざ》に乗せられ、我慢しきれず涙がこぼれ出る。

泣き出した於茶々をもてあましたのか、

「であるか」

と一言言ったきり信長は口を閉ざし、二人の会話は途切れてしまった。

於市が意識を取り戻して於茶々の名を呼んでくれるまで、二人は石のように動かず、互いに途方にくれていた。

## 四

信長は鬼だ、と於茶々は自分の保護者となった男のことを恐れと憎しみの目でみつめている。父を殺されたからだけではない。戦場で肉親が誰彼に殺されるのが日常茶飯の時代で、憎しみこそ抱いても相手を鬼と思うのは間違いであろう。

於茶々が信長に嫌悪を抱いたのは、その残虐性にある。浅井の滅亡で江北を手に入れた信長は、その地をそっくり秀吉に預けて九月六日には岐阜へ凱旋《がいせん》した。

そのときに於茶々らも、母と同じ駕籠《かご》に乗せられ、共に岐阜へ連れていかれた。於江を抱く於市と向かい合わせに於茶々と於初が座っている。

於市は岐阜城はそれは美しいところだと微笑で於茶々たち娘らに語ってきかせてくれる。だが、於茶々にはその笑顔が偽ものだと簡単に見抜くことができた。

(母上様は無理をしている)

ちらちらと乗り物の中から覗いた美濃は、近江と違い、あまりに山が少なく於茶々は心細さを覚えた。

岐阜城下が近付くに連れて、於市の顔が徐々にこわばっていく。こわばっていくほどに於茶々の胸がしめつけられる。於茶々は於江を抱く於市の白くたおやかな手を、自らのふくよかに丸い小さな両手で、すりすりと無言で撫《な》でた。すると、於市の目から大粒の涙がこぼれはじめる。

(元気を出して)

と励ましたかった於茶々は、驚いて手を引っ込めた。

「哀しいの？」

於初が小首を傾《かし》げて於市の顔を覗き込む。

「いいえ。於茶々殿の御手があまりに優しかったから、嬉《うれ》しくて泣いているのです」

「母上様は岐阜でお育ちになったの」

と於茶々が聞く。

「いいえ。尾張というところです。まだ織田が、とても小さかったころに」

「母上様はおかわいそう」

「えっ。どうして」

「於茶々の兄上様はとてもお優しい方だけど、母上様の兄上様は、あの……」

あの恐い信長なのだと思うと、於茶々には於市が心底かわいそうに思われて涙が滲《にじ》む。

「優しい……兄だったのです」

於市はそう呟《つぶや》いて遠い目をした。

「兄上様にはいつ会えるのですか」

信長が万福丸も引きとって一緒に暮らせるようにしてくれると言った言葉を思い出し、於茶々は無邪気に聞く。

「いつですか」

於初も姉の口調をまねる。

「万福丸様は行方が知れなくなっておしまいですから」

於市は困りきった顔をしていたが、於江が目を覚まして泣き出したので、ほっとしたようにこの話題をうちきった。

人通りが増え、人々のざわめきが聞こえ始めたと思うと、そこはもう岐阜城下だ。

小谷の、のんびりと静かな城下しかしらない於茶々は、人の多さに驚きの声を上げそうになった。ここは雑多な印象で騒々しいが、どこか陽気で活気がある。

不安げに於市を見ると、微笑が返ってきた。於茶々らは岐阜城の建つ稲葉山の麓に信長が建てた山麓居館の前で駕籠を降りた。とたんに於茶々は目を見張る。その建物は四層からできており、周囲をぐるりと石の壁で取り囲んである。見たこともない異様な外装もさることながら、規模も於茶々の生まれ育った小谷の清水谷の〝御屋敷〟とは比較にならない。

なんという荘厳な屋敷だろう。これでは、父が負けるはずだと、妙に納得した。長政がこのような城ごときで怯《ひる》むはずもないが、少女の於茶々はこの城を一目でも父が見ていれば、伯父と喧嘩をあえてしようとは思わなかったのではないかとさえ思った。

中に入るとそこはさらに別世界だ。

「小谷の方様と姫様方のお部屋はお二階に用意させてありますが、その前に一度屋敷の中を案内いたします」

と案内役に立った信長の長男信忠に連れられ、一階を巡る。幾つも続く部屋を抜け大広間に出ると、さらに奥にも数十の部屋があり、全ての部屋は部屋ごとに意趣を凝《こ》らした襖絵で絢爛《けんらん》と飾られている。締金も釘も縁も全てが金色にかがやいていた。漆《うるし》塗りの前廊の壁には、日本や唐国の歴史を描いた絵が彩られている。

幾つかある庭もそれぞれに趣向を凝らし、池の中に光を反射して煌《きら》めく白砂が清らかに敷かれ、その上を真っ黒い鯉《こい》が悠然と泳ぐ様は圧巻だ。

於茶々はなにか無性に父がかわいそうに思えてきて、泣きたくなった。

信忠は、於茶々たちが棲《す》むことになる二階は取りあえず飛ばし、三階に案内する。ここまで登るとまるで城下の喧騒《けんそう》は届かず、ただ風の音や山に遊ぶ鳥の鳴き声だけが聞こえてくる。現世からかけ離れた静寂の中に、ぽつんと茶室がしつらえられていた。

信忠は姿こそ生き写しだが、本当にあの信長の子かと疑うほどの優しさで気遣いを見せ、

「姫も茶の湯を習われたらいい。心が落ち着きます」

と於茶々を慰めた。

四階は展望台となっていて、城下だけでなく、美濃平野もはるか一望できる。眼下に大河が流れている。

「あの川はなんていうの」

「長良《ながら》川でございますよ」

「…………」

母子四人は嫁ぐ前に於市が使っていた部屋へ通される。新しい侍女や乳母が宛《あて》がわれ、急に周囲がにぎやかになった。信長から届けられた小袖《こそで》、打掛《うちかけ》などの衣装は、於茶々が小谷で目にしたこともない上質で絢爛たるものだ。それらに袖をとおした於市

は、娘の於茶々から見ても、息をのむほどの華やかさであった。

翌日からは信長の側室たちがそれぞれに土産を手にして挨拶に訪れる。信長の側室には不思議と美女は少なく、おっとりと優しい感じの女性が多い。幾人かは於市が嫁ぐ前から信長の傍に仕えており、再会に涙ぐむ女性もいて、これは於茶々を安心させた。それにしても、誰もが一様に於市の姿にうっとりと見惚《みほ》れて戻っていく。

彼女たちの中に、歩き始めたばかりと思われる幼子を連れてきた於浪《おなみ》という女性がいる。於市は親しく於浪に声をかけた。信長の嫡男信忠の乳母をしていたという於浪は、於市の無事を喜び、於市が嫁いでいる間に生まれたという女の子を見せる。

「もう少し大きければ、姫様方の遊び相手になりましたものを」

と言う於浪に、

「お名は」

尋ねたのは於茶々だ。

「小夜と申します」

「於江がすぐ大きゅうなります。そのときは遊んでたもれ」

と大人びた口調で返すと、於浪は於茶々の聡明さを何度も称《たた》えて戻っていった。このとき於浪が連れてきた小夜姫と後に同じ男の寵を争うことになるなど、於茶々は夢にも思っていない。

信長の北の方、於濃《おのう》からもお菓子が届けられた。美濃の斎藤氏出身の於濃の方は、実家と婚家が戦うという於市と似た過去を持つ女性だ。ただ、違っていたのは、滅びたのが実家の方だったということだ。

「今は殿の情けで生かされているだけの身ゆえ」

とほとんど人前に姿を現さぬが、もともと男勝りで賢《さか》しい於濃の方は、今でも残存している斎藤一族と織田家に仕えた斎藤旧臣に影響力を持つ。

永禄十二（一五六九）年に兄、斎藤義龍《よしたつ》の後家の所蔵する義龍形見の壺《つぼ》を信長が無理に取り上げようとしたことがあった。於濃の方は、「それ以上強要すれば、斎藤に関わりのある者六十余人ことごとく自害いたします」と宣告し、信長を謝罪させた。

こういう采配を振るう力は於市にはない。

於市はすぐに子らを連れ、於濃の方に会いにいった。

「よくおいでくださいましたなあ」

と迎えてくれた於濃の方は、信長の一つ下の三十九歳で目尻に皺《しわ》を刻んでいたが、それがかえって優しげで於茶々はすぐに懐《なつ》いた。それからは於茶々一人でも同じ屋敷内のことだから会いにいく。

哀しみはすぐには癒《い》えないが、なんとかやっていけるのではないかと於茶々が小さい胸の内で思った矢先、残酷な噂《うわさ》が耳に飛び込んできた。

「鋸引《のこび》き」

という言葉を何度か耳にしたのだ。よくよく聞くと、数年前に千草の山中で信長を暗殺しようと鉄炮を撃った男が探し出されて捕まり、岐阜に引きたてられてきたという。信長を殺そうとしたのだから当然、そのものの末路は死しかない。だが、その殺し方が、尋常ではない。

城下の道筋に竪穴《たてあな》を掘ってそこに首だけ出した格好で生き埋めにし、首に木製の鋸《のこぎり》を当て、その前を通過するものが一度ずつ引いていくのだ。じわりじわりと首は数日かけて落とされていく。鋭利な刃物で切られるのとは違い、皮膚や肉がこそぎ取られるように切られていくのだ。人通りが少なければ、死ぬまでに何日もかかる。傷口に蠅《はえ》がたかれば、生きながらに蛆《うじ》が涌《わ》く。

於茶々は恐ろしさに怯えたが、もっと酷《むご》いことが城内で進行していた。小谷落城の折、長政の母、小野殿が捉えられていたが、彼女の処刑が始まったのだ。

信長はこちらもすぐには殺さない。一日に一本ずつ手の指を切り落とし、両手の全ての指がなくなった十日目に、首を切って殺した。

兄の残虐な仕打ちを知った於市は半狂乱である。小野殿は於市には義母に当たるのだ。於市たちが保護されたようにきっと女である小野殿も許されると誰もが、おそらくは長政でさえ信じていたであろうことがあっさり裏切られた。

信長は浅井の一族を憎みきっている。

於茶々には祖母の処刑の中身までは隠されたが、誰が言ったということもなく、ぼんやりとではあるが、耳に入ってくる。人の口に戸はたてられない。

この岐阜城では誰もが〝浅井の姫〟に対して好意を寄せてくれるわけではない。於市の目を盗んでは、於茶々の知りたくないことを意地悪く吹き込んでくる者もいる。

だが、於茶々は母の前では、母の隠すことは全て知らない振りをとおした。憔悴《しょうすい》しきってなお、子供たちだけは守ろうとしている於市を、これ以上苦しめたくない。そのためには明るく振舞うしかないと思うが、できぬ日の方が多い。そんなとき、母子の救いは於江であった。まだ赤ん坊の於江だけは、自分の身になにが降りかかっているのかまるでわからず、外界の出来事とは無縁に我が勝手に泣いたり笑ったりする。

ある夜、於茶々は於初相手に、

「於江はうんと仕合せにしてあげたい」

と囁いた。

「私は？」

於初が妹らしい甘えを見せる。

「もちろん、於初さんも」

於初の父に似たふっくらとした躰を於茶々は抱きしめた。

木枯らしが吹き荒れる十月。

信長は、先月下旬から伊勢長島の一向一揆討伐のために出陣して、まだ帰ってこない。

同じ場所にあの男がいないというだけで、於茶々には吸い込む空気まで清らかに澄んで感じられた。

於初は庭に出て、鮮やかに色づいた落ち葉を拾い集めている。於市は於江を連れてそんな愛娘《まなむすめ》の無邪気な遊びを眺める。於茶々だけは部屋の中で、気ままに本を捲《めく》っていたが、それもつまらなくなって外に飛び出し、於初に飛びついた。

「あっ」

於初の手に集められた錦の落ち葉が、秋の日差しを弾きながらはらはらと掌《てのひら》から零《こぼ》れ落ちた。

「ごめんなさい」

於茶々が謝って拾い集めようとすると、

「いいの」

於初が止めた。「持っていてもどうしていいかわからないもの」

「於初さんは欲がないのね」

「そんなことないけど、綺麗なのを探して拾うのが楽しかったの」

「じゃあ、とびきり綺麗なのを一枚ずつ探して、母上様と於江にさしあげましょう」

於茶々が提案すると於初は目を輝かせる。こんなに明るい表情を於初がしたのは、小谷いらいだ。たちまち二人の少女は落ち葉拾いに夢中になった。於初は金色の銀杏《いちょう》の葉を、於茶々は深紅の楓《かえで》の葉を探し出して於市のもとへ駆けていく。走るうちに競走のようになって、二人は久しぶりに声をたてて笑った。まるで小谷の日々が暫時《ざんじ》、戻って来たようだが、於茶々はなにか物足りないと考えると万福丸がいない。

(兄上様は今ごろ、どうしているのかしら)

雲も少なく天の果てが見えそうな空を見上げた。於茶々も、ここにいる誰も知らされていなかったのだ。越前敦賀に潜んでいた万福丸が捜索の網にかかり発見され、この日、関ケ原で串刺しにされて殺されたことを。十月十七日のことだ。

串刺しにしたのは、浅井滅亡後に小谷に入り、大名になったのを機に名を木下から羽柴へと改めた秀吉である。

伊勢から戻った信長は、自ら万福丸の死を知らせに、於市や於茶々らの前に現れた。

信長は助けると言っていた。あれはみな、嘘だったのだ。

「嘘吐《つ》き。兄上様に会わせてくださると言いました」

泣きながら文句を言う於茶々を、於市が蒼褪《あおざ》めて止める。

「どうして？　母上は憎くないのですか」

「人は心と口が違うものだ。教訓にせよ」

信長は於茶々に皮肉な笑みを返した。

なにを言っても怒りもしない信長に、於茶々は自分の無力を噛み締めた。

於茶々の中に信長への明確な殺意が芽生えたのはこのときからだ。

(いつか、いつか殺してやる)

実際には六歳の娘になにができようはずもない。

父も祖父も獄門にされ、祖母も残虐な方法でいたぶり殺され、兄も串刺しにされ、これ以上の哀しみはもう襲ってこないのだと思っていた於茶々をさらに打ちのめすことが起こったのは、翌年の元日のことだ。

この日、いつものように年始の挨拶を受けた信長は、客人が帰り、馬廻り衆ら親しい家臣の内輪の宴になると、

「余興である」

上機嫌にとあるものを小姓に運ばせた。

そこにいたすべてのものが「あっ」と度肝を抜かれたのも無理はない。正月の席に、「めでたいものぞ」と信長が持ってこさせたそれは、人間の頭蓋骨《ずがいこつ》だったからだ。運び込まれた頭蓋骨は全部で三つあり、どれも薄濃《はくだみ》、つまりは漆で塗り固めた上に金泥《きんでい》が煌《きら》びやかに塗りたくられている。

首の主は数年間織田を苦しめ続けた朝倉義景と浅井久政、長政父子である。

信長は彼らの首を京で獄門にしたあと、岐阜に持ちかえらせ、肉をはいで薄濃の細工を施させ、浅井、朝倉討伐で共に辛苦をなめた家臣たちへの正月の酒の肴《さかな》として饗《きょう》したのである。

「これがあの憎き義景、長政らの首である」

信長は扇を取りだし、頭蓋骨の天辺《てっぺん》を一つずつ軽く叩《たた》きながら、

「これが義景である。これが長政である。これが久政である」

と一々解説まで加えた。

場がしばし凍りついた。が、そこは長年、信長の傍近く仕えたものたちばかりである。信長の癇癪《かんしゃく》が爆発する前に無理にでも自らの気持ちを盛りたてる。

「いや、これはめでたい」

「上様に逆らった者めの末路だぎゃや」

家臣らは再び陽気に騒ぎ始め、髑髏《どくろ》を運び込んだとたんに流れた白けた空気に、額に縦皺《たてじわ》が刻まれつつあった信長も、すぐに上機嫌に戻った。

同じ城内に起こっているこれらのことが於市たち母子に隠せようはずもない。また、信長は隠す気もない。於市は人形のように表情を無くし、於初は泣きじゃくり、於江だけがやはり無邪気に眠っている。

於茶々は全身があまりの怒りのために熱くなり、自身の躰が内側から燃え出すのではないかとさえ思えた。

（許せない）

「於初、泣くのはおよしなさい」

於茶々は妹を叱りつけた。もともと大人びていた於茶々は昨年からの苦悩の日々で、いっそう子供らしさを失ってきている。母の於市があまりにか弱く、可憐《かれん》で、自分こそが守らなければと信じ込んでいるからだ。

このときも姉ぶって於初を叱りつけたが、そうしながら自分の目にも涙がいっぱいにたまっている。於初を抱きしめた於茶々は、本当は自分の方が誰かの温《ぬく》もりが欲しかったのだと気付いていない。

「この姉が必ず、必ず仇《かたき》を討って差し上げます。浅井家再興も何年かかっても必ず……。だから泣いてはなりません」

母に気付かれぬように於茶々は於初の耳に囁いた。囁きながら、復讐こそがこれから先、自分が生きていく意味なのだと噛み締めた。

新年の祝賀の宴から数日経った。於茶々は信長のもとを、一人、訪ねた。本当はすぐにこうすべきだった。が、勇気がなかなか出なかった。

於茶々は、父の首を返して欲しいと頼みにいったのだ。もちろん、於市には内緒で部屋を抜け出し、信長の小姓に取り次ぎを頼んだのである。

控えの間にちょこんと座って待っていると信長が直接入ってくる。

「よく来やった。姫」

と抱き上げられ、躰がこわばった。が、ここで怯《ひる》むわけにはいかない。信長は四階の展望台まで於茶々を連れていった。吹きあがってくる風に髪を乱される於茶々に、

「寒いかな」と頬を寄せるように聞く。

「いいえ」

「今日はどんな用で来やった」

「お願いをしに……参りました」

「聞こう」

於茶々はすぐには口を開けなかったが、勇気をふりしぼる。

「父の」

と言った声があまりに小さくなってしまったので、息を大きく吸い込んで言い直した。「父と御爺様の首を於茶々に下さい」

信長は於茶々の頭を撫でた。

「その昔、そなたの父とわしは争いのない世を作ろうと誓い合ったものだが、長政は

戦うことを選んだ。姫にはなぜかわかるか」

「父も天下が欲しかったからです」

於茶々の答えに信長は大笑した。

「身のほど知らずに、とは言うまい。わしも身のほど知らずのときに天下を望み、京雀《きょうすずめ》どもにも笑われたわ。しかし、笑止じゃ。長政にいたっては器ではないわ。生きていれば言うてやらねば気がすまぬ。天下を望むなら、浅井だけで戦う手だてをまず考えよ。なにもかもが朝倉の援軍があることを前提に策を練る男になにほどのことができよう」

「ん」

「茶々は父に聞き損《そこ》ねました。天下とはなんですか」

信長はまた笑って於茶々を抱く手に力をこめた。

「姫は天下を知らぬのか」

於茶々はうなずく。父に天下を取ると約束したが、肝心のそれがなんなのかわからずに、於茶々はずっと悶々《もんもん》としていた。

「なんであろう。口では説明し難いが。天下とはこの地上の全てのことであり、それを取るとは、全てを統《す》べるということであろう」

「わかりません」

「一番強い男になる、ではどうだ」

於茶々は取りあえずうなずいた。うなずきながら、父の首はどうなるのだろう、とあまりに話がかけ離れ過ぎたことを後悔している。第一、一番強い男になるのが天下を取ることなら、女の於茶々には出る幕がない。それとも、一番強い男より、さらに強くなればいいのだろうか。

「姫は、髑髏は平気かな」

困り果てていると、信長から話題を戻してくれた。

平気なはずもないが、「はい」と於茶々は返事をする。そのくせ、髑髏という言葉に、心臓が躍り始める。

「ならば長政に会わせてやろう」

信長は小姓を呼びつけ、三人の薄濃髑髏を持ってくるよう命じた。

「見てしまえば夢に出てきては姫を苦しめるかもしれぬが、それで構わぬのだな」

「構いませぬ。たとえ夢でも、髑髏でも、父上にお会いできるなら、茶々は仕合せです。伯父上様の夢には髑髏が出て参るのですか」

ふっと信長が笑う。

「わしは夢など見ぬ」

しばらく待つうちに漆塗りの箱が三つ、於茶々の前に並べられた。金糸で織られた組紐《くみひも》を解き、信長自ら一つずつ薄濃の髑髏を取り出す。それを見た刹那、於茶々は上げそうになった悲鳴を、口元を押さえてかろうじて堪えた。が、涙は溢れて零れ落ちた。全身ががくがくと震え始める。

「長政の首だけ持ちかえるがよい」

と言われ震える手を伸ばそうとしたが、於茶々にはどれが長政のものかわからない。

「どうした。わしの気が変わらぬうちに取れよ」

「どれが……」

「わからぬか」

それはどんな言葉で責められるより於茶々には堪《こた》えた。実の父のものがどれなのかわからないのだ。

「わからぬなら仕方ない」

信長は再び箱に髑髏を入れる。

「あっ」

於茶々の手が、信長の手を押さえて止《とど》めた。

「わかるようになれば取りに参れ。それまでわしが持っていれば、返してやる」

それは絶望的な言葉であった。今わからぬものが、時間が経ってわかろうはずがない。

（母上なら）

と思うものの、於市に金色に彩色された長政の髑髏を見せるのはあまりに酷《むご》い気がした。

（ひどい）

於茶々は心の中で信長を責めた。初めから返す気などなかったのだと思った。

（期待させて……ひどい）

涙がいっそう溢れ出る。

「市には内緒で来たのであろう。戻らねば、心配しておるかもしれないで」

信長は嗚咽《おえつ》する於茶々を再び抱き上げ、二階まで連れていく。信長が案じたとおり下は大騒ぎになっていた。於市や侍女たちが於茶々を探し回っている。

信長に連れられた於茶々に気付いた於市が走りよった。床に下ろされるとすぐに於茶々は於市にしがみついて声を上げて泣いた。

「なにを、なにをしたのです」

於市は膝立ち姿で於茶々を抱きしめながら信長を責める。

「長政の首を貰《もら》い受けたいと言うてきた。女にしておくには惜しい気性だ」

信長の言葉に、於市はいっそう強く於茶々を抱きしめる。

「市、その娘、わしにくれぬか」

於市が息をつめたのが於茶々にはわかった。

「だ、駄目でございます。それだけは」

「浅井の遺児として生きるより、信長の娘として生きる方が茶々のためであろう。その娘、不思議とわしの子の誰よりこの信長の気性を受け継いでおる」

「いいえ」

「よく考えることだ」

信長が去ったあとも、於市は於茶々を抱いたまましばらく離そうとしなかった。

だが、於茶々は、養女となった方が信長の傍にいる機会も増え、ひょっとしたらこの手にかけることができるのではないかと考えた。

「私……私」

「心配しなくても大丈夫です。於茶々殿を母は手放したりいたしませぬ」

「いいえ。私、伯父上のところに……」

「於茶々？」

於市が驚愕《きようがく》の目を於茶々へと向ける。母の哀しみを湛《たた》えた目を見るうちに、於茶々の気持ちは急速にしぼんだ。

「嘘です。ずっと母上様の傍にいたい」

於市はほっと息を吐《つ》いたが、それからだ。長政がいつも褒《ほ》めていた艶やかに青みがかった於市の髪に、目だって白いものが混ざり始めたのは。

あまりの痛々しさに、於茶々は母の髪を見るたびに自責の念にかられて苦しい。やがて於茶々の髪にも白いものが混ざり始め、見かねた信長が母子四人、尾張の清洲《きよす》に移ってはどうかと提案した。

「この兄の傍にいることが、かようなまでに辛いなら、生まれ育った場所でゆるりと養生するがよい。もし、ここへ戻りたければ、そのときに戻ればよいのだ」

於市はその申し出を受けた。

於茶々たちが今後住むことになる清洲城下の屋敷は、秀吉が信長に申し出て許され、母子のために真新しいものを建てたものだ。屋敷で使う人手も秀吉が用意した。誰かのところに世話になるのは肩身が狭いだろうという配慮と、できるだけ自分が面倒を見るという落城前に交わした長政との約束を守るためだ。そして、主筋を理由に断りはしたものの、秀吉のどこかでこの母子は自分のものなのだという思いがあったこともいなめない。

こうして於茶々たちはこぞって尾張へと移ることになった。天正二（一五七四）年の春のことである。

於茶々たちと共に、秀吉に遣わされて清洲へ移ったものの中に、かの才蔵の姿も混ざっていた。

# 第三章　長い夜

## 一

三千有余人の男たちが、真夜中の木の芽峠を粛々と移動している。越前北之庄《きたのしょう》から江北長浜まで戻るためだ。率いているのは、江北十二万石を統《す》べる羽柴筑前守秀吉であった。

天正五（一五七七）年八月八日。

秀吉は四十一歳になっていた。人生五十年と言われているこの時代、単純に考えれば秀吉の人生も残り少なくなってきたわけである。

あと十年でなにができるのか、ということを考え込んでしまう夜がある。足軽から出発して悲願の大名へと躍進し、他人から見れば華々しい出世を成し得た秀吉だが、今のままではここまでが限界である。

（わしゃァ、ここで終わるんかや）

昔、この木の芽峠を眼前に控えた敦賀《つるが》で死を覚悟の殿《しんがり》を成功させて大名へ道を切り開いたように、もう一度、人生の逆転劇を演じたい。

そのために秀吉は今、生死を賭《か》けて木の芽峠を越え、数年前に運命の地となった懐かしの敦賀に達した。

(ここはわしにとって縁起のええ地だぎゃや)

自分の選択は正しいのだと自身を勇気付けるため、秀吉はことさらあの日と同じ地であることを意識した。そうしなければ肌が粟《あわ》だってくる。

秀吉がやっていることは信長のもっとも嫌う軍令違反である。北国探題を務める柴田修理亮勝家の指図を受けるよう信長に命じられて越前に着陣していたにもかかわらず、秀吉は夜闇に紛れて許可もなく引き上げを敢行したのだ。

持ち場を勝手に離れた男を許すほど信長は甘くない。こんなことをすれば殺される可能性がきわめて高い。だが、秀吉はやらずにいられなかった。そうしなければ、自分の出世は頭打ちになる。十二万石の大名で人生が終わってしまう。

北陸方面の総大将、柴田勝家は、新参ものの多い織田の家臣団の中で古参の大名として重きを成し、鬼柴田と呼ばれる猛将だ。越後の上杉の備えとして越前八郡の支配を任されている。

この男と秀吉はまったく反りがあわなかった。

勝家は、足軽出身で調略を得意とする秀吉を常に見下している。信長の周囲にまとわりつき、おべっかを使う油断ならない男と見ているのだ。勝家の感覚では、戦場で敵と真っ向から当たらなければ、働きのうちに認められない。だから、信長が平素から秀吉を重用することが理解できず、不満に感じている。

こういう状況であるから秀吉にしてみれば、勝家の下で働いて自分が功名を得られる機会など、まず考えられなかった。

今回、秀吉は加賀の一向一揆《いっこういっき》鎮圧の後備えとして参陣した。それというのも一向宗徒が、芸州毛利、大坂本願寺ら反信長勢力と呼応し、越前の随所で蜂起したからだ。越前への陣触れを受けたとき、西国管領に任じられていた秀吉勢は石山本願寺の備えとして大坂に在番していた。が、信長は秀吉を勝家の下に付けて一向一揆に当たらせ、石山への備えは、土地勘のある松永弾正久秀に代わらせた。

久秀は先年、将軍義昭の呼びかけに応じて信長を裏切った男だ。それが、今は許されて織田の旗下に再び組み込まれている。秀吉は日ごろから久秀に不信感を抱いているだけに、信長の采配が不満だった。もちろん、勝家と違って、不満は口にも顔にも出さない。

秀吉が越前に着陣すると、勝家は甥《おい》の佐久間盛政と合流し、二万五千の軍勢を率いて加賀に乱入した。が、秀吉は備えに置かれたのみでまったく活躍の場を見出せない。勝家らが一揆の立て籠もる天神山、居振橋《いぶりばし》、松任、尾山と攻め落とすのを、後巻《うしろまき》でむなしく指をくわえてみているのみだ。

このままでは柴田、佐久間勢が華やかに感状を下されるとき、同じ戦場に立ちながら羽柴勢は惨《みじ》めな思いを味わわなければならなくなる。

それも短期間なら我慢がきくが、勝ちに奢《おご》った勝家は、このまま一気に上杉領を侵そうとしたのだ。上杉謙信を柴田勝家ごときが打ち倒せるとは思えぬ秀吉は、戦いが長期化することを恐れた。上杉勢と泥沼の戦いが展開されれば、秀吉はこの地に釘付けとなる。その間、勝家に飼い殺され、時間を無為に過ごさねばならない。

悶々《もんもん》とした気持ちの秀吉のもとに、江北から、蜂須賀小六正勝の部下が早馬で駆けつけ、由々しきことを注進した。

「非常事態でござる。摂津表にて変事！」

松永久秀が二度目の謀叛《むほん》に踏み切ったのだ。

(久秀め、やりおったかや)

毛利と裏で手を結んだに違いない。だとすれば、西が大きな戦場になる。

秀吉は軍議の席で、これを理由に上杉征伐から手を引くことを勝家に言上した。

「摂津が叛乱《はんらん》を起こしゃァ、ここぞとばかりに石山本願寺が活気付き、播州へ毛利も侵攻いたしゃーしょう。上杉はこちらが国境を侵さずんば、今までのことを考え合わしゃー向こうから仕掛けてくることはありゃァしません。ここはただちに主要の砦《とりで》に押さえの兵を配置し、残りの諸軍を西へ反《かえ》すことが上策と思われます」

勝家は一笑に付した。

「話にならんな。今、この加州から軍を反せば、上杉は必ず付け入ってくるわい」

（話にならにゃァはおみゃーの方じゃ）

とは立場上、秀吉には口にできない。

（北国の小競り合いと播州方面の叛乱といずれが織田にとってどえりゃァことか考えてみゃーしゃい）

とも、秀吉には言えない。

軍議から陣営に戻った秀吉は、竹中半兵衛重治、前野将右衛門長康、蜂須賀小六正勝ら諸将を招集し、胸の内を語った。

「我ら、このまま柴田の下風に馴染《なじ》むのは本意ではにゃァも。ここにいても前途が開けぬなら……」

さすがに、勝手に戦場を移動したいと思うがどうだ、とは自分の口から言い難い。

これで信長の逆鱗《げきりん》に触れれば、秀吉一人の問題ではなく、今まで命を預けて付いてきてくれた者ども全ての未来を危うくする。

竹中重治が真っ先に進み出て意見を述べた。

「ここで無為の時を過ごすは、愚の骨頂。柴田殿がいる限り、北国に殿の切り取る土地はございますまい。なにより久秀が謀叛は火急の事態。先んずればこれを制すと申すとおり、すみやかに軍を反し、播州に備えるが宜《よろ》しいかと存じます」

秀吉は蜂須賀正勝の方を向く。促されて正勝も口を開いた。

「越前に布陣して今日まで配置換えもなく、いまだ後巻で敵と当たれず、柴田殿が家来の功名を我らの手のものは歯軋《はぎし》りして見ておる現状。この状態が続けば、法度《はっと》に背いてでも前線へ勝手に押し出しかねない空気にござれば、同じ違法を犯すなら、それがし覚悟の上で家来衆引き連れ、この地を去るつもりでござる」

前野長康もうなずく。

「上様（信長）にては松永弾正父子を信じればこそ、此度《こたび》の一揆《いっき》の叛乱に越前へ人数を集めておいでででござる。このため、即刻摂津、播州方面に備えられるは、長岡殿（細川藤孝）、筒井殿（順慶）、惟任《これとう》殿（明智光秀）のみでございましょう。誰が足し算してもこれらの人数ではとても。ここで西の備えが乱れれば、天下統一へ向けての上様の近年のご苦労が何歩も後退しうる大事の時。違法だからと退陣を逡巡《しゅんじゅん》すれば、取り返しのつかぬ事態ともなりかねません」

「退却しろと言うんじゃな」

「万が一、殿の忠義が上様の御心に届かずしてご成敗と相成れば、我ら、あの世まで御供つかまつります」

秀吉は全員を見渡した。力強く、決意に満ちた目がそこにある。

「みな、気持ちは一つだぎゃや。今宵《こよい》、退陣するぞ」

「おうっ」

こうして秀吉の生死を左右する退陣が始まったのだ。木の芽峠を越え、金ケ崎へと踏み込みながら秀吉の心は播州へ駆けている。播州より西には織田領となっていない土地が、三百万石分も残っているのだ。まさに秀吉にとっては黄金の実のような土地である。比べて加州より北方は、たとえ切り取り得たとしても少量で、一年の半分は雪に閉ざされてしまう地だ。

（わしゃァこのままじゃァ終わらんぞ。いつか、ことあるごとにわしを馬鹿にする柴田めを追いぬき、織田随一の家臣となるのだぎゃや。そして、そしてその後は……）

ふと恐ろしい考えが浮かびかけ、秀吉は頭を左右に振った。

織田家臣団の頂点に上り詰めたら、その上にあるものはおのずと一つだ。

ふいに秀吉は小谷《おだに》落城のときの於茶々《おちゃちゃ》を思い出した。

父の長政に向かって、

「父上、茶々が、茶々が天下を目指します。茶々が」

と懸命に訴えていた於茶々の姿だ。

（あの小さな姫でさえ望むものを、わしが望んで悪かろうか）

それもこれも首が繋《つな》がっていればの話である。

このころ信長は琵琶湖の東岸に新たに築いた安土《あづち》にいる。天正三年の長篠《ながしの》の戦いで武田勝頼を、新兵器鉄炮《てっぽう》を使った戦術で大破し、東の憂いをおおよそ除いた信長は、より西方へと居城を移していた。

織田家を嫡子信忠に譲って同時に岐阜城を明け渡し、自身は安土に日本史上最大規模の城を築いて移り住んだのだ。

安土は、秀吉が江北の拠点として築いた長浜城と、京への入り口大津のほぼ中間地点に位置している。観音寺山《かんのんじ》とは東南の山麓《さんろく》の鞍部《あんぶ》でつながり、京までの距離はおよそ十四里。これは馬を馳《は》せれば一日で着く距離である。琵琶湖を渡る水路を使えばさらに早い。

琵琶湖の内湖に半円状に飛び出した標高百九十九メートルの広々とした安土山に建てられた城は、今までの城の概念を一新させた本格的な石垣作りの巨城であった。

大手門から延々と続く直線的な大手道の石段の左右には、有力大名の屋敷が並び建つ。その石段のはるか上の本丸に、大名館を見下ろしながら、まるで天に届けとばかりに聳《そび》え立つ塔を建造する予定であった。その塔は、五層七階を誇り、高さは四十数メートルにおよぶ設計だ。現在、工事を急がせている。

信長の構想では、塔の上部には不等辺八角形の「天主」と呼ばせる建物が乗り、漆《うるし》と金箔《きんぱく》で装われた外壁は遠目からも陽光や月光を弾《はじ》いて、建物自体が発光しているようなまばゆさを見せるはずであった。

天主は信長の天下布武への情熱をそのまま形にした建物である。

雄壮かつ繊細優美な姿が、風のない日は、鏡のような湖水にくっきりと逆さに映し出される日も近い。

（安土は地上に出現する極楽浄土である）

と信長は信じている。ここでは誰も争わず、信長の威光の下に秩序がたもたれ、日本中だけでなく、いずれは海を越えた世界中の産物が集まり、人々は豊かな生活を送るはずであった。安土では夫婦は相和し、親子は愛しあわなければならない。いずれも、信長が手に入れることのできなかったものだ。

今まで各所で行ってきた一向宗徒らへの数万人単位の虐殺《ぎやくさつ》は、信長に言わせればすべて、未来に出現させようとしている平和のための行いだ。信長には彼らが地獄に巣くう餓鬼《がき》にしか見えない。餓鬼を一掃するのに、ためらいなど起こりようがない。

とにかくこのような建物はいまだかつて誰も見たことがないのだ。完成すれば、信長という男が稀有《けう》の人物だと、誰の目にもわかりやすく誇示できるに違いない。

信長は、天主が完成した暁には、なるべく安土に腰を据えて諸将へ号令を下し、戦場へは代わりに信忠を派遣する態勢へ移行するつもりでいる。そうすることで、信長の存在は今まで以上に重みが増すだろう。同時に諸将の間で信忠への信頼も増す。

菊の香りが漂う二の丸御殿の書院に続く広縁から、造りかけの天主を見上げながら信長は、今後のことを考えている。

松永久秀謀叛の報と前後して、羽柴秀吉が軍令違反を犯した知らせを受けたが、秀吉は長浜で蟄居《ちっきょ》したまま、一月半はゆうに過ぎたが、いまだ安土へ謝罪に来ない。信長もまた、黙殺している。

今、安土に呼べば他の者への手前、信長は秀吉を処罰しなければならなくなる。それでは困るのだ。天下布武を成し遂げるのに、秀吉は不可欠な駒《こま》である。これからの世に必要なのは、武将としての勇猛さだけではない。信長がそうであるように、秀吉もまた優れた政治感覚と経済感覚を持っている。

江北十二万石を与えられた秀吉は、幾つかの寺社に寄進を行い人心の掌握《しょうあく》に努め、城下町を山城の小谷から平野の今浜に移し、信長の長の字をもらった長浜城を築いた。

高地から琵琶湖畔の平地へ移ったのは、物流を容易に行うためで経済を重視したからに他ならない。また、平地に移ることで縄張りの面積は広大化し、城と城下が一体化した生産性の高い町造りを可能にした。

城下町は四十九町に分割して十組に分け、自治を任せる。長浜町衆の年貢米《ねんぐまい》と諸役を思い切りよく免除することで信頼関係を短期間で築き、経済の発展を加速させた。

実際、信長は秀吉にここまでの築城と城下支配の才があるとは思っていなかった。内心、目を見張っている。これまでは、新参者ではあったが、明智十兵衛光秀が部下の中では飛び抜けて才知ある人物と買っていた認識を、改めざるを得ない。

間違いなく秀吉が随一の家臣である。

さらに秀吉は信長と同じく鉄炮の重要性を認知し、国友《くにとも》の鉄炮鍛冶《かじ》の棟梁《とうりょう》藤二郎の心をいつの間にかがっしりと摑《つか》んでいた。国友は旧浅井領の中にあって、浅井が織田と決別したとき、危険を承知で織田側についたのだ。藤二郎は横山城の秀吉のもとに人質を差し出してきた。

秀吉は藤二郎に応えて手のものを国友に派遣し、村落を浅井の攻撃から守ると共に兵器の改良に多額の資金を投入した。元亀二年、信長は藤二郎から百匁（三百七十五グラム）を越える大筒（大砲）の献上を受けている。通常鉄炮は六匁で、大鉄炮でも三十匁であるから、これは革命とも言える技術革新であった。

その後、国友は二百匁の大筒の開発に成功するのだ。信長はその大筒を使って天正二年の伊勢長島の一向一揆討伐に勝利をおさめ、二万余の一揆勢の虐殺を行った。天正三年の武田と織田が初めて正面からぶつかった長篠の戦いも、二千挺近い鉄炮を全国からかき集めたが、国友からもずいぶんと差し出された。

火器を制するものが今後の日本の覇権《はけん》を握っていくと考える信長に、国友の最高水準の技術は貴重であり、国友を掌握している秀吉も同じく使い道の多い男であった。長浜城に入った秀吉は、藤二郎にも知行を与え、代官に任命し、いっそう密接な結びつきを見せている。

信長には秀吉を許す口実が必要だった。秀吉もそれがわかっているからまだ安土に姿を見せないのである。

ここに来るときは、なにか大きな土産を持参してくるはずだ。信長がもっとも欲している土産は、織田の版図と毛利の版図の間にある播州の小大名の協力である。

秀吉が土産を用意できるまで、信長は久秀の説得を続ける。

「謀叛はなかったことにする。今までと変わらず予《よ》のために働けば、摂津領は安堵《あんど》する」

そう使者に口上させる一方で、息子の信忠にはいつでも出征できるよう準備を怠らせない。

久秀を殺すか生かすかは久秀の返答しだいであった。久秀がそれで謝罪すれば、もう一度だけ許すつもりだ。あの男も有能な駒だ。消してしまうには惜しい。

（あやつに軍を起こされては、本願寺も毛利も活気付き、なかなか面倒な事態になるでな）

「内府様ァ」

黙考していた信長の静寂を、ぶしつけに乱した声がある。信長は昨年の十一月に内大臣に任官したから、今は内府と呼ばれている。

「いけませぬ。於茶々様」

引き止める甲高《かんだか》い声は、声変わり前の小姓、森蘭丸《もりらんまる》のものだ。蘭丸は浅井、朝倉との戦闘で戦死した森可成《よしなり》の十三歳になる三男で、今年の正月から小姓に取りたてて使っている。人並み外れた利発さと豪胆さで、信長の寵童《ちようどう》となった少年だ。見目形《みめかたち》も観賞に堪えうる麗《うるわ》しさだ。

その蘭丸が平素では絶対に見られぬ慌《あわ》てぶりで、於茶々を追いかけているのだ。尾張から着いたばかりの於茶々の傍若無人《ぼうじやくぶじん》ぶりに、振りまわされている。

於茶々を安土に誘ったのは信長自身である。

昨年末に信長は、鷹《たか》狩りのついでと称して清洲《きよす》に移った於市《おいち》たちの館を訪ねた。岐阜を去るときの、心労からやつれ果てて白髪が混ざるようになった妹の無残な姿がずっと気にかかっていた。

於市は突然やってきた信長を拒絶こそしなかったが、「よくおいでくださいました」と迎え入れる言葉には、まったく心がこもっていなかった。

かつての妹からは考えられない変貌振りだが、痛々しかった容姿は艶《あで》やかさを取り戻しつつある。信長は苛立《いらだ》ちを押し隠した。

この訪問のときに、一度は母子で安土へ来るようにと誘ったのだ。信長の中で、浅井への報復は終わったことだ。もう於市を傷つけることはないだろう。できれば安土を気に入って、移住してきてほしい。そんな希望もむなしく、於市は首を縦に振らなかった。が、於茶々だけは興味を示した。

信長自慢の安土城下が見たいと言って清洲から出てきた姫に、信長はこの日、自分の住まう二の丸御殿を案内した。十歳になった於茶々と年頃が近いという理由で蘭丸に案内役を任せていたが、少々手にあまっているようだ。

一通り見終わって戻ってきたのだろうが、信長が考えごとをしている最中に許しも得ずに書院へ乱入してくるなど、家臣はもちろん親族の者でさえできぬことだ。於茶々はいとも簡単にやってのける。

そのうつけ振りが過去の自分を見ているようで、信長は苦笑した。

「内府様、茶々はもう興奮いたしました」

於茶々は、蘭丸や控えていた近習の制止を振り切って、於市を彷彿《ほうふつ》とさせる笑顔を振りまき、広縁に立つ信長のもとへまっすぐに駆けてくる。振りきられた側はこのときすでに手打ちも切腹も覚悟しなければならない状況に陥っていることを、於茶々はまるで気付いていてない。

追いかけてきた蘭丸の聡《さと》い目が、一瞬、信長を捉《とら》えてすぐに伏せられた。少年は、そのままひざまずく。

於茶々が小首を傾《かし》げる。髪がさらさらと揺れて頬《ほお》にかかる。於市とそっくりな仕草に、信長は目を見張った。

「お蘭。下がっておれ」

「はっ」

蘭丸がこの場から姿を消すと、於茶々は建造中の天主を爪先立《つまさきだ》って見上げた。

「あれが仕上がったら、茶々も中へ入れてください」

「わし自ら案内しようぞ。さほど高地に建つわけではないが、最上階からは琵琶湖が一望に見渡せよう」

「内府様はあんなお城を作られるくらいだから、なんでもお出来になられるのでございましょう」

「いずれそうなる」

「だったら、おねだりしてもいいですか」

「言うてみよ」

「内府様が天下を取ったら、茶々に琵琶湖を下さいませ」

信長は目を見開いた。面白いことを言う姫だ。

「あの湖が欲しいのか」

於茶々はうなずく。

「だって、これまでに見たどんなものより、綺麗《きれい》」

周囲の森と空を、溶けあわせるように映し出し、真昼の太陽の光を無数に弾《はじ》いて白銀に煌《きらめ》く湖水は、確かになんとも言えぬ神秘さをたたえて見るものを魅了する。

だが、於茶々が琵琶湖を欲するのは、やはり望郷の思いと無縁ではないだろうと信長は思った。近江といえば琵琶湖と切って語れぬ土地だ。そこで育った於茶々にとって琵琶湖とは父長政の匂いのする場所に違いない。

「上様、ごめんくだされ」

このとき、伝奏がこの場にやってきて、秀吉の安土来訪を告げた。

（来たか）

信長の口元が自然に笑む。

「茶々、用ができた。あとはお蘭と遊べ」

「お蘭は好きではありませぬ」

「なんだと」

「お蘭は、がみがみと口うるさくて、まるで爺《じい》やのようです」

「はっ」

信長は弾けるように笑い出す。

「そうか。あれは口うるさいか。困った奴よ」

「それより、あとで茶々にも羽柴様に会わせてくださりませ」

信長には、まったく予想外の申し出だ。こんなに先の読めない会話を誰かと交わすのは久しぶりで、面白い。

「なにゆえ猿と会いたがる」

「茶々たちの尾張での屋敷を建てて下さったのは羽柴様と伺《うかが》っております。母上は羽柴様を嫌っておりますゆえ、口をききそうにありませぬから、代わりに茶々が礼を申します」

「市は猿を、さほどなまでに嫌っておるのか。初耳だの」

「嫌っております。羽柴様は、万福丸兄上を殺しておしまいになられましたもの」

ぴくりと信長のこめかみが震えた。万福丸を串刺しにさせたのは信長で、秀吉はむしろ一度は命乞いまでしている。於市は兄である信長を責めることができない分、秀吉にやり場のない憎しみを転嫁させているのだろう。そう思うと於市が哀れであり、愛《いと》おしくなる。

「それで、茶々姫は猿を嫌ってはおらぬのか」

「母上は勘違いをしております。万福丸兄上を殺したのは内府様です」

信長は目を見張った。

「いかにもわしだ。では、わしを憎むか」

「茶々は事実を申したまでです」

於茶々は肯定も否定もせずに、まっすぐに信長をみつめた。

「よい。今からわしは猿めを叱責するぞ。あれの首が無事に繋がっておれば会わせてやろう」

（猿めの持参した土産はなんであるか）

「あやつは一人であるか」

信長は伝奏に尋ねる。

「小寺官兵衛殿が長子、松寿丸殿を連れております」

「であるか。松寿丸は別室にて菓子でも与え、とくといたわれ」

人質である。小寺官兵衛孝高《よしたか》（黒田如水）は播磨国にある姫路城の城主で、御着《ごちゃく》城城主小寺藤兵衛政職の旗下にある。人質をよこしたということは、織田軍が中国攻めを行うときは、この孝高が播磨への手引きをするという証《あかし》だ。

期待以上の土産である。

（猿め。やりおるわ）

これで摂津のことが片付いたら、即座に中国侵攻を開始できる。

「茶々、わしはそこもとが気に入った。天下を取った暁には、琵琶湖はやろうぞ」

信長は身を翻《ひるがえ》し、謁見《えっけん》の間に向かって大股で歩き始めた。

# 二

空気が冷たく張り詰めている。眼前の信長は自分の退陣にどう判断を下すつもりか、と秀吉は主君の言葉を待つ間が、ひどく長く感じられる。最悪、この場で手打ちにされることもあるのだ。秀吉の背に汗が伝う。

秀吉は目通りが叶《かな》うと、加州退陣のことを全身で詫《わ》び、上杉に対する自身の見解を述べ、自分が軍令違反をあえて冒《おか》したのは、摂津の変に心急《せ》かされた結果の行動であったことを強調した。

久秀が本願寺と内応したのであれば、本願寺を支援している毛利が必ず動く。織田と毛利といずれが播州を征するかで、今後の展開は大きく変わってくる。ここで播州を取られれば、信長の天下統一への道は大きく後退するのは間違いない。それがわかっていて動かぬは、不忠であるという論を、秀吉は叫び身を揉《も》み訴えた。その間、信長は苛立たしげに扇を弄《もてあそ》びながら、一言も発せず聞いていた。

言うべきことはすべて言い尽くした秀吉の口が止まってからも、信長はわずかに沈黙した。それは六拍ほどの間であったが、秀吉にはひどく長く感じられる。

「申すことはそれだけか」

やがて信長の甲高い声が頭上に降った。

「はっ」

秀吉は躰《からだ》をこわばらせせる。

「では上杉の版図に攻め入る修理めは、予にとって不忠者と申すのだな」

秀吉は答えに詰まった。勝家の采配が間違っているから無断で退陣してきたのだから、「そうです」と言わなければ収まりがつかない。だが、それは今の秀吉の地位ではあまりに大胆な気がした。

（なんと答えるか……）

信長は打てば響く答えを好む。どういう答えを出すにしろ、迷えばそれだけ印象が悪くなる。

「不忠とは申しゃーせんが、今度ばかりはご判断を誤られておられっしゃるかと」

「たわけ！」

秀吉は平伏した。

信長は持っていた扇を秀吉に向かって投げつける。

「その方の忠義、結果で判じてくれよう。播州一国、ぞんぶんに切り取れ！」

信長の一言に秀吉の胸がぎゅっと痛んだ。目尻に涙が浮かんでくる。

「ははっ」

「その扇、取らす」

秀吉は慌てて投げられた扇を拾い上げ、押し頂く。

「ありがたき幸せ」

そのときには性急な信長は立ち上がり、部屋を出て行きかかっている。

「そのまま控えていろ。そちに会いたいと申す者がおる」

出て行き際、そう申し付けて去っていった。

秀吉の全身から、ようやく力が抜ける。信長は出て行ったが、秀吉は平伏した姿勢を崩さずに、畳に顔を押し付けるようにして泣いた。

(勝った、わしゃァ、この賭けにも勝ったぞ)

信長はなんと言ったろう。播州一国を切り取れと言ってくれたのだ。

成敗されなかったばかりでなく、播州を制圧すれば秀吉のものになる。喜びを噛み締めていた秀吉は、

(思いどおりだぎゃや)

と心中で呟《つぶや》いたとたん、違和感を覚えた。あまりに思いどおり過ぎるのだ。

(思いどおりだと？　そうじゃのうて、これは……上様はわしの野心を見抜いておら

れるんだぎゃや)

〝黙れ、猿。織田のためだなどときれいごとをぬかすが、貴様の目的は播州を手中にすることであろう〟

と言われたに等しいではないか。秀吉は生唾《なまつば》を飲み込んだ。恐怖がぞわぞわと這《は》い上がってくる。なにか手をうたねば、働かされるだけ働かされ、殺されるかもしれない。

(それに)

秀吉はこんなときに急にあれのことが気になりだした。実は信長に対してとんでもない秘密を持ってしまっていたのだ。小谷が落城したすぐあとのことだ。

先年、病気で亡くしてしまったが、そのころ妾腹にようやくさずかった一子が二歳の可愛い盛りで、秀吉には世の中の子供が全て愛おしく見えて仕方なかった。

命じられるままに泣く泣く万福丸は関ケ原で串刺しにしたが、生まれたばかりの虎千代丸のことは、信長が存在自体知らぬのをいいことに見逃してしまった。

(魔が……差したんだぎゃや、あんときゃァ)

ばれれば間違いなく身の破滅だ。

かくまったわけではない。見逃しただけだ。今はとある寺院で自分の父が大名だったことも知らずに、僧となる人生を歩んでいる。

もしばれても、自分はなにも知らなかったとしらを切りとおせばよいだけだが、信長には心の奥底まで覗《のぞ》かれてしまうような恐ろしさがある。

「猿」

いきなり明るい声で呼ばれ、秀吉は弾かれるように顔を上げた。ふいに現実に引き戻されて目をぱちぱちさせて振り向くと、いたずらっぽい目をして含み笑いをしている一人の少女が立っている。於茶々だ。

小谷落城いらいの再会だが、清洲に寄こしてある才蔵の報告で、於茶々のことはよく耳にしている。赤子のときから気にかけてきた姫だ。自然と秀吉の目尻も下がった。

「これは、於茶々様。大きゅうなられましたなあ」

今年で十歳。泣きたくなるほど秀吉が憧《あこが》れた於市のようなたおやかさはないが、信長によく似た勝気な目を持ち、性格は明るく愛くるしい。

躊躇《ちゅうちょ》なく秀吉の傍によってきた於茶々は、目の前にぺたりと座り、下から顔を覗き込んでくる。近くで見ると睫毛《まつげ》が長く、於茶々が瞬《まばた》きをするたびに微《かす》かに震える。年頃になればすごい美姫に育つだろう。

「教えてたもれ。筑前様はどうして〝猿〟なのじゃ」

無邪気な問いに、秀吉の下がった目尻はさらに垂れた。

「それは、それがしが申年生《さるどし》まれゆえ」

「そう」

とうなずき、於茶々は清洲の館の礼を述べた。

「だけど、なぜ筑前様が私たちの屋敷の面倒までみるのですか」

「そ、それは」

信長が長政のものはみな秀吉にやると言ったことなど、まさか於茶々に言えようはずもない。「それは備前殿から某《それがし》が姫たちのお身をお預かりいたしたゆえ」

「それです」

「は？」

「私たちの身も引き受けてくださいましたが、茶々の記憶では、浅井の旧臣も引き受けてくださいました」

「はい。よく覚えとりゃーますなあ。我らが家臣どもは今ではみゃァで浅井と木下が合体したようなもんでござれば、名も真新しく羽柴といたしゃーした。いつか、丹羽殿と柴田殿のように上様のお役に立てる男になるようにと願いをこめましてなあ」

「お頼み申し上げます」

「はいはい。任せてくだしゃーせ」

秀吉の頓狂《とんきょう》なしゃべり方にくすくす笑いながら於茶々は勢いよく立ち上がった。

「今からお城下の見物に行くのです」

「そりゃァ、そりゃァ。安土の城下は日本一安全で平和なところだぎゃや。ゆうくり、めぐって楽しみなされ」

「どうして安土はそんなに平和なのですか」

「内府様の御威光が行き届いているからでござあすよ」

「じゃあ、内府様の御威光が全国津々浦々行き届けば、この世の全てが平和になるのでございますか」

「そのための戦《いくさ》でござあす」

「だったら、内府様が死んだら、どうなるのです」

「姫、それは」

信長の死、など秀吉は今まで考えたこともなかった。絶対的に自分を支配するあの男が死ぬことなどあるのだろうか。今、信長が死ねば、誰が信長の代わりに天に向かって建ちつつある天主に座すというのか。信忠では、想像できない。信忠もよい武将だが、信長と信忠では、神と人ほどの違いがある。

「それは口にしてはならにゃァ言葉です」

秀吉にしては厳しい声で咎《とが》めると、於茶々は無言でうなずいた。

それから菊花の柄の手ぬぐいを胸元から取り出し、秀吉の頬におく。

「ひ、姫？」

「汗が。茶々が拭《ぬぐ》って差し上げます」

それは汗ではなく先刻流した涙の痕《あと》である。手ぬぐいから立つ菊花の香気が秀吉の鼻をくすぐる。

「よい、匂いでございますな」

「おわかりになりますか。嬉しい。お庭にたくさん咲いていたから、お花の上に置いておいたの。褒めてくださったから、お礼にそれは差し上げます」

では私はこれで、と於茶々は手ぬぐいを残したまま、弾む足取りで去っていった。

秀吉は手ぬぐいの匂いを胸いっぱいに吸い込むと、於茶々の真似をして勢いよく立ち上がる。なにはともあれ、これから中国攻めが待っている。毛利と戦っている間は、自分は信長にとって価値のある人間なのだ。


於茶々は、安土を知れば知るほど絶望感を味わっていた。今はまだ十歳で、自分に信長を殺す力などありはしないが、いつか必ずと思いつめてこの四年間を生きてきた。だが、そんな機会はずっと巡ってこないのだと、この荘厳な城下町を見ていると思い知らされる。

ここにいると自分の存在の小ささと、信長の偉大さにうちのめされる。それに自分が鬼のようなと思っている信長を、安土の人間はこぞって本気で崇拝している。

（内府様は人気がある）

　その事実は、於茶々にとってまったく受け入れがたかった。浅井を滅ぼしたあとだけを思い返しても、三年前には伊勢長島の一向宗徒二万を二つの砦に閉じ込めて砦ごと焼き殺し、その一年後には越前の一向宗徒四万を相手に虐殺の限りを尽くしたと聞く。

「府中は死骸《しがい》ばかりにて、一円あき所なく候」

　と信長自身が表現した徹底ぶりだったという。そういう男が慕われている現実は、於茶々をひどく混乱させた。

　すっかり於茶々の守役のようにさせられてしまっている蘭丸などは、信長がいない世など生きていても仕方がないとまで言う。だから、むきになって於茶々は、

「だったら内府様がもし、もしもお亡くなりになったら、殉死なさるのですか」

　と聞くと、当然だという顔をされた。

「姫、これは男の世界のことで、姫が口出しすることではない」

　小言も言われた。於茶々は三つしか歳《とし》の違わぬこの少年のことを、ひそかに「爺《じい》」と呼んでいる。

　安土に滞在している間、今では安土殿と呼ばれている信長の正室、於濃《おのう》の方の局《つぼね》に於茶々は世話になっていた。

「ここも華やかになって嬉しいこと」

しっとりとした微笑を浮かべ、於濃の方は毎日珍しい菓子を於茶々のために取り寄せてくれる。

「安土は気に入りましたかえ」

「はい。とても」

「長く居てたもれ。妾《わらわ》もなあ、一人きりで寂しいのじゃ」

「こんな大きなお城に住むからです」

「えっ」

「小谷はずっと狭くて、だから父上は戦のないときは母上や私たちのところでいつも過ごしておられました。ここは大きいから、みんなばらばらになるのです」

「あら」

於濃の方がほほ、と笑う。

「本当よ。岐阜もそうだし、ここもそうだけど内府様のお建てになるお城は、お美しい絵で飾られたり金色に輝いていたりするけれど、あまり温かくありません」

「まあ。だったら姫は、安土が気に入っておられないんじゃありませんこと」

「あっ」

於茶々の頬がぽっと熱を帯びた。

「ごめんなされてくださりませ」

「よい、よい。本当は妾もあまり」

「本当？」

於濃の方がこくりとうなずく。

「じゃあ、内府様のことは？」

尋ねながら於茶々はどきどきした。自分が殺したいほど憎んでいる男を、於茶々が大好きなこの女人はどう思っているのだろう。

「そうじゃなあ、好きであったこともあるかもしれませぬなあ」

「で、では、今はお嫌いですか」

「互いに顔も見ぬ日が多い仲ではありますが、もう三十年も連れ添ったのじゃ。姫にはわかりましょうか。三十年というときが」

「いいえ」

「長いようで、短いようで、やはりずっしりと長いのじゃ」

於濃の方の言うことは於茶々にはまったくわからなかった。小首を傾げていると頭を撫《な》でてくれる。

「殿は妾が嫁いだ初めから、敵国の女じゃというて警戒しておられたのじゃ。それで初めから遠ざけられてしもうたが、それでも土産じゃと言うて柿やら花やら四季折々のものを外から持って帰ってくれました」

「そんな」

「えっ」

「いいえ。お優しいから驚いたのです」

於濃の方は於茶々の言い草に吹き出した。

「そうじゃなあ、極端なお人じゃから、ひどく優しいかと思えば、お厳しくて。傲岸《ごうがん》になるかと思えば子供っぽくて。ほんに扱いにくい人。それでも妾が、殿に捨てられぬ限り付いて行こうと決めたのは、殿が妾の兄と争うことになったときであったなあ」

「母上と同じです」

於茶々が急《せ》き込むように言う。於濃の方はうなずく代わりに微笑する。そんな境遇はどこにでも転がっているのだと、その微笑が物語っている。

於濃の方の場合は於市より境遇としては悲惨である。美濃の実家ではまずは内訌《ないこう》が起こった。兄が父を殺したのだ。信長は舅《しゅうと》の斎藤道三《どうさん》の仇を討つという名目で、美濃へ出陣した。だから、斎藤家と手切れになりはしたが、政治的な意味でも於濃の方を美濃へ返すわけにはいかなかった。もちろん、殺すわけにもいかない。あくまで美濃進出は、於濃の方の父、道三の義子として行ったのだ。

於市が長政の愛に守られて婚家に残ったのとは違う。於濃の方は実家を攻める敵国の中に、政治の道具として残された。だが、そういう事情は一切伏せて、

「ここにいよ、と言うてくれましたから、その一言にだまされて今日まで来たようなものじゃ。また、それで十分じゃ」

と言って、於濃の方は於茶々の頭をまた撫でた。

「これから先、於茶々殿にもいろいろなことが起こると思うがなあ、どんなこともいずれ思い出になるものじゃ。なにごとも囚《とら》われずに過去に流してしまうのが一番よい。女は所詮《しょせん》、翻弄《ほんろう》される身。労《いたわ》りおうていきたいものじゃ。なあ」

於茶々は於濃の方の話は半分ほどしかわからなかったが、女の哀《かな》しみというものを教えられた気がして、ずっとこの日の会話を忘れなかった。だからのちに大人になって、信長の妾の一人、於鍋《おなべ》の方が生活に困っているのを知ったとき、於茶々が生活の世話をしてやった。信長とはいろいろあったが、女たちは関係ない。意思とは別に運命に翻弄されているだけなのだ。

そのとき、於茶々は蘭丸の眉間《みけん》にすーと縦皺《たてじわ》ができるのを見た。

（信長にそっくり）

と思うとつい笑いがもれる。が、睨まれたのですぐに真顔に戻った。

於茶々はこの日、守役の蘭丸に、

「舟で琵琶湖に浮かびたい」

とねだったのだ。蘭丸はいいとも悪いとも言わずに、

「姫はいつになったら、清洲へお戻りになられますか」

早く帰ってくれと言う。

「内府様はいつまでもいてもいいと言うてくれておりますし、御台《みだい》様はいて欲しいということじゃ」

「社交辞令でございましょう」

「意地の悪い人。蘭丸様が良いのは顔だけです」

「そっくりそのまま姫様へお返しいたします」

於茶々はむっとなって、蘭丸の形のよい唇を両手でひっぱりたくなった。

「よい。爺《じい》が舟を出してくれぬなら、私、直接内府様へかけあいます」

「爺……。誰が爺ですって。だいたい、こんな冬に湖に出たら、凍ってしまいます。姫様の御身が大切だからこそ某《それがし》は」

「嘘《うそ》つき」

「では、正直に申し上げますが、迷惑です」

「だから、もう蘭丸様には頼みませぬ」

一人で外へ飛び出そうとする於茶々を、まさか羽交い絞めにして止めるわけにもいかないから、蘭丸は付いてくる。

「そんなお召しものでは本当に凍りますよ、姫！」

於茶々はくるりと蘭丸を振り返り、

「じゃあ、着替えたらよいのですか」

「それは」

蘭丸は答えに詰まってしまった。

「連れて行ってくれたら、明日にでも清洲へ帰ってさしあげます。そうしたら、蘭丸様も嬉《うれ》しいのでしょう」

「そんなに行きたいんですか」

「半分は、そのために来たのだもの」

「事情を話してくだされば、場合によっては力をお貸しいたしましょう」

蘭丸に導かれるまま、於茶々は縁に腰掛けた。二人は顔を見合わすとどことなく異性であることが照れくさいので、ひたすら前を向いて座っている。できかけの天主が、高々と冬の清らかな空にそびえるのが見える。

「お墓参りがしたいのです」

於茶々は足をぶらぶらさせながら白状した。

「墓参りと琵琶湖となんの関係がございますか。それにどなたの墓参りです」

「父上です。琵琶湖が父上の墓なのです」

驚いたように蘭丸が振り返った。釣《つ》られて於茶々も蘭丸を見る。蘭丸の頬にさっと朱が走ったのが意外で、於茶々の心は少し弾んだ。

「どういうことです。琵琶湖が長政公の墓というのは」

「父上は落城寸前にご自分のお墓を作って、皆に焼香させたあと、その墓石を琵琶湖に沈めたのです」

だから於茶々からすれば、琵琶湖の周囲は信長にとって凶と出る地であるはずだった。安土城がどれほど燦然《さんぜん》としていても、信長が城主である限り長政の霊が繁栄を阻むに違いないと思っていたのだ。安土を直《じか》に目にするまでは。

「お願い。お花を手向《たむ》けたいの」

口にすると於茶々は急に哀しくなって、涙をぽとりと落とした。

「わかりました」

と蘭丸が立ち上がる。「舟を出しましょう。だから……」

「だから？」

「泣き止《や》んでください」

それから半刻も待たせぬうちに蘭丸は、湖水遊び用の中型の屋形船を用意して於茶々を乗せてくれた。

遠くから見ると優しい水色に澄んで、きれいなばかりの湖は、実際に船に乗って覗き込むと底なしにほの暗く、なにか恐ろしい場所へ続く入り口のように見える。ぶるりと於茶々が躰を震わせると、蘭丸が自分の着ている羽織をかぶせてくれた。蘭丸の体温が羽織に残って温かい。於茶々の全身が身の内からカッと燃えた。初めての感覚に慌《あわ》てふためき、とにかくなにか喋《しゃべ》ろうと於茶々は口を開く。

「内府様にはお許しはいただいたのですか」

「もちろんです。上様所有の御船を我らが勝手に扱えようはずもありません」

蘭丸が安土城の方角を振り仰ぐと、天主の建つ高台に、豆粒のような人影が立ってこちらを見ている。

「すぐにお許しくださいましたか」

「姫のいいようにしてやれとの仰《おお》せです」

所詮、自分は信長の手のうちなのだと於茶々は思った。庭から摘《つ》んできた花を冷たい水の中へ、於茶々はそっと供える。花はしばらく浮かんでいたが、風が波をつくるたびに煽《あお》られて、ゆっくりと湖底に沈んでいった。

花が見えなくなると於茶々は船縁《ふなべり》に倒れこむようにしがみついた。

「おかわいそうな御父上。こんな、こんな寂しいところに一人で眠っているなんて。

茶々も一緒に逝《い》ってあげたい」

「いけません」

蘭丸が叱責する。「某《それがし》の父も兄も戦場に散りました。だけどこうして生きています。死は望まなくともやってきます。それまで、精一杯生きることが死者への手向《たむ》けです。姫が長政殿を本当に大切に思うのなら、仕合せになることを考えてください。さあ、蘭丸と誓ってください。二度と自ら命を絶つようなことは口にしないと」

「蘭丸様」

於茶々の涙が涸《か》れるころ、船は岸へ向かって湖面を滑り始めた。


信長に謀叛を起こした松永久秀が、織田信忠を大将とした軍に追い詰められ、自ら火薬に点火して城と共に吹き飛んだという噂《うわさ》が安土に届くころ、於茶々は清洲に向かって戻っていった。

一月にも満たない日々を安土で過ごしただけだというのに、戻ってみると尾張清洲がひどく鄙《ひな》びて感じる。だが、ここは平和である。

於茶々は一つ違いの妹の於初と一緒に、冬の庭を彩る山茶花《さざんか》の花びらを集めて首飾りを作って遊んだ。紅《あか》い花びらと白い花びらを交互に糸に通していくのだ。

「姉上様、安土はどうでございました」

花びらをちぎりながら於初が興味いっぱいの瞳で聞いてくる。

「どうって、とても大きくて賑《にぎ》やかだったけど、こっちの方がずっといい。於初さんもくれば良かったのに」

「二人とも行ってしまえば母上がお寂しくないかしらと思って」

「じゃあ、今から行ってらっしゃいな。みな、親切よ。とくに、安土のお方様は、御婆《ばば》様のよう」

言ってしまってから、於茶々はしまったと後悔する。無残な殺され方をした祖母のことを、於初に思い出させてしまった。

「なにか楽しいことはございました？」

だが、於初はさりげなく話題を移した。こういうところが於初の聡明《そうめい》なところだと於茶々は思う。於初は人見知りも激しく、ぼんやりして見えるから平凡に見られがちだが、本当はずっと自分より賢いのだと於茶々は日ごろから思っている。

「綺麗なお侍さんに会ったわ」

於茶々は蘭丸を思い浮かべて言った。小谷で於茶々が目にしていた武者といえば、赤尾清綱のような猛者《もさ》ばかりで、息を呑《の》むほど美麗な男がこの世にいるなど、蘭丸に会うまでは想像だにしていなかった。強《し》いて言うなら信長の長子信忠が絵巻物語に出てきそうな整った顔立ちをしていたが、それでも十歳の於茶々から見ればすでに大人の体格で、どっしりと逞《たくま》しく見える。

男性の話になると思っていなかったのか、於初は恥ずかしげに頬を染め、そのくせ目だけはきらきらと輝かせた。はしたない話題だが、興味がないはずがない。

「姉上はその方を好ましく思ったの？」

「それがね、がみがみと煩《うるさ》い方なの。でも、時々とてもお優しかった」

「ふうん。私たち、誰に嫁ぐのかしら」

戦国の女は政略の道具だ。道具だが、この道具には心がある。

「母上のように於初さんも嫁ぎ先の方と仲良くなれたらいいわね」

「姉上も」

「私は……」

於初と於江の行く末を見届けるまでは、自分のことなど考えられない。言いよどんだ於茶々に、

「姉上様もそうなのね。実は私もなの」

「えっ」

「どこにも行きたくないのでしょう。このままずっと、母上と姉上と於江と暮らしていけたらいいのに」

「ええ。そうね。本当にそう。それが一番ね」

花びらの首飾りができあがった。

「姉上様、どこですか」

縁の方から舌足らずな喋《しゃべ》り方の於江の声がする。

「於江だわ」

ここよ、と呼ぼうとした於初の袖《そで》を於茶々がひっぱる。

「ね、ちょっとだけ隠れましょう」

と庭を飾る石の陰に於初を引っ張り込んだ。

「かわいそうだわ」

於初は困惑したが、逆らわない。於江は、

「姉上様、姉上様」

二人の姉を探している。

「私、あのときってあんなに小さかったんだわ」

於初が石の陰から於江のことを覗き込み、しみじみ言う。言われて於茶々は初めて気が付いたが、於江は小谷落城のころの於初と同じ年齢だ。

「於初さんはね、いつも震えていて、とてもおかわいそうだった」

「私、あまり覚えていないの」

「そう……」

探す於江がだんだん半泣きになってくる。

「ここよ、於江」

於江が泣き出す前に、すっと於茶々は立ち上がって手を振った。駆けてきた於江に作ったばかりの首飾りをかけてやる。於江の顔がパッと明るくなった。不思議と、於茶々の気持ちも明るくなる。

「於江は美人になるわね」

「姉上様もお綺麗だわ。私は……ちょっと残念だけど」

於初が小さな溜息《ためいき》をつく。於初だけがあまり於市に似ていない。

「なにを言うの。於初さんが一番父上に似ているというのに。うらやましい」

というより、於茶々には妬《ねた》ましい。

於茶々はどんなに否定してもしきれぬほど、あの憎い信長によく似ている。織田の血が流れているのだから仕方がないが、できるなら、織田の血だけ抜き取ってしまいたかった。

それに、於茶々は自分がごく小さいころにたった噂《うわさ》を覚えている。本当は噂ではなく、夢なのかもしれない。記憶がぼんやりと水の中の出来事のようで確信は持てなかった。

それは、於茶々が長政の子ではないかもしれないという噂だ。

だとしたら、誰の子だというのか。思い出の中の父は、そう言えば、いつもどこか於茶々に対して距離があったような気がする。それも確信が持てない。小谷の日々自体が、ぼやけてき始めている。

父のことを鮮明に思い出せない自分に、於茶々は罪悪感を覚えて苦しかった。それに、落城のときに自分の足元が崩れてしまうような恐怖の中で、ひどく温かいものに触れたような気がするのに、それがなんであったか、まったく思い出せない。ただ、がちがちにこわばった心の一部がほぐれて、涙がこぼれたような気がするのだ。

「どうなさったの。考え込んだりして」

於初が顔を覗き込むと、

「どうなさったの」

於江も真似して覗いてくる。

「いいえ。母上の分の首飾りも作りましょうか」

於茶々がわざと明るい声で提案すると、二人の妹は嬉しそうに笑った。

二人を見ていると、妹がいて良かったと於茶々は心の底から思うのだ。

# 三

十二月になった。

今年も昨年同様、信長が三河の吉良《きら》で鷹狩りを行う折に清洲へ寄ると聞いて、於茶々の心はざわめいた。去年、信長がこの屋敷に泊まったときのことを思い返せば、小姓衆だけ数人を連れて屋内に入ってきたに過ぎず、その他の家来衆は近隣に分宿した。

いったんは安土城に気《け》おされてあきらめかけた信長への殺意が、再び於茶々の中によみがえる。もしかしたら、この清洲でならやれるかもしれない。

もちろん、こんな恐ろしいことは誰にも、独り言でさえ口にできないでいたから、協力者など一人もいない。

（できるかしら。私は）

いざというときに誰にも辱《はずかし》められずにすむようにと、十歳になった今年の初めに於市から贈られた懐剣を於茶々は鏡台の中から取り出した。鞘《さや》をはらうと青白い光を放つ刃《やいば》に、鬼のような形相が映って見える。

（なに？）

於茶々はどきりとして目が離せなくなった。覗き込むように見つめると、目を血走らせた於茶々自身の顔だ。

（嫌）

於茶々はすぐに短刀を鞘に収めて鏡台に仕舞いなおした。たったそれだけのことで、胸が上下するほど息が乱れてくる。手に汗も滲《にじ》んでいる。こんな調子であの信長を殺すなど、とうてい無理な話である。

（でも、この機会を逃せば）

安土城に魔王のように君臨していた信長にはまったく隙がなかった。天主ができてしまえば、もっと信長が遠い存在になるような気がする。

（今しかない。きっと、今しかないんだわ）

そう思うにつけ、全身が震えてくる。

「於茶々殿、食欲がございませんか」

母子そろっての食事のときも、於茶々は信長殺害が頭から離れず、於市に声をかけられてはじめて自分が箸《はし》を握《にぎ》ったまま、身動き一つしていないことに気付いた。

於茶々は箸を置いてしまった。

「今日はあまり。気分がすぐれなくて」

於市と妹二人の善良そのものの目に心配そうにみつめられ、於茶々はいたたまれない気持ちで席を立った。

殺したいほど憎いという思いと、現実に人を殺すということの隔たりが、於茶々には果てしなく大きく感じられる。いっそ、予定が変更になってここへは来なければいい、と思ったが、信長はすでに安土を出発し、於茶々の殺意などなにも知らずに着々とこちらへ向かってきているはずだ。

信長は十二月の十日に佐和山城に泊まり、十二日に岐阜へ、そして十四日に於茶々たちのいる清洲へ入った。

この日は朝から生憎《あいにく》の雨で、尾張全体が黒雲に包まれ、薄暗い。於茶々は信長がこの屋敷に入る前に、そっと鏡台から例の懐剣を取り出し、胸元にしまった。

於市は朝から侍女たちを指図して、饗応の仕度に余念がない。前回はいきなり立ち寄られたから、かえってもてなす必要もなかったが、今回は初めから立ち寄ることを告げられている。

粗相のないよう屋敷中がぴりぴりしていた。信長は塵《ちり》が部屋に落ちていただけで、その日に部屋の掃除をした者を手打ちにしてしまう潔癖《けっぺき》な男だ。

すでに当の信長は清洲城の方で休息している。清洲は、尾張と美濃の領主信忠の城である。夕餉《ゆうげ》もそちらですませてくるという。

於茶々も今日はいつもより華やかな衣装を着せられ、淡く化粧をされた。装った於茶々の姿を見て、侍女も妹たちも於市でさえ目を見張って溜息をつく。

「まるで牡丹《ぼたん》の花が咲いたよう」

於初がうっとりと呟く。

やがて、

「内府様、ご到着」

という声が表から響いた。

屋敷中に緊張が走る。於市が出迎えに行くと、先刻から張っていた空気がいっそう硬く張り詰める。信長一人現れただけでこれほどまでに屋敷の雰囲気が変化してしまうことが、於茶々には腹立たしく、

「来たのは母上の兄上じゃ。身内でありますぞ」

侍女たちを叱責した。

「市！　達者であったか」

堀もあり、警護も十分に秀吉の配慮で整っている屋敷であるが、広くはない。信長の大音声《だいおんじょう》が控えの間にいる於茶々たちにも聞こえてくる。

女屋敷だ。形式ばらずに、まずは座敷に於市が案内したあと、信長と二人で兄妹水入らずの時を過ごす。しばらくして、於茶々ら娘たちも呼ばれた。

於茶々は挨拶を述べながら、警戒心を持たせてはならないと、安土のときのように

笑みを作った。信長は驚きの入り混じった目で、

「この年頃の女子は成長が早いと見える。安土に来てくれたときは、まだ子供のようであったが、たった二月ほどでこれは……。もうそちに案内役は頼めぬな、お蘭」

信長は背後に刀持ちとして控えている蘭丸を振り返った。それで於茶々は初めて、そこに蘭丸もいることに気付いた。それほど頭に血が上《のぼ》っているのだ。

(駄目だわ。こんなことではとても駄目)

冷静さを欠いている。それに本当に信長を殺せる機会はあるのだろうかと時が経つほどに不安が増す。数は少ないとはいえ小姓衆たちに厳重に守られていれば、非力な於茶々にはいかんともし難い。

「近う」

と呼ばれ、信長の傍に寄った於茶々の鼻先にふいになにかが突き出される。みるとそれは縄にたわわに吊《つ》るされた干し柿である。

「土産《みやげ》である。食べよ」

「ありがたく頂戴いたします」

「わしが一つ、安土で食うた。そういう品で悪いが、美味《うま》いから是非にと思うて、持ってまいった」

「まあ」

於茶々は素直に感動した。

（この人は顔を二つ持っているのだわ。仏の顔と憤怒の顔。どうして、ずっと仏ではないのかしら。そうしたら茶々もこんなに苦しい思いをしなくてすむのに）

「内府様の心のこもった干し柿、茶々はとてもうれしゅうございます。御礼に御琴を奏でてもよろしいですか」

於茶々は小首をかしげる。

「姫が、わしのために琴を弾いてくれるのか」

「はい。清洲に来て習いはじめたのです。まだ本当は下手なのですが、真心には真心で返しとうございます」

「頼もう」

座敷に琴が運び込まれ、於茶々は伏し目がちに弦《げん》をかき鳴らしはじめた。とたんに強い視線を感じる。その方角をちらりと見上げた於茶々は、蘭丸の目とぶつかって困惑した。於茶々は恥ずかしさに耳が熱くなるのを感じながら、すぐに目を逸《そ》らす。それからまた窺《うかが》ったが、蘭丸の視線は別のところにあり、さっきのは気のせいだったかもしれないと思い直した。

（どうしたのかしら）

心臓がすごい勢いで脈打ち始めている。心が乱れると正直に琴の音も乱れた。

「ごめんなされてくださりませ。内府様の御前だと思うと指がうまく動きませぬ」

「いや、なかなかの余興であった」

一曲終わったあとに詫《わ》びる於茶々に、信長は笑みをもらした。

「市、鼓《つづみ》を持て。一曲打って進ぜよう」

信長は鼓の名手である。尾張にいるころはよく家臣の前でも余興で打っていたが、上洛を果たしてのちはほとんど披露することもなく、幻の名手となっていた。将軍義昭に所望されたときでさえ、信長は応じなかった。そういう話を安土で聞いていた於茶々は、びっくりして蘭丸を見る。いつもすまし顔の蘭丸も驚きを隠せない様子だ。

信長は於市の弾く琵琶《びわ》の音に合わせて鼓を打ち始めた。それは、どこにも油断のない張り詰めて澄んだ音色《ねいろ》だ。一打ちごとに聞くものの心の澱《おり》を割るような硬質な音である。

（ああ、洗われるよう）

見ると、終始目立たぬように座している於初の頬に涙が伝っている。

そこに居合わせたものたちは、しばし兄妹の奏でる幽玄の世界に酔った。

前回同様、この日も信長は於市のいるこの屋敷に泊まった。

真夜中。

信長の寝ている部屋の控えの間には小姓が寝ずの番をしている。そこを突っ切って行くには堂々と当たり前の顔でとおるしかないと於茶々は考える。たかだか十歳の少女が殺意を抱いて信長の部屋へ行こうとしているなど、初めから考えないだろうから、しばし御小姓たちは逡巡するに違いない。

その隙に飛び込んで一気に刺し貫けば、なんとかなるかもしれない。それ以前に咎《とが》められれば、寝ぼけた振りをしよう、と於茶々はまるでなにかに取り憑《つ》かれたかのように、いったん入った床から起き上がる。

（今からとうとう）

全身が激しく震えた。

隣に於初が昏々《こんこん》と眠っている。於茶々はほっと息を抜き、少し落ち着くまでじっとしていた。震えがようやく小さくなると、厠《かわや》に行くそぶりで部屋を抜ける。

侍女が明かりを点《つ》けて同行しようとするのを、

「よい。眠れぬだけです。そっとしておいてたもれ」

と制し、明かりだけもらった。侍女は不審に感じたに違いないが、逆らわない。さらに歩を進める於茶々には、心臓の音がすぐ耳元で鳴っているように思われた。

途中で明かりを消す。闇《やみ》に飲み込まれて二度と明るい場所へはいけないような錯覚を覚えた。恐ろしさに於茶々はしゃがみこんだが、長政の沈む琵琶湖の湖底もこんなふうに真っ暗闇なのかもしれないと思うと、もう一度立ち上がる勇気が湧いた。

歩き出そうとしたこのとき、背後に人の気配を感じる。

一瞬にして、全身から血の気が引いた。すぐに振り返る勇気が湧かない。生唾を飲み込む。

ふいに気配が消えた。

恐怖心が生み出した幻かもしれないと、また歩き出した於茶々の耳の横から、黒い影がにゅっと伸びる。

（あっ）

と思ったときは背後から口を押さえられ、躰に強い衝撃を感じた。そのまま於茶々の意識は遠のいていった。

どのくらい眠っていたのだろう。

「於茶々殿、於茶々殿」

いい匂いが鼻腔をくすぐり、温かい手が肩に触れたと思うや躰を揺さぶられて目を覚ます。

於茶々は飛び起き、辺りを見渡した。

「ここは……」

どんなに見渡してもいつもの寝所だ。目の前で母の於市が微笑している。

「私、どうしてここに？」

「どうしてって」

「誰がここに運んだのですか」

「まあ、どんな夢を見たのでしょう」

「夢？」

「さあ、起きて、伯父上が出立《しゅったつ》されるからお見送りをいたしましょう」

於茶々はもう一度辺りを見渡す。

昨夜の出来事は夢だというのだろうか。胸元を探ると懐剣がない。信じられないことだが、寝入ってしまったのかもしれない。それでも殺さなければという強い思いが、あんな夢を見させたのだろうか。

於茶々は慌てて鏡台に寄ると引き出しを開けた。心臓が跳ね上がる。ない。懐剣がないのだ。

（いいえ、夢ではない）

恐怖がじわじわと這い上がってくる。昨夜の於茶々の行動をすべて知っている人物が、どこかにいる。

（いったい、誰）

於茶々の記憶に、背後から伸びてきた手がよみがえった。それは男の手であった。ここは、警護の侍や下働きの雑色《ぞうしき》以外は、基本的には女性ばかりの屋敷である。屋敷の奥に男がいるはずがない。いるとすれば、信長の家来衆ばかりのはずだ。そうだと気がつくと、いっそう於茶々の中で恐怖が膨れ上がった。

信長はこれといって昨日と態度は変わらない。於茶々の殺意を知れば、たとえ於市の娘でも、そのままにすます男ではない。於茶々はいっそう混乱する。

「市、年始は安土で過ごさぬか。その気なら、放鷹《ほうよう》の帰りにまた立ち寄り、連れていくぞ。来年早々、もう一度鷹狩りをする予定だ。そのとき共にここへ戻ればよかろう」

出立間際に信長が母子を安土へ誘ったが、於市はきっぱりと断った。信長のこめかみに青筋が浮かぶ。

「まだ、わしが許せぬか」

「いいえ。ただ、もうここでの暮らしを壊したくないのです」

「憎むなら憎め」

鋭い信長の言葉に於茶々は自分でも青褪《あおざ》めていくのがわかった。

「許す」

言い捨て、信長は去っていった。

於茶々の懐剣が行方知れずになってから数日が過ぎた。信長が於茶々の所業をどれだけ感知しているのかわからぬ不安に押しつぶされそうだ。

一人、物思いにふけることが多くなった於茶々を於初は勘違いをして、

「好きな方ができたのね。ね、あの綺麗なお侍様でしょう。ずっと内府様の傍にいらした」

からかってくる。

於市は於市で、

「女子《おなご》にはそういう時期があるものです」

優しく見守ってくれる。

この日も於茶々は一人になりたくて庭に出た。寒い日が続くとすっかり庭遊びから遠ざかるが、いつの間にか梅の木に可愛《かわい》い蕾《つぼみ》がついている。

「可愛い」

於茶々は蕾に手を伸ばした。このとき、梅の木の向こう側にある前栽《せんざい》の間から、きらっとなにかが光ったではないか。

於茶々が走って近寄ると、それはするすると向こう側へ移動する。

（なにかしら）

追いかけるうちに、やがてそれの全貌が見え、於茶々は思わず声を上げてしまった。探していたあの懐剣だ。それが信じがたいことに地面を這《は》って移動している。

於茶々は警戒して足を止めた。気がつけば、於茶々は縁から死角となる場所に誘い込まれている。懐剣は庭の隅の植え込みの中に入って大人しくなった。

「誰」

誰何《すいか》したとたん植え込みがゆらめく。於茶々は息を呑んで後ずさった。

一人の男が懐剣を手にして姿を見せる。

信長の手のものだろうかと思うと於茶々の足はがくがくと震え出す。そのくせ、男をまっすぐに睨みつけた。二人はしばし無言で対峙する。先に口を開いたのは於茶々の方だ。

「そなたは誰じゃ」

「才蔵と申します」

「前にも会うたか」

「会う、というのなら、あの晩が初めてでございます」

「その懐剣は私のものです。返してたもれ」

「お返しいたせば、また内府様の御命を狙うのではありませんかな」

ずばり言われて、於茶々の頭に血が上った。

「曲者《くせもの》」

屋敷の中に向かって叫びかけた於茶々の口が、男のすばやい動きに封じられる。

このとき、男は耳元で信じられないことを囁《ささや》いた。

天正六（一五七八）年の一月一日。

清洲で於茶々たちが母子でささやかだが穏やかで楽しい年始を過ごしているとき、信長のいる安土では盛大で華やかな祝いの席が設けられ、信長旗下の連枝《れんし》衆や部将や直臣が年始の挨拶に出仕していた。

安土城内では茶会も開かれ、一流の茶人松井友閑《まついゆうかん》が点前《てまえ》を受け持った。茶席に呼ばれた栄誉ある者たちはわずかに十二人である。

その中に羽柴秀吉の姿もある。

秀吉は於茶々に安土で会ったあのあと、播磨《はりま》に出陣し、十一月には但馬《たじま》山口城、岩洲城、竹田城を落とし、上月城、福岡野城を攻略した。信長はこの秀吉の働きに対し、殊勲の朱印状を発給し、〝乙御前《おとごぜ》の釜《かま》〟を与えた。

秀吉は、織田家中で今もっとも躍進している部将であった。もし、去年の八月に加州から退かなければ、今日の栄光はなかったはずだ。

その秀吉の城下長浜でも家臣団はそれぞれの正月を過ごしている。才蔵もこの日は思うところがあって、国友村近くにある妹の志乃の家に寄っていた。志乃の家で、秀吉が安土から戻ってくるのを待っている。

「伯父上、なにか心配ごとでもございますか」

八歳になる喜八郎に声をかけられるまで才蔵は囲炉裏《いろり》の傍で背を丸めて考えごとにふけっていた。

考えているのは於茶々のことだ。あの姫はあどけない顔の下で、恐ろしいことを考えながら生きている。

信長、殺害。

於茶々を見ていると、父や兄や祖父母の仇を討たねばならないと固く思い込んでいるようだ。

（そんなことをするより、仕合せになって欲しいというのが備前殿の願いだろうに）

於市と姫君たちの清洲での日々は、一見ひどく穏やかに過ぎていく。金銭面だけで言えば、小谷にいたころより今の方が恵まれている。食事も衣装もずっと贅沢《ぜいたく》になった。それだけではない。織田に攻められ、城下を焼かれ、常に戦の只中《ただなか》にさらされていたころと比べれば、鉄炮の音一つしない静かで安穏とした日々だ。

だが、そこには長政も万福丸も久政も小野殿もいない。於茶々は静かすぎる夜に怯《おび》え、癒《い》えることのない心の傷に、一人でよく闇の中で嗚咽《おえつ》した。

於市には、自分の悲しみを押し隠して娘たちに微笑みかけるだけが精一杯で、於茶々を抱きしめてやる余裕はない。もちろん、於茶々の殺意にも気付いていない。あの浅井滅亡の日から五年過ぎたが、平気な振りをしている分、いつまでたっても心の傷は癒えないままだ。

於茶々を見ていると、復讐を遂げるにはあまりに拙《つたな》いやり方しか知らぬのが、また哀れであった。聡《さと》いように見えて、まだほんの子供なのだ。懐剣を握り締め、信長の寝所に向かうなど、大人ならどんな愚者もやろうとは思わない方法しか浮かばない。

才蔵はあれ以上、見ていられなかった。赤子のときから陰ながら見守ってきた姫だ。考え込んでいたせいで、妹の志乃がせっかくよそってくれた雑炊《ぞうすい》も、いつの間にか冷えてしまっている。

「もう歳かのう。ちょっと疲れたわい」

「なにを言う。兄者。まだたかだか四十ではないか」

義弟の源太郎が、先刻からいじっていた大筒を置き、巨体をゆすって笑う。喉の近くに走る大蚯蚓《おおみみず》に似た傷跡が、笑うごとにひきつれる。

「お主も四十になればわかるでよ」

才蔵は肩をすくめた。

小谷城に足軽としてもぐりこんでいた源太郎は、浅井氏滅亡後は長浜に移り住み、もともとの主人蜂須賀小六正勝の下でやはり戦に明け暮れる日々を送っている。

喜八郎は六尺もある源太郎の息子らしく、とても八つの子とは思えぬ大きな躰《からだ》をしていたが、この二人は本当の父子ではない。喜八郎は拾い子だった。戦のあとは親なし子がたくさん出る。浅井との戦のあとに才蔵が拾ったのだ。拾いはしたものの、忍び稼業の自分が育てるわけにはいかない。仕方なく源太郎と志乃に押し付けた。そのときのことを喜八郎は小さかったから、覚えていないようだ。屈託なく育っている。

才蔵は冷えた雑炊を一気に喉に流し込んだ。

「その大筒は新しいやつか」

「ああ。また藤二郎さんが新しいのを作ったから試しといてくれと言われての、一つ預かってきた」

源太郎は力が強いから、大筒の試作物ができると国友から試し撃ちを頼まれる。鉄炮も大筒も銃身が長ければ長いほど命中率が上がる。このころの銃身の製造方法は「張り立て法」と呼ばれるやり方で、まず鉄板を作ってそれをくるりと丸めて筒にするのだ。このやり方だと、太いものは幾らでも作れるが、太ければ太いほど長く作るのが難しくなる。だから、大筒の命中率は鉄炮に比べてひどくお粗末なものでしかなかった。敵を間近に引き寄せて撃たなければ当たらない。

信長はこれを大船に積み、敵の船に寄って撃ち込んだが、距離が延びればいずれは籠城《ろうじょう》戦に使えるようになる。

「それを目指してくだしゃーせ」

と秀吉自らが愛嬌《あいきょう》たっぷりに頼むから、藤二郎は工夫に余念がない。

「筑前殿は不思議なお方だの。人が自然と集まってくる」

「はっは。そういう兄者も吸い寄せられた一人じゃの」

「わくわくするんじゃ。なんかのう、いい夢を見せてもらえそうな気がしての」

才蔵は立ち上がった。目配せで源太郎を小屋の外に誘い出す。

空には真っ赤な夕日が元日にふさわしく大きな円を描いている。

二人はのんびりと、散歩の足取りで小屋から遠ざかった。

「どうした兄者。志乃には聞かせられぬ話かの」

「とうてい聞かせられんの。源太よ、わしゃァ、近いうちに死ぬぞ」

いくぶんすっきりとした言い方を才蔵はした。

「かもしれんではのうて、死ぬんか」

「死ぬ」

(わしが死なねば、於茶々様が死ぬわいな)

才蔵は細かな事情を源太郎に話す気はない。事前に死ぬことを伝えたのは、喜八郎のことがあったからだ。

「そこでじゃ、源太。喜八郎のことじゃが、城に上げてはどうかのう」

「城……。長浜の城か」

「筑前様にお預けしてはどうかと思ってのう。器量があれば引き立ててもらえよう」

「幾らなんでも、部将の子でもないものを」

「やる気と才があれば幾らでも引き立ててくれよう。石田佐吉がいい例じゃ」

石田佐吉はのちの石田三成《みつなり》で、秀吉が大原村観音寺に立ち寄った際、同寺に手習いに来ていたところを見出したのだ。喉の渇《かわ》きを潤《うるお》すため、秀吉が寺に茶を所望したのがきっかけである。佐吉は初め温《ぬる》い茶を器にたっぷりそそいでやってきた。秀吉はそれを一気に飲み干し、

「ああ、うみゃー。もう一杯、淹《い》れてくれ」

と少年に頼んだ。佐吉は、今度は少し小さな器に半分、さっきより熱い茶を運んだ。

（おや）

と秀吉は思ったが、黙ってそれを先刻よりはゆっくりと飲み干した。

「うみゃーでな、もう一杯もらえるかのん」

三度目はごく小さな茶碗に熱い茶をほんの少しそそいで佐吉は差し出した。それは秀吉の心にかなっていた。秀吉はじっくりと三杯目の茶を味わい、飲みつくすころには佐吉を取りたてることを決めていた。

その後、この少年はとんとん拍子に出世したから、長浜近隣でその名を知らぬものはいない。

「いや、しかし、志乃が悲しもう。それに八つは幾らなんでも早すぎるじゃろう」

「いかにも、早すぎる。しかし今でなければ目通りが叶《かな》わぬ。今のわしなら筑前様はいつでも親しゅう会うて下さる。お主では無理であろう」

「それはそうだが、わしだとて蜂須賀の御屋形に懸命に頼めば御屋形が傍に置いてくださらんとも限らんぞ」

「それでは駄目じゃ。御屋形様の下では武将になれぬ」

「武将じゃと。はっは、まさか。身のほど知らずな。喜八郎は……」

と言いかけて源太郎は、はっとなった。「兄者。喜八郎は誰の子ぞ」

「赤尾美作守の娘御の子じゃ」

源太郎はほっと息をつく。

「なんじゃ。わしはまた、恐ろしい想像をしてしもうたわい。そうか。赤尾殿の」

「娘御のな」

「……父御は誰ぞ」

「お主の想像どおりじゃ。落胤《らくいん》である」

絶句する源太郎を才蔵はちらりと見た。

才蔵は元亀年間に起こった浅井の家のことはなにもかも、その目で見てきた。喜八郎は姉川の戦に敗れた後に、長政が万が一のことを考えて浅井再興の最後の切り札として宿老清綱の娘に産ませた子だ。喜八郎の存在は家中に秘されただけでなく、於市にすら隠された。もし、浅井が存続していれば、清綱の子として万福丸の近侍に上がることが決まっていた。長政のまさに秘蔵の子である。

そもそも長政には世間に知られた万福丸の他に三人の男児がいる。いずれも妾腹で、於市の子ではない。

一人目が現在八歳の喜八郎長春。二人目が虎千代丸長明で、近江福田寺に預けられ末は僧侶になるべく育てられている。小谷落城の天正元年の生まれである。三人目も天正元年の落城寸前に生まれた子で、この子の存在は家中の者たちからもあまり認知されていなかった。名は、円寿丸政治という。生き延びてくれよという長政の願いが凝縮されたような名だが、その後の消息は知れていない。死んでしまった可能性が高いと才蔵はみている。

「筑前様が安土より戻りしだい、喜八郎を御前《ごぜん》に連れて行くぞ。よいな」

才蔵は相談というよりは断定的な言い方をした。

「よいも悪いも、すでに決めておるのであろう」

「うむ」

「一つ聞かせてくれ。なにゆえ兄者はそこまで浅井に肩入れする」

「肩入れというほどのことでもないが」

才蔵は秀吉の頼みで陰ながら見守ってきた於茶々の顔を思い浮かべる。

「なんであろうなあ。浅井を滅ぼしたと思い込んでいる内府様に、ささやかなる悪戯《いたずら》であろうか」

叛《そむ》くというほどの意識はないが、神のように尊大で傲慢《ごうまん》なあの男を、陰で欺《あざむ》く気分は悪くない。

「命がけの悪戯ではないか」

「である」

才蔵は信長の口調を真似て一人笑った。源太郎は笑っていない。才蔵もすぐに真顔に戻った。

「源太、喜八郎を頼む」

才蔵は胸元から懐剣を取り出す。

「それは、なんじゃ」

「於茶々御寮人から預かってきた。喜八郎に渡して欲しいそうだ」

「まさか、落胤のことを言うたんか」

「言うた。喜んでおられた。浅井再興の夢を喜八郎に託すと申してな。姉に会いたくなれば、その懐剣を持参すればいつでも会うと言うておる。いつ喜八郎に真実を告げるかは、源太郎よ、お主にまかせたぞ」

「引き受けた。それにしても馬鹿なことにかかわりおって」

「まったくだ」

あの日、於茶々を庭の隅に呼び込んだ才蔵は、長政の落胤が生きていることを伝えた。信長へ向ける復讐心を、浅井家再興の希望に変えて、明日に向かって生きていって欲しかったからだ。

そして、復讐は才蔵が代わりに引き受けることにしたのだ。もし、才蔵が失敗しても於茶々は知らぬ振りを押しとおし、二度と信長殺害に手を染めぬというのが約束だ。

（まったくもって馬鹿なことだが、わしももう四十じゃ。いつまでも忍び稼業もやれぬでな。最後に大きな仕事をするのも悪くない。信長、暗殺。信玄が死んだ今の日本にこれほど大きな仕事が他にあろうか）

天が信長に味方したとしか思えぬ武田信玄の死の裏にも、忍び同士の戦いが繰り広げられている。徳川家康配下の服部半蔵率いる伊賀者と、武田信玄配下の甲州ものの戦いだ。

信玄は病死となっているが、あれは半蔵が勝ったのだ。常から才蔵は大仕事をなしえた半蔵を妬《ねた》ましく感じていた。

今度のことを引き受けたのも、決して於茶々への同情からだけではない。

才蔵は、この日から火薬玉を作り始めた。

## 四

天正六（一五七八）年一月十七日。

新春とはいえ、吐く息が白くなる寒い日だ。

於茶々は息を潜めて床の中にいる。いよいよ今宵、あの才蔵と名乗った男が、信長を殺すのだ。

鷹狩りに向かう途中、今度も信長はこの清洲へと寄った。そして、判で押したように於市と於茶々ら三人の娘たちが暮らす女屋敷に寝所をとった。

前回同様、屋敷へ上がったのは無防備なまでの人数で、側衆がほんの一握りほど。中には例の蘭丸もいて、於茶々の心を騒がせる。

彼らは信長が殺されるのを、手をこまねいて見ているわけではないだろう。命懸けで守ろうとするに違いない。あの若者は、明日の朝まで無事でいられるのだろうか。いや、たとえ無事だったとしても、上様のいない世など生きている価値もないと言っていたではないか。

（殉死なさるわ）

於茶々は床の中で顔を両手で覆って震えた。

信長は憎い。於茶々からしてみれば十分に殺す理由がある。しかし、信長に従う側衆がいったい於茶々になにをしたというのだろう。彼らが巻き添えを食えば、今度は於茶々が遺族の仇になる。

於茶々はそのことに、今になって気付いて愕然となった。

それにあの男、才蔵は無事にこの屋敷を抜け出すことができるのか。たとえ信長殺しが上手くいったとしても、追手が掛からぬはずがない。たった一人で、振り切れるのか。酷い死が待っているのではないか。

(あ……なんてことを私は頼んでしまったのかしら……)

考えもなくしてしまったことの後悔に、於茶々の震えがいっそう大きくなる。居たたまれぬ気持ちに突き動かされるように、於茶々は飛び起きた。

いけません、という才蔵の声が脳裏に響いた。

今夜は寝所を決して出てはならないと言い聞かされている。

「姫様?」

寝ずの番をしていた侍女が不審げに声を掛けてきた。

「悪い夢を見ただけじゃ」

胸を上下させるほど爆《は》ぜる息を整え、於茶々は薄闇に浮かぶ白い襖を睨みつけた。

あの襖を開けて部屋を飛び出し、今から才蔵を探せば間にあうのだろうか。そんなことはないだろう。もう才蔵は動き始めているはずだ。今更止めることはできない。於茶々は耳を澄ます。凍った空気は深閑として、まるで時が止まってしまっているかのようだ。

いや、なにか大気の揺らぎのようなものを感じる。才蔵が動いているという思い込みから、そう感じるだけなのだろうか。遠くの闇がざわめいている。

そのころ、才蔵は天井裏でじっとうずくまっていた。

織田方の忍びも同じく天井裏にいるが、動き出さぬ限りは咎《とが》められることはない。才蔵はこの屋敷を守るべく付けられた秀吉の手の者と理解されているからだ。

才蔵は前回も前々回も天井裏にいた。前回は、「寝惚《ねぼ》けた於茶々姫」を寝所に運びさえした。妙な気配を醸し出さずにいれば、疑われることはない。

織田方の忍びは二人。信長の命を守ることだけを仕事としている彼らは、信長の寝る部屋の天井裏と床下に分かれ、気配を消している。

二人と人数が少ないのは、腕に覚えがあるのはもちろんのこと、猜疑《さいぎ》心の強い信長が、己の身を守るべき忍びがいつ刺客にかわるかわからぬことを警戒してのことだろう。

確かめたことがないからなんともいえないが、信長が体を横たえる薄縁《うすべり》畳の上には真綿が敷いてあるのではないか。いや、体に掛ける打ち掛けにも、真綿が仕込んであるかもしれない。真綿は、いっさいの刃物を通さない。

（可哀そうになるくらい、他を信じる心を持たぬ男だ）

思った傍《そば》から、そうではないな、と才蔵は打ち消した。珍しく信じたこともあったのだ。だのに、こっぴどく裏切られた。

信長の孤独は、今宵ばかりは自分に味方する。忍びはいかに優れていようと二人。同じ天井裏には一人しかいない。

連中は人数の少なさから、信長の周囲という限られた空間を出ることはない。互いに持ち場を離れることもない。だから才蔵が天井裏と床下に施した細工も、気付かれてはいないだろう。

才蔵は、喉を潰し、綿を穿かせた鼠を十数匹ずつ、それぞれの四隅に置いた箱に閉じ込めている。天秤に置かれた重りに紐を括り、それが下がると紐が引かれ扉が持ちあがる仕掛けだ。扉が開く時刻は、天秤のもう片方に置いた蝋《ろう》を燃やすことで操ることができる。

（そろそろか）

その扉がじき開く。開けば綿を穿いて足音を消した鼠が一斉に飛び出す。それは忍びが移動する気配に酷似する。長くは無理だが、ほんのわずかな時間、二人の忍びは困惑するはずだ。その隙に才蔵は天井裏を伝って、一人目を倒す。なにもかもが時間との勝負になるだろう。長引けば、手を打たれる。いかに一人目を素早く倒し、信長に襲いかかることができるか。

才蔵は意識を研ぎ澄ます。まだ闇は沈黙を守っている。

（未《ま》だか）

未熟な若造のように焦《じ》れるのは、相手があの信長だからだ。燃え立つような紅い目を持ち、恐ろしいまでの悪運で次々と危機を跳ねのけ、自ら神と名乗る男。

スッといくつかの気配が立った。

鼠たちが動き出したのだ。同時に才蔵も動く。スーッと意識を殺し、音もなく信長の寝所の真上へ。

信長を守る忍びの意識がわずかながら乱れているのがわかる。だが、さすがに右往左往することはない。じっと眼下の信長を見守っているようだ。才蔵は殺気を喉元で押し殺したまま、忍びの背後へと回り込んだ。そのまま口を塞ぎ、首へ腕を回す。忍び刀を突き出した。

とたんにそれはただの着物に変わり、へたりと才蔵の腕の中で崩れたではないか。

物に実体を持たせて身代りにする転《まろばし》の術だ。

刹那《せつな》、背後にうごめく気配を嗅いだ。忍び刀を手元に引き、才蔵は横様に飛んだ。

たった今、才蔵がいた場所に、吹き針が突き刺さっている。おそらく毒塗りの三稜《さんりょう》針《しん》だ。わずかでも針先に触れれば、命はない。

その針が才蔵を執拗に追う。

手裏剣を飛ばさずに針を吹いたのは、音を殺すためだ。信長の真上で繰り広げられている死闘だが、いかなる理由でもあの男の眠りを邪魔すれば不興を買うからだろう。だが、口にくわえて飛ばす針は、飛距離も数も手裏剣とは比べ物にならない。

才蔵は針を巧みにかわしつつ、帯に仕込んだ棒手裏剣を繰り出す。これに毒は塗っていないが、たいていの忍びは己が塗る分、恐怖はいや増す。

信長の忍びも才蔵がしたように巧みに避《よ》ける。主人から離れぬよう、蟹の如く横へ横へと流れつつも、弧を描き移動する。その分、動きが読みやすい。才蔵は、忍びの軌道に最後の一刀を投げた。

もちろん、忍びも才蔵の動きは予測済みだ。手にした忍び刀で弾き飛ばす。

だが――。

鋭利に尖って見えたそれは、忍び刀の刃が当たったとたん、忍びの眼前でぱっくりと裂け、中から砂が弾け散った。

ぐうっ、と忍びはすぐさま顔を庇ったが、目に入り込んだようだ。忍びはその場に膝を突き、のたうち、もがき出す。あの砂そのものが毒なのだ。わずかでも体に入り込みさえすれば、死あるのみ。

才蔵は振り返らない。あの忍びは掟通り自らの顔を潰して命を絶つだろう。敗北の代償は常に死だ。だが、敗北したのは果たしてあの忍びだろうか。

ここまでに、あまりに時間が経ち過ぎている。床下の忍びが天井裏の異変に気付いていないはずがない。信長もすでに目を覚ましているのではないか。

だからといって、躊躇《ためら》えばそれだけ才蔵に不利になる。才蔵はぽうっと指先に火を熾《おこ》すと、体に巻き付けた火薬袋に繋がる縄へ点火した。縄は存分に油を吸っている。

羽目板を引き外し、天井に穴を開ける。バッとムササビのように手を広げ、人の膨らみを宿す打ち掛けに向かって飛び降りる。未だ信長は眠っていた。

と思うや、打ち掛けが跳ねあがり、中から仰向けになった忍びが現れる。

落下してくる才蔵に向かい、おびただしい手裏剣を一瞬で放ってきた。

空中の才蔵には防ぎようがないし、防ぐつもりもない。

全身が重い衝撃を受け、口から血が噴き出した。

くっ、と才蔵から笑いが漏れた。

(しくじったか)

次の瞬間、部屋の隅に仁王立ちする信長の姿が目の端に映り込んだ。怒りの籠った燃えるような紅い目だ。

負けた、と思った才蔵の中に希望が芽生えた。

体に巻いた火薬はこの部屋全てを吹き飛ばすだけの威力を持つだろうか。果たして自分は信長を害することができるのか。

その答えを、才蔵が知ることはない。だが、信長の紅い目は、才蔵をひどく満足させた。一介の忍びが、あの傲岸な男の感情を紛れもなく揺さぶったのだ。

死は、もはや本望だった。

才蔵は薄れていく意識を叱咤し、真下の忍びに飛びかかった。あらんかぎりの力をかき集めてがしっと抱きつくと、その時がくるのをほんの一、二拍ほどの間、待った。

すさまじい爆発音が耳を劈《つんざ》き、才蔵の意識は瞬く間に無となった。

肉塊が飛び散り、ばらばらになったが、すでに才蔵自身の知らぬことでしかない。

十を数えるほどの時間、屋敷の中は凍りつき、誰一人として動き出す者はなかった。

## 五

天正十（一五八二）年一月十七日。

今日はあの男の命日である。自分が愚かだったばかりに、死なせてしまった男だ。

名を、才蔵と言った。忍びだったから本当の名ではないかもしれない。於茶々は、今年もやってきた才蔵の命日に、白梅を数枝手折《たお》って、伊勢上野の屋敷の庭の片隅にそっと供えた。

供える場所はどこでも良かった。忍びの者の才蔵の墓など、この世のどこにも存在しない。逆に言えば、日本の大地の全てが才蔵の墓である。

才蔵は、於茶々の身代わりになってくれたようなものだ。あの年の一月十七日、鷹狩りに向かう途中に清洲へ立ち寄った信長の寝所に、約束どおり才蔵は忍び込んだ。そして、信長守衛の忍びに見つかり、その者を道連れに自爆した。自らの肉体をばらばらに吹き飛ばし、才蔵という男をこの世から消滅させてしまった。

信長は烈火のごとく怒ったが、吹き飛んでしまった肉片からは、まったく身元が割り出せなかった。

屋敷の一部が飛んでしまったこともあり、人が酷《むご》い死に方をしたこともあり、於市たち母子はどこか別のところに移らなければならなくなった。

於初がよく、

「ずっと続いたらいいわね」

と言っていた外界から閉ざされた四人だけの穏やかな生活は、終わりを告げた。於茶々が壊したのだ。

次に四人を引き受けてくれたのは、鷹狩りに付いてきていた於市の三つ上の兄、上野介信包《のぶかね》である。

「市、おことが織田に戻ってきたときは、わしが兄上に任されていた伊勢は一向一揆ですさんでいたゆえ、言い出せなかったが、兄妹でなんの遠慮がいろうか。姫たち三人を連れてわしのところに来よ」

と声をかけられ、於市は小さな肩を震わせて泣いた。

あの日から四年経つ。

於茶々も今では十五歳になり、いかにあのとき自分が大それたことをしようとしていたか、わかる年齢になっていた。

(大それたというより、むしろ滑稽《こっけい》な)

於茶々には才蔵がなにものだったのか、結局のところわからない。ただ、この空の下のどこかで、喜八郎という名の弟が生きていて、浅井家が大名に返り咲くことは無理にしろ、家名だけでも存続させることができるかもしれないという希望を持たせてくれた。才蔵の話では喜八郎は、羽柴秀吉に仕えているという。会ってみたかった。だが、今度こそ慎重にことを進めなければならない。なにごとも焦っては駄目なのだ。

秀吉は、長浜城から拠点を播磨の姫路城へと移し、さらに西への侵攻を進めていた。昨年には鳥取城も落城させ、備中高松を眼前に捉えることに成功した。残る敵は西国の覇者毛利氏だけである。

天正四年に嫡子秀勝を失っていらい、男児に恵まれない秀吉は、信長に請うて末子御次丸を養子に迎え入れていた。秀吉はこの御次丸に愛児と同じ秀勝の名を与え、末は羽柴家を継がせることを約束した。信長はどれだけ秀吉に領土や褒賞を与えても、結局は自分の息子のものになるのだから、躊躇《ちゆうちよ》なく与えられる。信長と秀吉の蜜月時代の始まりである。

いつの間にか秀吉は、かつて渇望した織田家臣団随一の実力者となり、寵臣《ちようしん》となっていた。あとは天下人《てんかびと》以外、秀吉の上るべき場所はない。ここで頭打ちとするか、それ以上を望むかは、どのみち毛利を下してからの話である。

そういう男たちの争いは、信包の所領、伊勢に移った於茶々たちにはまるで関係ない世界の出来事であった。信包は信長の弟とは思えぬほど、善良で誠実な男である。戦場では勇猛果敢な働きを見せ、政治方面にも有能な男であったが、戦国大名にもっとも必要とされる冷酷さに欠け、総じて「凡庸《ぼんよう》な」という不本意な評価を世間から受けている。つまり、毒にはなれない男なのだ。

於茶々たち三姉妹はこぞって今では信包に懐《なつ》いている。

於茶々にとって、というよりは於市にとってもそうなのかもしれないが、信長は遠い存在の男となってしまっていた。

天正七（一五七九）年にようやく完成した安土城天主に移った信長の版図は、今ではもはや三十カ国を越え、天下統一は目前まで迫っている。

信長は天主に移った辺りから、自らを生き神だと言ってはばからなくなり、長年勤めた家臣でも利用価値が薄れた者はあっさりと追放処分にした。最古参の佐久間信盛、信栄父子、宿老の林秀貞、安藤守就、丹羽氏勝らが犠牲となった。

残った家臣団へ与えた衝撃は大きい。幾人かは追放された男たちの姿に未来の己を重ね合わせて兢々《きょうきょう》となった。

それもこれも於茶々たちにとっては、遠い世界の出来事である。

天主が完成したばかりのころは、信長も信包を通じて安土へ来るようにと於市らをしつこく誘っていたが、母子の誰も安土に足を向けるものがいないまま時が流れた。

於茶々が再び安土へ行きたいと願うようになったのは、信長が城の傍に摠見寺《そうけんじ》という寺を建立したと、信包に聞いたからである。信長は全国から仏像をかき集めて摠見寺へ運び込み、その仏たちに御神体を崇《あが》めさせるという不思議な形の寺を作った。しかも摠見寺御神体は信長自身なのである。

（ここまで人は思い上がれるものなのかしら）

初め於茶々は驚いたが、本当に信長は人ではないかもしれないという畏《おそ》れも湧いてくる。

信包の話では、信長は摠見寺に次のような高札を立てたという。

【富む者が当所へ礼拝に来ればいっそう豊かになり、貧しき者、身分低き者、賤《いや》しき者が礼拝に来れば、功徳によって富裕の身となる。相続者がいない者はただちに子孫に恵まれ、大いなる平和と繁栄を得る。

八十歳まで長生きし、病はたちまちなおり、希望は叶えられ、健康と平安を得る。

予の誕生日を聖なる日とし、当寺へ参詣することを命じる。

以上の全てを信じる者には、約束されたことがかならず実現されるだろう。そして、これらのことを信じない邪悪な徒は、現世においても来世においても滅亡してしまうだろう。ゆえに万人は、大いなる崇拝と尊敬を常々これにささげる必要があるのである】

あまりに傲慢な内容に、於茶々は唖然《あぜん》となったが、ふと思ったのだ。信長が願いは叶うと大上段に構えている以上、嘆願すべきことをこの寺に参って口にすれば、そして、それが信長の耳に届けば、願いを叶えてもらえるかもしれないと。

於茶々にはどうしても叶えて欲しい願いがある。

信長の耳に願いごとを届かせるには普通に参詣《さんけい》しても駄目だ。

（いったいどうしたら……）

考えた末に、於茶々は悪いと思いつつ信包を利用することにした。ここに引き取られていらい、信包が三姉妹の「お願い」を聞いてくれなかったことはない。

「伯父上様、茶々は天主の完成した安土に一度は行ってみとうございます」

信包の居間を訪ねて椿《つばき》の花を花器に美しく活《い》けながらなにげなく於茶々は話を切り出す。信包に話しかけるときの常で、少し甘えた言い方をする。

思ったとおり信包はいかにも人のよい笑顔を見せ、

「それは上様が喜ぼう。なぜ四人はせっかく完成した安土を見に来ぬのだと、せっつかれてこの信包、ほとほと困っておったところじゃ」

「連れていってくださりますか」

「おお。いいとも」

「上様は摠見寺というお寺を作ったと伺いましたけど、そこに御参りしたらお願いごとは叶えてくださるのでございましょう。茶々も行ってみたい」

「では寄って行くとしよう。なんの願いごとかな。この信包に叶えられることであれば」

「……ごめんなさい。今度の茶々のお願いは上様でないとご無理なの」

信包は気を悪くした素振りもなく、よいよいとうなずく。

「上様にお許しをいただいたらすぐに出立いたそう。於初と於江にもそう伝えておくがいい」

三人とも連れて行くという信包の言葉に於茶々は慌てる。

「いいえ。今度だけは妾《わらわ》一人で」

「……なにか事情があるようだな。よい。そうしよう」

於茶々は両手を付いて頭を下げた。

信長からの返事はすぐにきた。至急参れという性急な内容だ。日付と刻限も指定してある。さらに於茶々の訪ねるその刻限、摠見寺を他の者から閉鎖して、信長自ら願いを聞いてやるという。

「まことでございますか」

「於茶々は格別に気に入られておるようじゃ。しかしすぐに発《た》たねば間に合わぬ。遅れれば、なにもかも台なしになるからな」

於茶々らはすぐに安土へ向かって出立した。


安土城脇の摠見寺に着いて駕籠《かご》を降りた於茶々は、天主を見上げて悲鳴を上げた。そこには想像を絶する美しい建物が聳《そび》え立っている。

それは七層からできており、外壁は層ごとに趣向を凝らし、とりどりに色分けされている。目に眩《まぶ》しい白壁と対照的な漆黒の漆塗りの窓がある層、空の色よりずっと深い瑠璃《るり》色に彩られた層、炎を連想させる緋色《ひいろ》の層。そして最上階は常に煌《きら》やかに陽光を反射して光に包まれている金箔《きんぱく》の壁だ。

それだけではない。屋根には真っ青な甍《いらか》が並び、天に波が無数にたっているように見える。自分たちが海の中の宮殿にいるような不思議な感覚に包まれる。前列の甍の一つ一つには金細工が贅沢《ぜいたく》に施されていた。

およそ、人間が作り得る最上の美を結集したような建物に、於茶々の全身は震え、思わずひれ伏したい衝動にかられた。足から力が抜けていく。

噂では内部はもっと華美で荘厳なのだという。

どこからともなく聞いたこともない美しい音楽が聞こえてくる。音色が流れてくるというより、頭上から降ってくるといった趣《おもむき》で、こんな体験は、於茶々は初めてだった。後で知るが、それは信長に許されて異教徒の宣教師たちが建てた神学校《セミナリヨ》から流れてくるパイプオルガンの賛美歌の旋律《せんりつ》だったのだ。

於茶々はほうっと溜息《つ》を吐き、ようやく摠見寺に視線を移した。三重の塔が天に伸び、こちらも壮麗な寺である。

話に聞いていたとおりの高札がたっていた。

今年の元日には、あまりに多くの者がつめかけて倒壊したという石段は、なにごともなかったようにすでに修復されている。

「さ、姫」

信包に促され、於茶々は石段を上る。この上に信長が待っている。

信包が付いてきたのは建物の入り口までで、

「待っているから、行ってきなされ」

於茶々だけが入るよう告げられた。信長から事前に指図があったのだろう。

於茶々は信長の作り出した〝有頂《うちょう》〟へと足を踏み入れた。有頂とは仏界で言う三千世界最高位の天のことだ。全世界の頂点を指す。

摠見寺には明かりに照らし出されて、たくさんの仏像たちが安置されていた。この仏像たちはみな、信長にひれ伏した仏たちなのだ。

（仏でさえひれ伏す男に、父上は逆らったんだわ）

そう思うと、於茶々は父が誇らしくさえ思えた。

仏像の中央に「盆山《ぼんさん》」と名づけられた石が仏龕《ぶつがん》に収まり安置されている。礼賛に来た人々は、その石に向かって拝むのだ。

が、この日は石の前に信長が傲岸に座して待っている。於茶々は神になった信長の前に進み出て、ひざまずいた。

手をあわせた於茶々は、およそ十年前に初めて信長にした願いごととまったく同じ願いを口にした。

「お願いでございます。父上と御爺様の首を妾に下され。この手で供養をさせてくださいませ」

信長は一拍の間もなく、立ち上がる。

「聞き届けた。付いて参れ」

付いて来い、と言われるままに摠見寺を出る信長を於茶々は懸命に追った。信長は、入り口で待つ信包が慌ててひざまずくのをちらりと横目で見たが、声をかけずに前をとおり過ぎる。於茶々も今はもう信包のことは目に入らない。

（本当に、本当に返していただけるのかしら）

子供のころと同じように首を選べと言われれば、今の自分は見分けることができるのだろうか。不安と期待が入り混じり、於茶々の胸は大きく脈打つ。

信長は長い石段を登り、天主へ向かった。どこからともなく小姓衆が出てきて、信長に付き従う。その中にかの森蘭丸成利もいる。この年、十八歳。もうとっくに元服していていいはずの蘭丸の姿はいまだ初めて会ったときと変わらぬ稚児姿《ちごすがた》である。だが、顔には人柄の厳しさが滲み、体躯《たいく》は武将にふさわしい逞しさが備わっていた。

蘭丸は今では有能な奏者として信長の傍に控え、江北に五百石の所領を与えられる寵臣だ。蘭丸は誰にも気付かれぬように於茶々に目礼した。於茶々の胸が痛みを覚えた。於茶々も微かに頭を下げる。二人の交わす交感は、しかしこれ以上進みようがなかった。あまりに淡い於茶々の初恋である。

ほとんど屋敷から出ることのない於茶々の足には、天主までの道のりはたまらなく辛いものであったが、少しでも音を上げれば信長の気が変わってしまう気がして、ひたすら黙って付いていく。

天主に入った信長は、出迎える家臣らに、

「薄濃《はくだみ》を持て。船を用意いたせ。琵琶湖に出る」

指図し、於茶々一人を連れて最上階へと上った。

色とりどりに彩色された内装の華麗さに於茶々はくらくらしながら信長に付いていく。信長は展望台から琵琶湖を指し、

「見るがいい。茶々の琵琶湖である」

と言った。

「妾の……」

「約束を覚えておらぬか」

「あっ」

天下を取れば琵琶湖を於茶々にくれると言ったいつかの戯言《ざれごと》だ。

「もう少しじゃ。あと何年も待たせぬ」

という信長の声を聞きながら、於茶々は回廊の手摺《てすり》にしがみつくようにして琵琶湖を見た。

「長政の墓が沈んでいるそうだな」

れぬ」

「けしからぬことをする男である。だが、いたし方ない。沈めた石はもう引き上げら
「はい」

「はい」

「どうである。予の天主は」

「この世のものとは思われませぬ」

「雄大かつ荘厳。美麗にして大胆なものができたと自負しておる」

於茶々はうなずく。そのとおりであった。

「見ておれ。予は三年以内にこの天主を壊してみせる」

「壊して？」

於茶々は聞き違えたかと思った。「壊すのですか。この神の城のような天主を」

「次は大坂だ。そこに今以上の城を築く。天下人にふさわしい城をな」

「そんな」

於茶々は全身から力が抜け、その場に座り込んでしまった。これ以上ないほどの城を築いておいて、信長は、これはほんの小手調べだと言う。信長とは、於茶々の理解と想像を超えた、壮大な尺度を持った男なのだ。

蘭丸が咳《しわぶき》と共に入ってきた。

「全てご用意整っております」

「参るぞ」

「どこへでございますか」

於茶々は困惑した。

「琵琶湖である。首は返すゆえ、墓に葬《ほうむ》れ」

湖底の墓に沈めよと言っているのだ。髑髏《どくろ》を取り返したあと、於茶々はどうするかまでは決めていたわけではない。どこかに葬ることになるだろうと思っていたが、琵琶湖に沈めるというのが、たしかに一番よいのかもしれない。そこは長政自身が選んだ墓場だ。

船は小谷の方角に向けて、しずかに湖水に滑り出した。小谷山をもっとも美しく望める位置に着くまで、於茶々と信長はどちらもずっと黙っていた。

ずいぶん長い時間、互いに黙りあい、ようやくその場所に着いた。於茶々は自分の生まれ育った小谷山を見上げ、衝撃を受けて眉根を寄せる。記憶の中のそこはもっと雄大で美しかったが、実際に目にした小谷山は、のっそりと獣《けもの》の屍骸《しがい》が横たわっているかのようだ。

（思い出というものは、こんなものなのかもしれない）

信長が九年前と同じ漆塗りの箱を三つ、於茶々の前に置いた。

震えが激しくうまく紐《ひも》をつまめない指で於茶々がようよう結び目をほどいて箱を開けると、確かに金色に彩られた髑髏が出てくる。

あのときはまったくわからなかったというのに、不思議と今日の於茶々には長政のものがどれであるかすぐにわかった。

三つのうちの一つに手を伸ばした於茶々に信長の表情が変わる。

「わかるのか」

「はい。これがおそらく」

於茶々が選んだのは、一際《ひときわ》大きくて縦に長い、威風堂々とした頭蓋骨《ずがいこつ》だ。

「である」

於茶々の両の目から涙があふれ出た。

「父上様！」

抱きしめて声を上げて泣いた。

於茶々が三つの髑髏を湖底に沈め、見えなくなるまで瞬き一つせずに凝視している姿を、信長は胡坐《あぐら》をかいて眺めている。於茶々は水面になにも見えなくなると、懸命に手を合わせて三つの魂が安らかであらんことを祈った。

「死のうは一定、しのび草には何をしよぞ」

背後で信長が小歌を口ずさむ。於茶々の唇が歌に反応して震える。

「一定かたりおこすよの」

振り返った於茶々は、しばしの間、信長とみつめあった。

「どうして、上様がそのお歌を……」

「姫は誰から習った。母上か」

「いいえ。父上がよく口にされておりました」

「であったか。それはのう、わしが昔、長政に教えた歌である」

「上様が」

「人は死ぬ。死ぬから生きる。存分に生きよとわしが長政に教えたのだ」

「でも」

「であるな。その結果の裏切りであったとは。今の今まで気付かなんだ。わしも存外、愚かであるな……」

自嘲《じちょう》気味に信長は唇をゆがめる。「よい。終わったことである」

船はゆっくりと来た道を戻り、安土に向かって進み始めた。

伊勢に戻った於茶々のもとに、しばらくして信長から一振りの太刀《たち》が送られてきた。昔、長政からもらった浅井興隆の太刀だという。太刀の名は、「石わり」というと書状にしたためてある。

於茶々は、於市にその太刀を渡した。そしてこのとき、長い間、一人胸に収めてきた喜八郎のことをやっと於市に告げたのだ。かつて自分が憎しみに囚われ信長殺害を謀《はか》ったことも、才蔵という名の忍びのことも、なにもかも。

於市は呆然《ぼうぜん》と青白い顔で聞いていたが、於茶々をか細い腕で包み、ぎゅっと抱きしめた。それは、頼りなく小さいが、温かい腕だ。

「母上様?」

「辛い思いをさせました。許してたもれ」

この日、母子は、浅井家再興の夢を胸に抱き、乱世を懸命に生き抜いていこうと誓い合った。

もしかしたら、於茶々と信長にも新しい関係が築かれるかもしれない。

その矢先にそれは起こった。

本能寺の変である。

# 第四章　夢の跡

## 一

天正十（一五八二）年、六月三日――。

於茶々はこの日も伯父織田信包の居城、伊勢の安濃津城で昨日と変わらぬ朝を迎え、煩《うるさ》く鳴き散らかす蝉《せみ》の声にうんざりしていた。

べたつく夏の暑さがこたえ、ただでさえ起き上がりたくないのに、蝉時雨《しぐれ》を聞いているといっそう気分が塞《ふさ》いでくる。なのに、末の妹於江《おごう》が、

「姉様、蝉を取ってくださいませ」

と無邪気な顔でせがむのだ。

（そういうことは、侍女の誰かに言えばいいのに）

於江はこの年、十歳になる。

（私が十歳のときは、蝉なんかで遊ばなかったわ）

「姉上様、姉上様」

とまとわりついてくる妹を連れ、於茶々はしぶしぶ庭に降りる。

蝉で遊ばなければ十歳の自分はなにをしていただろうと過去を振り返り、信長をひたすら殺そうとばかり考えていたあのときの自分と同じ年齢だと気付いて、まじまじと妹を見た。

於江は見るからに幼く、あどけない。掌《てのひら》も包み込めるほど小さい。あんな手で短刀を握っても、相手が誰であれ刺せるものではないと思うにつけ、於茶々は当時の自分の愚かしさにぞっとする。

それだけではない。なにも知らなかった子供のころとは違い、少しは信長の目指そうとしている世がわかりかけてきた於茶々は、近頃ではあのような男の存在はもしかしたら必要なのかもしれないと思い始めている。信長の目指す世が完成すれば、戦《いくさ》のない時代がやってくるかもしれないのだ。

（もしそうなれば、どんなにいいか）

落城時に味わわなければならない恥辱や、恐怖や哀《かな》しみを、もう誰一人体験せずにすむのなら、それはどれほどすばらしいことだろう。あのときの体験は十年経《た》った今も、於茶々に影を落としている。昼間、どんなにがんばって明るく振舞っても、夜になれば今でもあのころの夢を見る。

於初は昨夜から月のもので寝床に臥《ふ》せったままだ。於市は朝から信包の居間に呼ばれて、戻ってこない。

於茶々は於江の手を引いて蝉の止まる木を見上げる。大人の背丈よりよほど上に止まった蝉は、人の気配に鳴くのをやめて、もぞもぞと尻を動かし始めた。

「ほら、あんなに高いところで鳴いているもの。届かないわ。伯父上にお願いしましょう」

於茶々が提案したとき、パッと蝉が飛び立った。

「あっ」

二人の上に蝉のオシッコが散る。

少女たちは甲高《かんだか》い悲鳴を上げ、飛びのいた。きょとんと目を見開き、やがて同時に笑い出す。

「於江さん、かからなかった?」

「大丈夫。姉上様は?」

「平気」

見守っていた侍女たちが慌《あわ》てて駆けてくる。平気、平気と手で合図を送るうちに、さっきまで憂鬱《ゆううつ》だった於茶々の気分も晴れてくる。

居間に続く広縁から、いつ戻ってきたのか於市が二人の娘を呼んだ。飛びつこうと駆け出した於江の後に続きながら、於茶々は母の尋常ではない様子に眉根《まゆね》を寄せた。

平素の於市は数間先から声を上げて娘を呼んだりしない。嫌な予感がする。

部屋に上がって母の顔を窺《うかが》った於茶々は息を呑《の》む。能面のようにこわばって真っ青だ。

於江もさすがになにかを悟ったか、いつものように甘えたりせずに、大人しく母の前に座した。於初も起き出してくる。三人の娘は神妙に母親の前に並んだ。

「なにかあったのですね。大変なことが」

於茶々が三人の代表として口を開く。於市はうなずき、

「上様が、お亡くなりになられました」

震える声で一語一語、くぎるように告げた。

一瞬、於茶々はなにを言われたのか、母の言葉を正しく理解することができなかった。

(上様が?)

心中で反芻《はんすう》したときでさえ、上様があの信長を指すのだと、頭の中で繋《つな》がらない。信長が本当に死んでしまうなど信じられなかったからだ。

「嘘《うそ》」

母が、嘘をつくはずがない。誰よりも知っていたが、そう言わずにはいられなかった。

（あの方が死ぬはずない）

「まあ、伯父上が」

驚いてはいるが、この現実を事実としてするりと受け止めたふうの於初が声を上げた。

「つい先だって甲州を平定して、今度は中国遠征のために安土を出立なさったと聞いておりましたのに。急なご病気でございますか」

於初の言葉を聞きながら、於茶々の心はいっそうかき乱される。

（急な病死……。そんなはずない。ああ、だけど、病死でなければなんだというの）

戦死ではないだろう。まだ戦場には着いていないはずだ。

男たちの詳しい動きなど、於茶々にわかりようもなかったが、それでも信包が話してくれる断片から、少しは推察できる。中国征伐を請負い、備中高松城を水攻めで包囲している秀吉から、信長は出陣要請を受けたのだ。このため、急遽《きゆうきよ》明智日向守光秀に先発を命じ、自らも安土を発《た》った。五月下旬のことだ。ほぼ同時に三男信孝を総大将とした四国征伐も本格的に始動される予定であった。

それがいったい、なにが起こったというのか。

於茶々は息の詰まる思いで於市の説明を待つ。於市は娘たちの面前である以上、しっかり振舞おうとしているのだろうが、兄の死に動揺が隠せないようだ。唇を震わせるばかりで、なかなか言葉が出ない。

「昨日の夜明け、京の本能寺に御宿泊のところを、日向守殿に討たれたのです」

「えっ」
声を上げたのは於初だ。於茶々は頭を強く殴《なぐ》られたような衝撃に、しばし呆然《ぼうぜん》となった。

明智日向守光秀といえば、信長が取り立てて重用していた、いわば寵臣《ちょうしん》ではなかったろうか。新参者が多く、完全な実力主義の織田家臣団の中でも、秀吉と並ぶ出世頭だと於茶々は認識している。信長は光秀の禿《は》げ上がった頭を見て、「きんか頭」と渾名《あだな》を付け、親しく接していたように記憶している。信長に恩こそ感じても、殺すなど信じられないことだ。

「それでは上様は、御家来衆に討たれたのでございますか」
於茶々は声を振り絞って聞いた。とたんに、於市の真っ黒い瞳《ひとみ》から涙が盛り上がるようにしてあふれ出る。於茶々は自分が泣かせてしまったような錯覚に、慌《あわ》てた。

「兄上様」
於市の唇が辿《たど》る。恨んでも恨んでも、恨みきれなかった兄への、十年間も押し隠してきた愛情が、訃報《ふほう》に接して抑えられなくなったのだ。

安土に天主を造り、人々を見下ろし、自ら神になろうとした男が、謀叛《むほん》により滅び

るなど、とうてい於茶々には承服できぬ現実であった。が、於市の涙を見ているうちに、

（これは本当なのだ）

と思え始める。

（ああ、だけど謀叛だなんて）

心臓が跳ね上がるように早鳴り出す。

「中将（信忠）様は、いかがなされたのでしょう」

於市は首を横に振った。

「亡くなられたのですね」

「おそらく」

「そんな。安土はどうなるのでしょう。安土の方（於濃の方）はご無事でしょうか。織田はこれからどうなるのですか」

矢継ぎ早に不安を口にする於茶々の袖《そで》を、隣に座っていた於初が引いて止めた。於茶々の問いは於市にも答えようのないことだ。

「この城は、今は無事だから、とにかくこのままここにいるようにと伯父上の仰《おお》せです」

於市はそれだけ言うのがやっとである。

（今は……）

それは明智勢が勢いを得て信長を失った織田勢を圧すれば、やがてはここも攻め滅ぼされるということなのだ。於茶々はくらくらした。もしかしたら、またあの落城の苦痛を味わわなければならないかもしれない。みぞおちの辺りにひきつれるような痛みを覚える。

そして、このとき愚かにも、自分がいかに信長に守られて生きてきたのかをようやく悟った。於茶々の目からも涙が溢《あふ》れ出る。信長の死は、於茶々ら母子の平安の崩壊を意味したのだ。

（それすらわからずに憎み続けてきたんだわ）

五年前の清洲《きよす》で、「憎むなら憎め。許す」と言った信長の姿がいまさらながら鮮やかに脳裏によみがえった。すると連鎖的に次々と信長と過ごした時間が思い出として頭の中に流れ始める。身の奥からせきあがってくるような感情に負けて、於茶々は声を上げて泣き崩れた。

信長は天正十年、六月二日未明、中国・四国両方面の平定の指揮を執るべく淡路島へ向かうため、洛中の常宿本能寺に小姓衆わずかに二、三十人を連れて宿泊中、家臣の近江坂本及び丹波亀山城主明智光秀の謀叛にあって死んだ。

一万三千余名の兵で押し寄せてくる明智勢に対し、妙覚寺に宿泊していた信忠の軍勢を合わせても六百人ほどの手勢しか持たなかった信長は、防戦空《むな》しく自刃《じじん》して果てたのだ。

攻め寄せてくる軍勢が光秀のものだと聞いたとき、

「是非もなし」

と一言、彼は自身の運命を見切ったという。それでも、自ら弓や槍《やり》を取ってもうこまでという時点まで戦い抜き、この日、従事していた侍女たちを振り返った。

「光秀ならば女は討つまい。去れ」

女たちが去ると、彼はやにわに踵《きびす》を返し、火の手が上がる本能寺の奥深くへとただ独り姿を消した。以後、信長の姿を見た者はいない。享年四十九である。

主君の躰《からだ》が焼け尽くすまで、小姓衆は血塗《ちまみ》れになりながら明智勢の侵入を阻《はば》んで戦い抜き、森蘭丸を筆頭にみな討ち死にした。世にいう本能寺の変である。

明智軍がどんなに探しても、本能寺から信長の死体は出てこなかった。忽然《こつぜん》と彼自身が消え去った印象だ。実際に信長が死ぬ現場を見た者は、この世に一人もいない。

このため、信長はまだどこかに逃れて生きているかもしれない、いや、そうではなく御家来衆が死体を持ち去りどこぞで火葬にしたのだ、などと噂《うわさ》が飛び交い、京近隣は大混乱をきたしている。

信長を襲撃した光秀は、妙覚寺から隣の二条御所に移って戦う信忠をも、二十倍以上の大軍で囲んで自刃させた。五日後の七日までに安土、長浜、佐和山の三城を手中に収め、京の周囲をがっちりと固めた。

安土城にいた信長の正室、側室、子供らは留守居の蒲生賢秀《がもうかたひで》の居城に避難して無事であったが、信長の夢の片鱗《へんりん》を刻んだ安土城天主は、主《あるじ》の天下統一が儚《はかな》く崩れ去ったことを象徴するかのように、煙をしきりと吐き上げながら炎上したという。

それらの情勢は虚説を交えて於茶々のいる安濃津城にも伝えられるが、女の身の母子四人は、肩を寄せ合うように局《つぼね》に閉じこもり、震えているだけだ。

やがて彼女たちは信包の判断で、伊勢から尾張の清洲城へと護送された。

戦乱からなるべく遠くにやって、妹と姪《めい》たちを少しでも安堵《あんど》させたかったのが信包の本意だろうが、於茶々はかえって不安に煽《あお》られた。

(城を移らなければならないほど事態は深刻なのかしら)

於市は食事もまともにとれぬほど憔悴《しょうすい》しているのに、娘たちの前では気丈に振舞おうとする姿がかえって痛々しい。

於茶々は、自分でもどうしてしまったのかわからぬほど、理性のたがが外れてしまい、清洲城に入ったあとも高ぶる感情が抑えられないでいた。

信長の死が哀しいのか、一緒に討ち死にした蘭丸を思って嘆いているのか、それとも自身のこれからの運命に怯《おび》えているのかよくわからないままに、於茶々はひたすら泣き暮らす。そんな姉を心配し、妹の於初がずっと傍《そば》で慰めてくれる。

「ごめんなさいね、於初さん。母上が兄君を亡くして哀しんでいるときこそ、私がしっかりしなければならないのに」

「姉上は伯父上とは親しく交わりがあったのだし、あの若衆も亡くなってしまわれたのですもの。心も乱れるわ」

「私、上様とは親しくなかったのよ」

「そうなの？」

「憎んでたはずなのに、どうしてこんなに泣けるのかわからないの。自分でもわからない」

「わからなくったって、いいじゃない。泣きたいときは泣けばいいんだわ」

「人は神にも仏にもなれないものなのね。上様はずっとなりたがっていたのに、こんなにあっけなく、それも家臣の謀叛で死んでしまうなんて」

「なったかもしれないわ。だって御遺体がみつからないのだもの。なってしまったから、天主ではなくて本当の天に御上りになったかもしれないじゃない」

於茶々は目を瞬《しばたた》かせて於初を見た。

於初は面白いことを言うという気持ちと、本当にそうかもしれないという思いが頭の中で交錯する。それほど、思い出の中の信長は於茶々にとって見上げる存在だったのだ。

於茶々が無力に泣き暮らしているうちにも、情勢はめまぐるしく変化した。

光秀討伐に真っ先に乗り出したのは、中国に遠征中の羽柴秀吉だった。本能寺の変が勃発《ぼっぱつ》したとき高松城を囲んでいた秀吉は、高松城主清水宗治の切腹と引き換えに撤兵を約束し、毛利方と早々に和議を成立させ、後の世に「中国の大返し」と言われた早業《はやわざ》で、主君信長の仇を討つべく東上した。

暴風雨の中を七日に姫路、山陽道を駆け上がって九日には明石、十二日には摂津富田に着陣したのだ。

そこで、信長三男神戸信孝や丹羽越前守長秀、池田恒興《つねおき》、中川瀬兵衛清秀、蒲生賢秀らと合流し、翌十三日には山崎に陣を敷き、京を守る光秀と対峙《たいじ》した。

ここまで本能寺の変から数えてわずかに十一日。

さらに決戦は秀吉側の圧勝で、たった一日で勝負がついてしまったのである。

主君殺しを犯した光秀は、流離《さすら》うところを土民に討たれるという、武将として無念で哀れな死を遂げた。

その首は、信長の忠臣丹羽長秀の元へ最初に届けられた。十五の歳《とし》から近侍して信長に三十年以上も誠心誠意仕えとおした長秀だ。主君を殺された憎しみのあまり、届けられた光秀の首をいきなり摑《つか》むと、その禿げ上がった頭に噛《か》み付いた。長秀は、噛み付いたまま唸《うな》り声を上げて泣いた。

歯形の付いた光秀の首は秀吉へと届けられ、京で晒《さら》しものとなった。

織田の敵は去ったのだ。

於茶々はそのことを、清洲城まで再び迎えにきてくれた信包から聞いた。これから自分たちがどうなるかはまったく定まらないが、とりあえずはほっとしていいはずである。だが、於茶々の心はざわめいたままだ。

誰かが信長の後を継がねばならない。しかし、そんな人物がどこにいるというのだろうか。天下統一は目前まで見えていた。強敵武田を滅ぼし、上杉謙信も死に、残るは中国、四国、九州ではあったが、信長ならあとわずかで成し遂げたであろうそれらの平定を、他のものもわずかの期間で成しえるというのだろうか。

信包の話では、織田家の後継者を決める評議が、明日にでもこの清洲城で行われると言う。信長の遺領の分配もこのときに行われる。兄信長の死を嘆くばかりで、明智討伐にはほとんど役に立たなかった信包に発言権はなかったが、伊勢には評議の結果を見てから戻ることになった。

評議は、織田家重臣柴田勝家、羽柴秀吉、丹羽長秀、池田恒興の四人で行われる。

「おそらく会議の主導は羽柴殿が握られるだろうのう」

信包が神妙な顔で於市に洩《も》らす。

「でも、御家来衆の筆頭は修理殿（柴田勝家）でございましょう」

母の傍らにぴったりと添っている於初が小首を傾《かし》げる。

「うむ。筆頭はそうであるがの、姫、実際に兄上の仇を討ったのは羽柴殿なのだから、これからは今までのようにはいくまいよ。柴田殿は上杉勢と戦をしていて、山崎の合戦には間に合わなかった。比べて羽柴殿は、毛利と戦中であったにもかかわらず、すみやかに和議を成立させ、十一日後には光秀が首級を上げたのだ。この事実は重かろうのう」

「織田はどなたがお継ぎになられるのですか。三七様（信孝）ですか」

於茶々も黙っていられずに口をはさむ。信長が後継者と認めていた信忠が死んだ以上、次男の信雄《のぶかつ》か三男の信孝の名が上がるのは自然である。

ちなみにこの二人は腹違いの兄弟で、どちらも同じ永禄元年の生まれだ。誕生は一月も違わない。しかも、三男の信孝の方が実は先に生まれているというややこしさだ。ただ、生まれたとき信長の生母への寵《ちょう》に差があったため、信孝の方が貧乏くじを引かされた。信雄は信忠と同腹で、母の生駒氏は信長が生涯もっとも愛した女である。

於茶々が信孝の方を口にしたのは、次男、三男などとは関係なく、本能寺の変後の働きの違いを考えたからだ。信雄は右往左往するばかりで山崎の合戦には間に合わなかった。一方、信孝は前日に秀吉と合流を果たし、力を合わせて明智軍を壊滅させている。

「うむ。そうではないかと思うがな」

信包もうなずいたが、語尾がすっきりしない。

「なにか心にかかることがございますか」

「いや、羽柴殿のご子息の御次殿（秀勝）も上様のご子息である以上、一筋縄ではいかぬかもしれぬと思うてな。羽柴殿に野心があれば……」

野心があれば、信孝に織田を継がれては不都合なのは間違いない。

うーむと信包は顎鬚《あごひげ》を撫《な》で、やがて大笑した。

「いやいや。これはわしの考えすぎだ。御次殿ではごり押しすぎるわい」

「でも、野心がないはずございません」

於茶々の言葉に信包の頬《ほお》が小さく引き攣《つ》った。

「於茶々殿」

於市が慎むようにとたしなめる。

「だって母上、ご兄弟の中では三七様のご器量が優れておられるかもしれませんが、三七様と筑前（秀吉）殿では、比べるまでもないではありませんか。それなのに筑前殿が三七様の下風に立つのでございますか」

喋《しゃべ》りながら於茶々は、あまりに現実を言い当てた自分の言葉に不安にかられた。於市の顔色も変わっている。

（これから織田はどうなるのかしら）

「いずれにせよ、明日にはなにもかもはっきりすることじゃ。なに、心配せずともよいぞ。お前たちのことは、わしがなんとしても守ってやる」

信包は笑ったが、顔がこわばり、笑顔もゆがむ。

「まあ、なるようになろう」

信包は、自分自身に言い聞かせるように付け加えた。


清洲会議は翌六月二十七日に行われた。

織田一族の信包は、信雄と共に別室に待機して、織田の行方を揺るがす会議の結果が出るのを待つ。

於茶々も緊張して伯父が結果を伝えに奥座敷へ戻ってくるのを待つ。待つ間、何度か気持ちを探ろうと目を覗《のぞ》き込んだが、於市が今どんな気持ちでいるかはわからなかった。於市は昨日、秀吉が挨拶を述べに面会を求めてきた際、手厳しく拒絶している。たおやかな母の中に、大きな感情のうねりを見て、於茶々は正直、驚いた。

信包が奥座敷に四人を訪ねたのは翌日になってからである。

この男にしては厳しい顔つきで周囲を窺《うかが》い、人払いしてから於市ら四人を傍に呼び寄せた。

開口一番、

「これからは羽柴殿の時代が来るわい」

衝撃的な言葉を告げる。「市も姫たち三人も、昨日まではこの世の中が変わってしまったのだとよく心得よ」

「どういうことでございましょう」

訊《たず》ねたのは於市だ。

「我らが織田は羽柴殿にとって主筋に当たるが、それは表向きのこと。主従は入れ替わったと気付かねば生き残れぬ」

「兄上が亡くなれば早くもそのご恩を忘れ、筑前は織田をないがしろにすると申すのですか」

於市は、厳しい口調で秀吉を批判した。於市が他人をあからさまに批判するなど、かつてなかったことだ。於茶々は於初と目と目を見交わす。

「うむ。兄妹で歯に衣着《きぬ》せても仕方あるまい。率直に言えばそういうことじゃ。ことの善悪は語るなよ、市。どうあるべきかなどはどうでもよいのじゃ。肝要なのは現実がどうであるかである。……織田の新当主が羽柴殿の一存で、三法師様と決定した」

「そんな」

於市は青褪《あおざ》めた声で叫んだが、於茶々にはよく話がのみこめない。元来、於茶々は政《まつりごと》に興味がない。

（三法師様って誰？）

真横に座っている於初を肘《ひじ》でつついて目で訊ねる。

（知らないわ）

於初も小さく首を横に振る。

「まだ三法師様は三歳ではございませんか。そんな年端も行かぬ方に、この難しい世の織田を率いてゆけるはずもございません」

於市の非難を、

「率いてゆけはすまいのう」

信包はやんわりと受け止める。

「ましてや兄上の代わりが務まるはずもございません」

「それは誰がなっても務まらぬ。落ち着けよ、市。柴田殿は当然三七様がお継ぎになると思い込んでおられたわ。だが、羽柴殿は、上様が生前すでに家督を中将様にお渡ししていた以上、直系の中将様ご嫡男三法師様がお継ぎになるのが筋と言われての。

確かに一理ある。三法師様がご成長あそばすまでは、我ら一族、御家来衆共々力を合わせてご政道をお助け申せばよろしいと、言えぬこともない」

ああ、と於茶々はようやく合点した。三法師は生まれて二年にしかならない信忠の幼子のことなのだ。

それにしても、信包は無理やり納得しようとしているが、力のあるものが家督を継ぐのが当然の戦国の世に、成人している信雄や信孝を差し置いて、いくら直系とはいえ、赤子の三法師に継がせようと言う秀吉の主張は無茶である。

（いいえ、でも無茶ではないのだわ。力のある筑前が、三法師様を傀儡《かいらい》にして上様の跡を実質継ぐと言うに等しいのだから）

悔しければ力でもぎ取れという、これは秀吉から織田家への一種の下剋上《げこくじょう》なのだ。そして、伯父の信包は、すでに秀吉の軍門に下って生きていくことを決めている。

（どなたか、異を唱える方はいるのかしら。いたら、戦になってしまう）

於茶々は身をすくめた。

秀吉の主張には、誰も本心から納得できないだろう。それでも多くの者が従うに違いない。それほど、本能寺の変後の各部将の動きは、それぞれの将器を如実に現していた。秀吉は素早い着陣と山崎の圧勝で、はっきりと他者との実力の違いを見せ付けたのだ。

「修理殿はそれで納得したのでございますか」

於市は信長が死んだとたん牙《きば》をむき出したような秀吉の所業に、怒りで青ざめながら、最後の頼みとばかりに織田家筆頭家老の名を上げた。信包は無情に首を左右に振る。

「もちろん、激怒されて、不満を爆発させておったわい。だけどのう、負け犬の遠吠えじゃ。修理殿は、山崎の合戦に一兵たりとも動かしておらぬからな。わしも含めて、そういう男に発言の資格はないわい。あの戦いで筑前殿に負けたのは、光秀だけではなかったということを悟れぬ者は、滅びるぞ」

最後は自嘲《じちょう》気味に笑った。「羽柴殿も柴田殿の意見はないがしろにしないと言うておることだしのう、柴田殿もここは一つ利口になってだな、爺《じい》やを務める心持ちで一歩下がって協力していくのがよいのではないか」

於市はもうなにも言わなかった。

信包もそう言いながら自身を懸命に納得させているのだ。この男に矜持《きょうじ》がないわけではない。

信包が喋《しゃべ》るのをやめると嫌な沈黙が流れた。

「さあ、わしらも伊勢へ帰るかのう。仕度はできておるのかな」

その空気を破るように信包がわざと陽気な声を上げたときだ。伝奏役の者が咳《せき》払いと共にやってきて、奇妙なことを告げた。

甥《おい》信孝が、於市に面会を申し入れてきたと言うのだ。今までまったく交流の無かった人物である。それに今度の家督相続の渦中《かちゅう》の人だ。

於市は不安げに兄を見る。信包にも見当がつかないのか、首を左右に振る。

「お通しください」

と返事をして待っていると信孝の性急そうな足音が響き、若き日の信長を彷彿《ほうふつ》とさせる良い武者ぶりの青年が現れた。

信包をちらりと見やると黙礼し、

「これは、上野介（信包）殿。ちと叔母上に折り入ってお頼みしたいことがあるゆえ、席を外してはいただけぬか」

信孝はどかりと於市の前に胡坐《あぐら》をかく。

信包は少々不快を顔に出したが、

「姫」

於茶々たちを促し、部屋を出た。

# 二

於市は信長によく似た信孝の顔を怒りのこもった目でじっとみすえた。

信孝は、この年二十五歳の壮士だ。つい、昨日の清洲会議まで自分が織田の棟梁《とうりょう》になれると信じていた男である。そして今、於市を政略のために利用しようとしている。

「織田のため、とおっしゃいますか」

「もちろんである。わずか三歳の三法師になにができよう。あのような子供をあえて棟梁に推す筑前の目的は明白であろう。父上の生前は見苦しいまでに腰の低かった卑《いや》しい男が、これからは三法師の命令だと言うて、織田一族を動かそうとしているのを、叔母上は黙って見過ごすおつもりか」

於市は返事をしない。信孝の顔が苛立《いらだ》ちに赤く染まっていく。「父上がご苦労の末に築き上げてきたものを、そっくりそのままあの男に渡してもよいと言われるか」

叩《たた》きつけるような言い方だ。織田の者は誰も彼もが気性が激しい、と於市は思った。

(それでも兄上は忍耐を知っておられた)

信孝にはそれがない。

「だからと言うて、妾《わらわ》は再嫁など思いもよらぬこと。この髪を下ろしていないのは、兄上がお許し下さらなかったからでございます。とうに妾の気持ちの上では尼《あま》のつもりで過ごしておりますというのに」

「そこを曲げて頼まれてもらえぬか」

半ば怒鳴るような言い方ではあったが、信孝は頭をわずかに下げた。よほど切羽つまっているのだろう。

信孝の持ち出した話は、於市の再嫁である。秀吉と対抗するため、柴田勝家と手を組みたいから於市を嫁がせて結びつきを強めようとしているのだ。勝家は数年前に正妻を亡くし、御台の場所をあけている。

秀吉が三法師を推さなければ、この信孝が織田家を継いだのは間違いない。ましてや信孝は秀吉と共に山崎の戦いに参加している。それなのにないがしろにされ、不満が胸中に渦巻《うずま》いている。

さらに、日ごろから仲の悪い信雄が秀吉に接近していることも、信孝の焦《あせ》りを強くしているのだ。棟梁の地位を得られなかったばかりか、下手をすれば孤立する。

「柴田殿は、真に織田のためを思って動いてくれる部将である。その柴田殿の補佐で織田を守《も》り立てていく方が、あの禿《は》げ鼠《ねずみ》に織田を取られるより父上の意に適《かな》うとわしは信じるがどうであろう」

於市は小さく溜息《ためいき》をついた。どうであろうと言われれば、於市にしたところで秀吉の所業には煮《に》えくり返っていたのだから、勝家の方がよいと答えるしかないが、だからと言って結婚とは別問題である。

於市が黙ったまま困りきっていると、信孝が聞き捨てならないことを口にした。

「あの禿げ鼠が叔母上や姫たち四人を自分の居城に引き取ろうとしているのをご存知か」

「えっ」

「やはりご存知ではなかったか」

「まことでございますか」

於市はさすがにうろたえた。手中に転がり込んできた権力を前に、信長の恩を忘れたとしか思えぬ秀吉が、ことさら、「信長のために」と言いながら幼い三法師の後見に納まる姿はどうにも腑に落ちない。理屈では下剋上もわかるのだ。しかし、秀吉が足軽から大名へと躍進できたのは誰のお陰であろう。今の織田への仕打ちは、信長に対してあまりに切なすぎる。

あんな義を欠く男の手元に身を寄せるくらいなら、於市は死んだ方がましであった。信包は、秀吉に渡せと言われれば、泣く泣くでも従うだろう。今日のあの言いようでは、権力者に疎《うと》んじられてまで、自分たちを守ってくれるとは思えない。

不安に煽られる於市に、信孝がさらに畳み掛ける。

「禿げ鼠が叔母上に懸想《けそう》していたのは周知の事実。力を握った男が以前なら手に入らなかった高嶺《たかね》の花を手折《たお》る例は枚挙に暇《いとま》がない。それも愛情などではなく、権力の証《あかし》としてである。そうなる前にも……」

「修理殿のものになってしまえと言われますか」

信孝は神経質そうに額に皺《しわ》を寄せた。そういうところまで信長と似ているのに、心根はあまりに開きがあると思うにつけ、於市は哀しくなった。

「それが叔母上のためであり、姫たちのためでもあろう。こう申すも残酷だが、もし、禿げ鼠の目的が於茶々姫の方であったら、取り返しがつかぬのではないか」

「於茶々を。まさか」

於市の胸はきゅっと痛んだ。於市はもはや三十六歳である。世間では「婆様《ばば》」と呼ばれてもおかしくない年齢になった。確かにそういう自分よりも、年頃になってからいっそう可憐《かれん》になった若い於茶々の方を欲すると考える方が自然かもしれない。於市は自分のとき以上に、ぞっとした。それだけはどうしても避けたい。

だが、於市は即答せず、いったんはこの場をやり過ごそうと考えた。

「兄上や娘たちとも相談いたしたいゆえ、少し時間をいただけませぬか」

「いいえ、今日より叔母上の身柄は姫たち諸共この信孝がお預かりいたす。なにごとも相談は我らにしていただこう。叔父上には我らの方より話をつけておくゆえ、叔母上はなんの心配もいたさずともよい」

「三七様！」

於市は驚いて立ち上がった。これでは、力ずくではないか。こちらの意思など初めからどうでも良かったと言われたに等しい。こういう形で人に屈するのはたまらない。

「御前を下がらせていただきます」

信包のもとまで逃れようとする於市を、

「叔母上」

信孝も素早く立ち上がり、体で行く手を阻んできた。於市の身がすくむ。が、意外にも信孝は乱暴な行動には出ずに、於市に向かって頭を下げた。

「お頼みいたす」

「なにをなされます。三七様」

「もう、すでに柴田殿には連絡済みなのじゃ。このとおり、信孝を助けると思うて、今度のこと、ご承知いただきたい」

於市は眩暈《めまい》がした。のっぴきならない事態に、自分は追い込まれている。

おぼつかない足取りで再び元の位置に座りなおした於市は、信孝から顔をそらし、石のように黙り込む。黙ってはいたが於市の頭の中は忙しく回転していた。どうするのが、織田のために、横死した無念の兄のために、娘のために、そして自分のためにいいのだろうか。

確かに、どのみち秀吉に手折られるかもしれぬ身なら、勝家に保護される方が数倍ましかもしれない。自分一人のことならば、自害もできるが、於市には長政に約束した娘たち三人を守るという使命がある。

（長政様）

長政以外の男に身をまかせるなど、いまさら耐えられるのだろうか。

（兄上様）

唇を噛《か》み締める於市の頬を、目からあふれた雫《しずく》が流れ落ちていく。女であることが、そして長政の死後に今日までおめおめと生き延びてしまったことが、今ほどこたえたことはない。

石になって半刻《はんとき》は過ぎたかと思われる長い沈黙のあと、

「わかりました。修理殿の許《もと》へ参ります」

於市は乾いた声で答えた。

「かたじけない」

「ただし」

と於市は言う。「お願いがございます」

「聞けることならなんでも聞こう」

うなずいた信孝だが、さすがに於市の付けた条件を聞きながら息をのんだ。だが、反対はしない。

「それで叔母上のお気がすむなら」

と承諾した。


清洲会議の結果、織田家の新しい棟梁は信忠の嫡男《ちゃくなん》三法師（秀信）と決まり、十五歳になるまで信長次男北畠信雄と三男神戸信孝が後見役となり、政務自体は織田家重臣羽柴秀吉、柴田勝家、丹羽長秀、池田恒興らが力をあわせて執ることとなった。もちろん、実権は秀吉の手中にある。

信忠の遺領の尾張と美濃は、それぞれ信雄と信孝が受け継ぎ、反逆者光秀の旧領丹波は秀吉の養子になった秀勝に与えられることが決まった。

四人の重臣たちにもそれぞれ領土の分配があり、秀吉は山崎を、勝家は旧秀吉領の長浜を、長秀は近江の高島、志賀を、恒興は大坂、尼崎、兵庫を領することが決まった。

現在、三法師は父信忠の旧領美濃の岐阜城にいるが、炎上した安土城が修復されしだいそちらに移ることが決まっている。それまでは、従来どおり岐阜城にいて、叔父の信孝が預かることになる。安土に移れば信忠と同腹の信雄が父親代わりになるのである。

於市の新しい夫となる柴田勝家は、これらの決定にぎりぎりと歯噛みする思いでいたが、重臣四人のうち勝家ただ一人が信長の弔《とむら》い合戦に参加していない以上、なにも言えない。今後、勝家の取る道は、秀吉の下風に耐えるか、秀吉と干戈《かんか》を交えて実力で実権をもぎ取るか二つに一つであった。それは、棟梁に付きそこねた信孝にも言えることだ。

不穏な空気をはらみながら、彼らはそれぞれの領土へ散っていった。

昼間のかしましい蝉の声は、いつしか夜長の涼やかな虫の声に変わった。

於茶々は母や妹たちと岐阜城内で過ごしている。

信長の死が、こんな形で自分たちに降りかかってくるなど、於茶々は考えてもみなかった。母の再婚。相手は六十歳を越える織田随一の猛将柴田勝家。

於茶々はこの話を母の口から聞いたとき、全身が怒りのために熱くなった。だが、於市を責める気にはなれない。母が望んで承知するはずがない。無理矢理だったのだ。むしろ、今日まで再嫁せずにすんだことの方が不思議だったに違いない。

それは自分についても言えることだ。十五の歳まで縁談の話もなく平穏に過ごせたのは幸福だったのだ。戦国武将の娘に生まれれば、十に満たぬ歳でも政略の道具として嫁がされるのはよくある話だ。

(仕合せだったのだわ。ちっとも気付かなかったけれど、この十年間は、私たち、とても仕合せな中に守られていたのだわ)

於茶々たちがすぐに勝家の居城北之庄に移らずに、新しく信孝の所領となった濃州岐阜城へ預けられることになったのは、於市が信長の百日忌を自分が喪主《もしゅ》として行うと言い出したからだ。もちろん、女の身であるから他人を招いて盛大に行うわけではない。法華経《ほけきょう》の写経を行い、観音菩薩《かんのんぼさつ》像を刻み、母子で信長の冥福《めいふく》を祈るだけだが、それでもこれは秀吉への一種の挑戦であった。秀吉を差し置いて於市が喪主を務めるのは、秀吉の作り上げようとしている政権を自分は認めないと公言するに等しい行為だ。

しかも、当日まで極秘で進められる。於市は、秀吉を出し抜くつもりでいる。予定している期日は信長の死後ちょうど百日目の九月十一日である。場所は京の妙心院だ。

母のどこにそんな大胆なことを行う強さが秘められていたのかと、於茶々は目を見張る思いだ。

勝家はときどき於市に会いに、この岐阜城まで足を運んでくる。だが、真の目的は信孝に会うことのようだ。信孝と勝家と信長統治下関東管領を勤めた滝川左近将監一益《かずます》の三人が、なんとしても秀吉を排除しようと寄り集まって密談を繰り返しているのだ。

信孝との話が済むと、勝家は於市の居間を訪ねる。於市は礼を尽くすものの、いっこうに心を開く素振りはない。白けた空気の中、無骨な勝家がなにか一言二言話しかけ、於市が儀礼的に返答する。冷たくあしらわれているのに、勝家は割合長居をする。於茶々と於初は代わる代わるに茶や時には酒を運び、その様子を垣間見ては陰で互いに告げあう。

「なんだか、お気の毒だわ」

と於初が言う。

「修理殿は、きっと母上のことがお好きなのね」

「絶対そうよ。お顔が、戦焼けなされてちょっとわかりづらいけど、真っ赤になっている気がするもの」

「本当？　じゃあ、今度のお菓子は私が運ぶわ」

運び終わった於茶々は肩を震わせて戻ってくる。於初にしがみついてひとしきり笑うと、

「本当だわ。しかも今日みたいに涼しい日に、首筋に汗がびっしょり。その場で噴《ふ》き出しそうになって困ったのよ」

二人で盛り上がっていると、一人だけ歳の離れた於江がやってきて、

「ずるい。お二人ばかり」

文句を言う。

於江は、このごろ姉の於茶々でさえハッとするほど、美しくなってきた。滑らかな白い肌に黒々とした瞳、少し小生意気そうに口角の上がった小さな唇に豊かで長く艶《つや》やかな髪。

「新しい御義父上《おちちうえ》のことについてお話ししていたのよ」

「どうして母上は私たちをしっかり御義父上に紹介してくださらないのかしら」

於江の、勝家を歓迎しているような口ぶりに、於茶々は意表をつかれて、

「えっ」

と頓狂《とんきょう》な声を上げた。「於江さんは、母上のご結婚には賛成なの」

少しとがめる口ぶりになったが、於江は意に介していない。

「だって、やっと私にも父上ができるのですもの」

「於江さんの父上は」

長政だと言いかけた於茶々の手を於初が摑んで止めた。於江は覚えていないのだ。この幼い妹には、実父長政との思い出は一つもない。

「私も義父上とうまくやっていきたいのよ」

於初が言った。於茶々は裏切られたような衝撃を受け、於初から目をそらせる。

「そう」

（勝手にしたらいいんだわ）

「だって、運命に流されるばかりじゃつまらないじゃない。嫌なことを一つずつ良いことに変えていきたいの」

「まるで薄氷の上で仕合せを追うみたいね」

於茶々が嫌味を交えて返事をすると、於初の顔が真っ赤になった。

（言い過ぎたかしら）

於茶々は於初の機嫌を取ろうと頭をめぐらす。実際、この妹と喧嘩《けんか》をしてしまえば、於茶々はひどく孤独なのだ。

（そうね。どんなにすねたって、修理殿のお世話にならなければならないのだし、それならいっそ仲良くした方がいいんだわ……そうだ）

於茶々の中に一つの案がひらめく。

（いつも苦虫を噛み潰《つぶ》したみたいなお顔の修理殿が、どんな反応をするかしら）

くすりと笑い、

「ね、考えがあるの」

二人の妹を交互に見る。「確かに於初さんの言うとおりだわ。だから、今から私たち、お二人のところに乱入しましょうよ。そうして、うんと新しい義父上に甘えてみたらどうかしら。きっと硬い空気もほぐれるわ」

「甘えてもいいの」

目を輝かせたのは、於江だ。

「もちろんよ。抱きついて、お膝《ひざ》に乗せてもらいなさいな。於江さんの御義父上なんだから」

さっそく三人の娘たちは、勝家と於市が無駄に時間を過ごしている座敷へと向かう。

まずは於茶々だけが進み出て、開け放たれた襖《ふすま》の横に大人しく正座した。

「茶々でございます」

明るい声をかける。刹那《せつな》、部屋の中の重苦しい空気がするりと解けた。

於市がほっと顔を上げる。

「どうなさったの。急用ですか」

できるならこのまま帰ってくれと言いたげに、ちらりと勝家を一瞥《いちべつ》して訊《たず》ねる。あまりのつれなさに、於茶々はほんのわずかだが、勝家に同情した。

「急用ではないけれど、お願いがございます。妾《わらわ》たちも新しい御父上と少しはお話がしたいのです。母上ばかりいつも独り占めしてずるいわ」

「えっ、独り占めって……」

ぽかんとなった於市を無視し、於茶々は勝家を上目遣いにみつめた。

「義父上、茶々たちも、お部屋へ入ってもいいですか」

於茶々は「義父上」というところをできるだけ甘ったれた口調で言ってみた。勝家が照れて焦っているのが伝わる。期待どおりの反応だ。

「もちろんだ。入るがよいぞ」

声が、聞き逃すほどわずかだが、上ずっている。

於茶々は微笑した。それからずっと後ろに下がって控えていた二人の妹を呼び寄せる。三人の姫たちはしずしずと入室すると於市の横に座った。

「姫たちはわしを歓迎してくれるのか」

勝家の問いに、於茶々と於初が顔を見合わせる。於茶々が代表でこくりとうなずき、

「義父上こそ、妾たち三人の瘤《こぶ》が母上に付いていって、ご迷惑ではございませぬか」

「迷惑なことがあろうか。こんなに可憐な姫たちの親になれるなど、果報者じゃと思うておるぞ」

「ほっといたしました。では、ずっと北之庄にいても良いのですね」

「姫たちはそんな心配をしておったのか。良いに決まっておるわい」

「良かった。邪魔な茶々のことなど、すぐにお嫁にやってしまうのではないかと、不安でしたの」

「ずっと誰にも嫁がぬというわけにはいかぬが、もうしばらくはどこにもやらぬわ

い」

「嬉《うれ》しい」

（まあ、姉上ったらどさくさにまぎれてなにを）

横で於初が呆《あき》れている。

「あのう」

このとき於江がそわそわと口を開いた。全員が驚いて、小さな少女に視線を集める。注目されてはにかみながらも、於江は澄んだ声で勝家に訊ねた。

「義父上様、そちらに行ってもいいですか。もっとお傍に」

勝家は一瞬、喉《のど》をつまらせた。それから手を於江に向かって差し出す。

「来るがいい」

於江ははじけるように立ち上がり、短い距離を走って勝家に飛びついた。於江を抱きしめた勝家が、感極まっているのがわかる。目じりに薄く光るものを於茶々は目ざとくみつけ、

「鬼の目にも涙だわ」

口に出して指摘したものだから、於市が慌てた。

「於茶々殿。慎みなさい」

「だって義父上は鬼柴田と呼ばれているのでしょう。それは勇猛な義父上への敬称な

のでございましょう」

　そうだ、と勝家が誇らしげにうなずく。

「いや、こんなに嬉しいことがこの歳になって起ころうとは。実際、上様がお亡くなりになられてから、もうわしが真に笑うことなどないと思うておったが、これはなかなか世の中というものは捨てたものではないわい」

　のう、姫、と目じりを下げ、勝家は於江に頬ずりする。

「痛い、お髭《ひげ》が痛いわ」

「おお、これはすまん」

　勝家は大笑した。ふと於茶々が気付くと、於市の目もわずかに柔らかくなっている。

（私たち、また於江に救われたわ。小谷《おだに》が落ちたときも、於江の無邪気さが救いだった）

　いろいろ、不満を口にし始めたらきりがない。この和《なご》やかな空気を壊さぬよう、新しい生活に馴染《なじ》んでいこうと於茶々は覚悟を決めた。

　九月十一日。於市は京の妙心院で兄信長の百ケ日の法要を行った。これを知った秀吉はひどく慌てたが、すでに進行しているものを妨害するわけにはいかない。於市の行った供養は演出がなに一つない分、身内の死を悼《いた》む心に満ち、京の人々の心を打った。

秀吉は翌日、秀勝に実父信長の百日忌を大徳寺で行わせたが、印象は薄いものに終わってしまった上に、どこかうそ寒さを人々の胸に植えつけた。

於市が生涯の中で激しく誰かに逆らってみせたのは、この百ケ日だけであり、また、ここまでが限界でもあった。一月後には秀吉主催で七日間にもわたる信長の盛大な葬儀が行われるということだが、実の兄の葬儀にもかかわらず、それに関して一切口を出すこともできはしない。

於市は秀吉の行う葬儀については、誰にも感想一つもらさなかった。

於市に言わせれば秀吉の行おうとしているのは葬儀などではない。そういう名前の見せものだ。兄の死が秀吉の天下取りの踏み台にされることに屈辱を覚えるが、昇る勢いのあの男を誰も止めることはできない。

北国の早い雪が降る前に、於市は信孝の居城で柴田勝家と婚礼の式を挙げた。このあと、於茶々たちもそろって勝家の居城北之庄へ移るのである。

どちらも再婚同士、年齢も六十一歳の花婿《はなむこ》に三十六歳の花嫁《はなよめ》で高齢同士。すべてが慎ましく執り行われたが、それだけに於市の美しさがいっそう際立つ。出席した男たちはみな、勝家は仕合せものだと囁《ささや》き合い、勝家もさすがに嬉《うれ》し気《げ》だ。

於茶々はもやもやする胸の内を押し隠し、式が終るまで作り笑顔を保ち、人形のように座っていた。

やがて勝家に導かれて奥へ消える於市を見送った於茶々は、唇を噛んで部屋へ引き取った。

その夜は、一睡もできなかった。

いつか自分も望もうと望むまいと、今日の母と同じ夜を過ごさねばならない。

「嫌、嫌々」

小さく蒲団《ふとん》の中で叫ぶと涙があふれて止まらなかった。隣に寝ている於初も起きているはずだが、この夜はずっと無言だった。

三

雪に深く閉ざされた北国の冬を、於茶々は初めて体験している。外はしょっちゅう吹雪《ふぶ》き、そうでない日も雪が積もって歩けない。

於茶々たち母子の運命を再び揺るがした天正十年は去り、いつの間にか年も改まって天正十一年になっていた。於茶々、十六歳の新春である。勝家の話では、来月になれば、雪解けに向かうということだ。

「永遠に解けなければいいのに」

於茶々は居間で貝合わせ用に美しく彩色された貝を並べながら、一人呟《つぶや》く。火鉢の灰をかいていた侍女の於鈴《おすず》が、

「なにか仰《おつしや》いましたか」

と顔を上げる。

いつもなら於初が相手をしてくれるところだが、内輪の新春の酒宴の席に出ていない。於茶々は少し風邪気味なのでこの日は遠慮をした。

「雪が解けなければいいわね」

「まあ、姫様は雪がお好きでございますか」

信じられない、と言いたげな於鈴の無邪気さが於茶々の癇《かん》に障った。

(雪が解けたら、戦があるのを知らないのかしら)

勝家と秀吉は、もう雌雄《しゆう》を決する以外道はないところまで、きてしまっている。

昨年十月十五日、秀吉は大徳寺に主君信長のための総見院を建立し、盛大な葬儀を行った。参加した僧侶の数は五百人を越えるというかつてない規模である。舞台となった洛中の警護には数万の兵を動員し、群衆が見守る中、出てこなかった遺体の代わりに信長の木像を収めた棺《ひつぎ》を、遺児秀勝に担がせ、行進したのだ。

於茶々はこのときお忍びで上京して葬列を見た。信長がどう葬られるのか、自分の目で見ておきたかった。於茶々は母のように秀吉を毛嫌いしていなかったが、この葬

儀には怒りを感じた。秀吉の世が来たことを世間に知らしめるために行われた葬儀である。派手なだけの葬儀には、故人の冥福《めいふく》を祈る心を汲み取ることができない。信長の死が蹂躙《じゅうりん》されたような印象にやりきれなさを覚える。

だが、群衆に混じって評判に耳を傾けると、秀吉の威光を褒めそやす声ばかりが聞こえてくる。人々はもう次の世に期待をかけている。こうやって過去が押し流されていくのだと於茶々は知った。

大徳寺から出棺した葬列がやってくると群衆が熱狂的な声を上げる。周囲が異様な熱気に包まれる。遠くからも太陽になにかがきらりきらりと反射して輝くのが見える。ようやく先頭が近くまできたとき、光の正体が知れた。それは、煌《きら》びやかに木棺を飾り立てた黄金だったのだ。宝飾を尽くしたその棺の中に、秀吉の彫らせたまがい物の信長の遺体が納まっている。

割れるような歓声に酔いそうになりながら、於茶々は無性におかしみを感じた。於茶々の目前を棺が通り過ぎ、その後ろにすました顔の秀吉が行く。

このとき於茶々は久しぶりにこの男を見た。逆三角形の顎《あご》が尖《とが》った、耳の大きな相変わらずの鼠顔だ。かつては親しみやすさを覚えたその顔は、不思議と今はどこか威厳をたたえて見える。

秀吉の後ろを、小姓衆、馬廻り衆が整然と行進していく。

「あっ」

その侍の群れの中に、於茶々はあるはずのないものを見た。思わず足が出掛かるのを、勝家が付けてくれた従者が止める。

「於茶々御寮人、いけません」

「今……」

「どうなされた」

「いいえ、いいえ」

於茶々は参列者の中に殺された兄万福丸の姿を見たのだ。信長の葬儀に万福丸が参列するなど、悪い冗談だ。しかも串刺しにされた十歳の万福丸ではなく、もうわずかに成長した万福丸だ。

(兄上の幻を見るなんて。まだそれほどまでに心の底では上様を憎んでいるということなのかしら)

於茶々は遠ざかる木棺に、そっと手をあわせた。

勝家を中心とした反秀吉勢力は、この葬儀には参加していない。参加すれば秀吉の指図を受けねばならず、参加しなければ織田家への謀叛を疑われるという筋書きである。

とうとう干戈を交えるか、という瀬戸際まで両者は緊張した。秀吉は新しく領土として加わった山城国山崎に城を築き、そこを拠点に勝家らに備えた。

信孝は、「安土城が新築されたら三法師を信雄に預ける」という約定を違《たが》え、岐阜に拘束して秀吉方へ抵抗の構えを見せた。三法師をこちらが握っている限り、岐阜城には手出しできぬだろうと信孝は踏んでいる。

季節は初冬。北国が雪で閉ざされれば、信孝は勝家の応援を頼めなくなる。秀吉と信孝では、戦をしても勝負にならない。ならないからこそ、於市の再嫁を持ち出してまで、勝家との結びつきを強めたのだ。

勝家は、秀吉方との和議を決断した。自分や自分を支持する北国勢が動けなければ、信孝は滝川一益を頼るしかないが、勢州河内の一益と信孝の版図《はんと》の間には、秀吉に付いた信雄の版図が横たわっている。一益が信雄の軍勢を蹴《け》散《ち》らし応援に駆けつけるまで、信孝が持つか疑問である。

勝家と共に同じ北国を守る前田利家、不破彦三、金森長近及び長浜城に入れておいた勝家の養子柴田伊賀守勝豊が使者となり、秀吉方に和議を申し入れたのが十一月二日のことだ。秀吉は気持ちが悪いほどあっさりと勝家方の申し出を承諾した。誓紙も交わした。

不安がまったくなかったわけではないが、勝家は北国に完全に引き上げ、やがて雪が道を遮断《しゃだん》した。

秀吉はこのときを待っていたのだ。十一月中旬、舌の根が乾かぬうちに、約定を破却したのである。信孝を攻めるため総勢五万もの軍勢を動かした。

畿内勢高山右近重友、中川瀬兵衛清秀、筒井順慶、池田恒興、丹羽長秀、丹波勢長岡兵部大輔（細川藤孝）、蜂屋伯州頼隆ら、みな秀吉を支持した。

秀吉は途中、長浜城の勝家の嗣子勝豊を調略し、裏切らせることに成功した。勝家が日ごろから甥《おい》に当たる佐久間玄蕃盛政を目にかけ、勝豊が疎外されていた事情につけこんだのだ。病がちの身を疎んじる父と、手厚く医師を紹介して案じてくれる他人では、勝豊も他人の方がましだったのだろう。もちろんそれだけでなく、勝豊は新しい時代のうねりを見たのだろうし、勇猛果敢なだけの武将の時代は終わったのだということを感じもしたのだろう。これからは政治力のある者が勝つ。

十二月三日、秀吉は醒《さめ》ケ井《い》口から信孝のいる美濃へと踏み込んだ。五万有余の軍勢で岐阜城を囲む。信孝はなすすべもなく、早くも二十日には母を人質に出して開城し、三法師も秀吉の手に渡して膝を屈した。屈辱の和睦《わぼく》である。

秀吉は信孝を「古《いにしえ》の殿のご子息であるゆえ」と言って許した。この寛大な処置を人々は秀吉の人格の高さと結びつけて褒めそやしたが、勝家はその傲慢《ごうまん》さに地団太を踏んだ。勝家にとって信長は「古の殿」ではない。今も勝家の中に確かに息づく主君である。

勝家は雪解けと同時に進発し、秀吉を討つつもりでいる。すでに勢力図でいえば秀吉方が勝家方を圧しているのは間違いないが、信長のためにも己のためにも勝家は起《た》たねばならないところまできてしまっていた。秀吉の統治下では生きられぬ男だ。またーーと於茶々は思う。落城の憂き目にあうかもしれない。もしそうなれば二度とも自分は秀吉に攻められるのだ。

(どんな因縁があったのかしら。きっと、前世で出会っているんだわ)

於茶々は一面に貝を並べ終えると、もうそれには興味をなくし、脇息にもたれて溜息をついた。

嫌だとごねても春は必ず来るのである。

しばらくすると妹たちが戻ってくる。

「あら、綺麗《きれい》」

ずらりと並べられた色とりどりの貝に於江は目を輝かせたが、於初はいつもと違って上の空だ。

「どうなさったの」

於茶々が不審に感じて訊ねる。

「姉上は恋をなさったの」

待ってましたとばかりに於江がくるくると瞳を動かして叫ぶように答える。

「恋？」

於茶々が頓狂な声を上げると於初は真っ赤になって否定した。

「嘘！　してないわ」

「嘘つきは姉上です。小兵衛様にみつめられて頬を染めました」

於茶々は目を見開いた。

「まあ、貴方《あなた》ったら、こんなときに……」

於初はばつが悪そうにそっぽを向く。

「お喋《しゃべ》りな於江さん」

「なにを言っているの。責めてるんじゃないのよ。喜んでいるの」

於茶々は於初の手を取って励ますようにゆすった。

「喜んで……くださるの」

「もちろんよ。私たち、いつだって明日はどうなるかわからないのだもの。恋は、しないよりした方がいいわ。ね、手を貸してあげる。本当に相手は小兵衛様なのね」

於初は戸惑うように視線を泳がせたが、やがて観念したのかうなずいた。

小兵衛とは京極小兵衛高次のことだ。長政の姉で京極家へ嫁いだ洗礼名マリアの息子だ。衰退した京極氏復興をかけ、高次は本能寺の変後、明智光秀に加担したが夢破れた。流浪の身となったところを、勝家が客分としてかくまってやったのだ。この年、二十歳の青年である。

顔立ちは整っているが、高次の顔を見た者はまず大きな鼻に視線がいく。だから於茶々は、「大きなお鼻の従兄《いとこ》」と心の中で高次のことを呼んでいる。明智光秀に加担するなど馬鹿なことをしたが、京極家をなんとか再興したいとあがく高次の気持ちは、三姉妹には痛いほどわかる。共鳴する部分が多かった。互いに負け組み同士がよりそって傷を舐《な》めあっているようなものだが、それでも寄り添えば温かい。

（悪くない）

と於茶々は思った。それで於初の人生に少しでも彩《いろど》りができるなら、幾らでも協力してやりたい。

正月は山崎から本城のある播州姫路に移り、新年の祝賀の宴を張って過ごしていた秀吉が、動きを見せた。一月五日のことである。後わずかで北国を閉ざす雪の扉が開くが、その前に滝川一益の力を殺《そ》いでおこうと考えたのだ。三月になれば勝家が出てくる。織田随一の猛将と言われた鬼柴田は、まともにぶつかれば手強い相手になる。

秀吉は一万五千騎の軍勢を引き連れて姫路を発ち、二十三日に江南へと着陣した。そこで出陣の廻文に応《こた》えて集まってくる諸将の軍勢が到着するのを待つ。七万にまで膨《ふく》れ上がったところで軍を分け、本隊を一益のいる勢州へ進発させ、自らは信孝の動きを押えるために濃州へと進軍した。

信孝から北之庄に後詰の軍を送ってくれと飛札《ひさつ》が何度も届くが、勝家は動かない。じっと雪解けを待っているのだ。

今までに幾度も危機を乗り越えてきた百戦錬磨の将であるだけに、勝家は落ち着いている。勝家が落ち着いているから、北之庄全体が落ち着いている。

その、来たるべき戦に向けて男たちが覇気を養う北之庄の片隅で、一つの小さな恋が育《はぐく》まれている。於初と高次の恋だ。

京極家と浅井家はかつて主従関係にあり、その後は敵対関係にあった。小谷城内の京極丸はこの京極家を招くために建てられた館であった。両家に複雑な経緯はあったものの、今となっては全てが過去に流れ、京極家も浅井家もすでにこの世にない。

高次は従兄ということを理由に、今年になってからよく於茶々たちを訪ねて歓談するようになっていた。もちろん目当ては於初である。この歓談には於市が混《ま》じることもあったし、勝家がいることもある。二人きりになるということだけはまずなかった。だから、二人は文《ふみ》をこっそりと交換し、互いの気持ちを確かめあうのだ。

それで於初は満足だった。高次のことを目を閉じて考えているだけでほっこりと胸が温かくなる。それに、実際触れ合ったわけでもないのに、親へ隠れて行う交感に罪の意識を覚え、慄《おのの》いてもいた。

そんな於初に、高次がとうとう背徳へ向けて一歩踏み出そうと誘ってきたのは、出陣の準備が本格的に行われ始めた二月下旬のことだ。

すでに勝家の頭には策が立ち上がっているようだ。老境に達しているはずの勝家の四肢には活力が満ち、頬は艶やかに赤みを増してきている。勝家は根っから戦場でしか生きられぬ男なのかもしれない。そんな勝家を見ていると、ひょっとしたら勝利はこちらにあるかもしれないとさえ思えてくる。

「ね、於初さん、驚いたわね。義父上ったら急に若やいだわ。母上とご一緒のときの方が老《ふ》け込んでいらっしゃるわ」

於茶々が本当に驚いた、というふうに話しかけてくるのを、於初は上の空で聞いた。朝食を取ったあとのことだ。於江は於市の部屋に入り浸り、ちょうど二人きりになっている。

「相談したいことがあるの」

於初は侍女の目を気にしながら、於茶々の耳元にそっと告げた。於茶々はうなずいて、侍女を下げた。二人はくっついて座る。

なにも言わないうちから、

「小兵衛様のことね」

と於茶々は勘が良い。

高次の名を聞いただけで、於初の心臓は跳ね上がってくる。

「そう。これを見て」

上ずった声で於初は高次からもらった文を見せた。そこには於初と結ばれたいという意味の和歌がしたためられている。

「まあ、よかったわね。手助けして欲しいのね」

於茶々の言葉に於初は慌てた。

「そうではないのよ。もっと前の段階で、つまり、どうしたらいいのかしらと思って、私」

「落ち着いて、於初さん。いったい、なにを悩んでいるの」

「なにをって」

「小兵衛様がお好きなのでしょう」

「だけど、義父上や母上に知られたら……。それにいずれ嫁いだときに、相手のお方はどうお思いになるかしら。ふしだらだわ」

「私たち、誰にも嫁がないわよ、きっと。それより今を生きなさいな」

於茶々は幾分冷ややかに言い放った。

「どういうこと。姉上は義父上が負けると思っていらっしゃるの」

於茶々はそれには答えず、於初の手を握り締めた。

「貴方《あなた》しだいよ。後悔しない方を選びなさい。なんだってしてあげる」

「どうして」

「後悔してるから」

「えっ」

「於初さん、私ね、もしも時が戻るなら、上様にあの方が好きだって言ってみるわ。もちろん、一笑に付されるだけかもしれないけれど、言うだけ言っておけばよかったって思うの」

於茶々の言う〝あの方〟が蘭丸のことを指すのだと於初にはすぐにわかった。

「あのお綺麗な若衆のこと」

「そう。意地悪で、冷たくて、厳しくて、大好きだった。死んでしまったら、どんなに悔やんでもそこでおしまいなのよ」

於初の心が動いた。後悔したくない。

今度の戦《いくさ》は、天下を賭けて織田の双壁《そうへき》がぶつかるのだ。於初は勝家の勝利を信じているが、どちらが勝っても犠牲ははなはだしいだろう。高次が死なぬ保証はない。

(勇気を出そう)

「姉上様、力を貸して」

後のことは考えまいと於初は思った。

小さな反乱が、北之庄で起ころうとしている。

逢瀬《おうせ》は昼間、三姉妹の部屋で行われる。人払いした部屋の中に、侍女の於鈴の手引きで高次を忍び込ませるのだ。二人が逢《あ》っている間、於茶々と於江は母の部屋へ遊びに行っていればいい。

命じておけば侍女たちが勝手に部屋に近づくことはない。ふいの訪問者は母くらいなものだから、於茶々が於市を引き止めている限りこちらの心配もない。義父の勝家は、於市と同伴でなければ娘のところには現れない。成功するはずだった。

「一刻半が限度だわ」

当日になって於茶々が念を押す。

於初の躰は高次が来てもいないうちからガタガタと震えた。

「怖《こわ》い?」

於茶々の問いに於初は黙ってうなずいた。しばらく於茶々が於初の髪を撫でてくれる。

「そろそろ行くわね。母上に鼓を習うお約束なの」

立ち上がった於茶々に、

「待って」

於初はすがりつくような声を上げた。「わ、私、やっぱり」

「なにを言っているの、いまさら。なんとかなるわよ。大丈夫、大丈夫だから、ね」

於茶々はあやすように於初の背を撫でて、「今度こそ行くわね」と行ってしまった。

一人になると於初は激しく後悔した。心細くて仕方がない。少しの物音にも身がすくむ。

「姫様」

やがて於鈴の声がした。「お出《い》でてございます。私はここで失礼いたしますゆえ」

なにか於鈴に声をかけようとしたが、於初は声が出なかった。スッと襖《ふすま》が開く。衣ずれの音と共に一人の男が入ってきて、再び襖が閉じられた。

「姫」

呼びかける声はまさしく高次のものだ。「顔を上げてください」

於初はいっそう下を向く。

「困った人だ」

高次は手を伸ばせば触れられる位置まで近寄って、於初の頬を両手ではさんだ。

顔をそっと上に向けさせられて高次の覗き込んでくる目を見ると、於初の頭がくらくらとのぼせてくる。全身の力が抜けて於初は高次の胸に倒れ掛かった。

高次の唇が於初の唇に覆いかぶさってくる寸前、

「どうして」

於初はずっと疑問に思っていたことを口にした。「どうして姉上ではなく、私なのですか」

高次が怪訝《けげん》な顔をする。

「それはどういう意味なのだ」

「だって、姉上の方がずっと美しいわ。私は、そんなに綺麗な生まれつきではないもの。なのになぜ小兵衛様は私をお選びになるの」

「誰かが比べて於茶々御寮人より姫が見劣りすると言ったのか」

「いいえ。でも……」

「正直に申せば、わたしは於茶々御寮人が少々苦手なのだ」

「なぜ。姉上はお優しい方だわ」

「亡き殿に目が似ておられる」

「上様に」

「於初殿も承知のように、わたしは長く上様の元で人質の生活を送ったから、そのころのことをどうしても思い出してしまう」

「ひどいことをされたのですか」

「なにも。ただ、緊張の連続だったよ」

人質生活の苦労は於初には想像するしかなかったが、懸命にうなずいた。高次のことはなんでも心から理解したいと思ったからだ。

「そなたは優しい目をしておる。どこにも寄る辺のないわたしに安らぎを与えてくれる」

「私が？　小兵衛様に？　安らぎになるの。本当だったらとても嬉しい」

「わたしが浪人でさえなければ、勝家殿に於初殿のことを頼むのだが。言っても詮《せん》ないな。……今度の戦で武功をたてればあるいは」

「やはり戦に出られるのですね」

「頼んではいるが、果たして連れて行ってもらえるかどうか」

出なければいいのに、という本音を於初は飲み込んだ。男は戦をするために生まれてきたようなものなのだ。それを止めることはできない。於初は高次の背に手をまわしてぎゅっと力を込めた。頬を高次の胸板に擦《す》り寄せると、すごい勢いで脈打つ心臓の音が聞こえてくる。高次の胸も於初と同じくらい高鳴っている。この事実が於初を高ぶらせた。

二人はどちらからともなく求め合っていた。溶けていきそうな仕合せの中で、このまま二人で消えてなくなってしまえばいいと於初は願った。

二人が結ばれた数日後、柴田勝家が起った。いよいよ秀吉と決戦のときを迎えようとしている。

# 四

勝家が北之庄を出て、早くも一月が過ぎた。

卯《う》の花の咲く四月。

勝家方は行市山《ぎょういちやま》を前線に、後方は越前から見て木の芽峠を越えた柳ケ瀬に本陣を敷き、魚鱗《ぎょりん》の陣立て。

秀吉方は西の天神山と東の左禰《さね》山を前線に、賤《しず》ケ嶽《たけ》を西に望む田上山に本陣を据え、鶴翼《かくよく》の陣立てをとる。敵を誘い込めれば、後方、木之本に置いた遊軍が、臨機応変に襲い掛かる仕掛けとなっている。

が、両者着陣して一歩も動かず、膠着《こうちゃく》状態が続いている。人数は倍ほど秀吉方が多い。

勝家方は行市山から前進すると視界が開けてしまう。寡兵《かへい》で平野に討って出ればたちまち狩りとられてしまうだろう。彼らが陣を敷く行市山から柳ケ瀬にかけては峻険な山が道の両脇に続き、天然の要害となっている。この地から出ぬ限り討たれることはない。もし、秀吉方が襲い掛かってくれば、どんなに大軍を引き連れていたとしても、一気に押し寄せることは不可能だ。正面からまともにぶつかれば、秀吉は勝家の敵ではない。

勝家が気をつけねばならないのは、血気に逸《はや》り、あるいは膠着状態に我慢できずに行市山より先に出ていくことだ。

勝家は時を稼いで、毛利ら反秀吉勢力が暴れ出すのをじっと待っているのだ。

秀吉がこの勝家の思惑に気付かぬはずがない。付城を木之本と賤ケ嶽に築き、前線の各山に砦《とりで》を作り、万に一つも突破されることのない陣構えにすると、

「そろそろかのん」

弟の守る田上山に顔を出し、前方に勝家の陣を見やりながら目を細める。

その後方には木の芽峠がある。

またこの場所で秀吉の人生が左右されようとしている。一度目は城持ち大名への道が開け、二度目は織田家家臣団の頂点への道が開け、そして今度は夢にまで見た天下への道が開けようとしている。

秀吉、四十七歳の転機である。

(ここはわしにとって縁起のいい地だぎゃや)

数年前にも心中で呟《つぶや》いた同じ台詞《せりふ》を繰り返しながら、

「おびきださにゃあ、なにも始まらにゃァで」

「ではいよいよ」

羽柴小一郎秀長の顔も引き締まる。

「もうすぐ注進が来るはずだぎゃ」

秀吉は遠巻きに囲ませてあった濃州の神戸信孝が、勝家の援護に暴れ出すのを待っている。少し囲みを緩めておいたから、そろそろ城から出てくるはずだった。信孝挙兵の知らせが陣営に届きしだい、秀吉は軍勢を率いてこの地を去るつもりでいる。秀吉が去れば、今日まで我慢強く過ごしてきた勝家勢も、少しこちらにちょっかいをかけてみたくなるはずだった。

「そう簡単に出てきやーすか」

「来る。先陣が猪《いのしし》のような佐久間玄蕃（盛政）だぎゃ。修理は勇猛さのみが目立っておるが、戦の駆け引きはどえりゃァ知っておって厄介《やっかい》じゃが、玄蕃はまだまだ青いでの。喜んで出てきやーそ」

「出なけりゃ」

「先に三七様を血祭りに上げるかの」

「滝川は」

「許す素振りを見せりゃァ、下るじゃろう」

勝家を鮮やかに破れば、天下が秀吉の掌《たなごころ》に転がり込んでくる。はじめからこうなることが運命だったのだと、秀吉は信じた。

今となっては、信長という男自体、自分が天下を取るために存在したような気がしてくる。全てが自分の筋書きどおりに動くのだと、今の秀吉は強く信じることができる。

木之本の陣営に戻った秀吉のもとに、岐阜の信孝が一万有余の軍勢で、行動を開始したという知らせが届いた。

（きやった）

秀吉の心は躍った。ただちに二万騎を引き連れて大垣へ向けて出立する。木之本から大垣まで十里を越える道のりだが、秀吉はこの道々に、薪《まき》を高く積ませておいた。要所要所に乗り継ぎの馬の用意と食糧の手配も済ませておく。

全て信長から学んだことだ。戦地と戦地を繋《つな》ぐ道を整備し、時間を短縮することが勝利を生む。

本能寺の変のあと、中国の大返しで見せた奇跡を、秀吉は再びやってのけようとしている。大垣に引くことで佐久間盛政を誘い出し、相手の思わぬ速さでとって返し、討ち取るつもりでいるのだ。

果たして盛政は、秀吉の去った今が討って出る好機だと考えた。勝家の陣営に出向

き、

「いつまでも睨《にら》み合っているだけというのも能がない。親父殿、一つここは俺に中入りをさせてくれ」

と提案する。勝家は、盛政のように戦況を単純に見ていないが、それでも、

（深入りさえしなければ、景気づけになるか）

うなずいてしまった。

「ただし、条件がある。どこでも一つ要害を落としたなら、必ずそれで満足し、欲を出さずに戻って来い」

勝ちに乗じて敵陣に深入りしたときが、その軍が崩れるときだということを勝家は長い戦歴の経験から知っている。勝家は引き際を知っているからこそ、六十二歳の今日まで生き延びて来られたのだ。

「若いうちは逸《はや》り勝ちだが、これだけは厳命だ。よいな」

盛政は承諾して、鼻息も荒く行市山へ戻っていった。

四月二十日未明、盛政はとうとう行市山を出て、秀吉の陣営へ向けて進軍した。目指すは桑山重晴が守る賤ケ嶽と峰続きの、大岩山の砦《とりで》である。ここが選ばれたのは砦が築かれて間がないので、普請《ふしん》が雑で土壁もしっかり固まってはおらず、攻めやすいからである。この砦は、中川瀬兵衛清秀が守っている。その隣が岩崎山で、籠《こも》ってい

るのは高山右近だ。盛政はできればここも、という腹がある。

数日来の雨が上がって月の明るい夜であった。盛政に率いられた数千の兵は街道から外れて峰通りを垂水へ向かって粛々と下る。そこから賤ケ嶽の傍に横たう余呉《よご》湖の岸辺へ回り込んだ。賤ケ嶽の麓《ふもと》を桑山勢に見つからぬように黙々と進む。朝日が昇り始めたところで大岩山へ到着した。

朝の冷やりとした靄《もや》の中、盛政の采配が動く。とたんに、数百の鉄炮が唸《うな》りを上げた。澄んだ空気に木霊《こだま》して、千は越えるかと聞き違える轟音《ごうおん》である。猛将盛政の軍勢は大声を上げながら、我先にと大岩山へ取り付いた。一気に攻め上る。

数倍の兵の奇襲を受け、中川勢もよく応戦したが持ちこたえることは到底できない。ここを守る人数はわずかに千。清秀は自らも槍《やり》をとって戦ったが、たちまち敵勢が砦に満ち、自害に追い込まれた。

この様子を見ていた岩崎山の高山勢は戦わずして羽柴秀長が守る田上山へと逃走した。

ここまでがあっという間の出来事である。あまりに簡単にことが成ったので、盛政は拍子抜けしたくらいだ。そして、欲が出た。

（もう一つ、賤ケ嶽を落としたい）

敵の砦を一つ落としたら、勝ちに乗じず必ず引き返して来い、という勝家の言葉が老いぼれのたわ言に思え始める。

（親父殿も歳をとられたのだ）

人生五十年という時代、六十二歳の勝家は隠居していてもおかしくない年齢だ。

（鬼柴田と言われたが、攻めることを躊躇《ためら》うとは、あの人でも歳には勝てなかったということか）

盛政は、勝家の命令を無視し、賤ケ嶽の攻略を考え始めた。

まずは賤ケ嶽を守る桑山重晴に城を明け渡すよう使者を立てる。明け渡して退けばそれでよし、もし頑強に拒めば、そのときは一戦して蹴散らすまでである、と。

盛政の申し出に対する重晴の返答はずいぶんと変わっている。

「このまま逃げれば武士の面目が立たぬゆえ、多勢に無勢で勝てるとは思えぬが、一戦するしかない。ただし、戦う振りをして互いに空《から》鉄炮で撃ち合ってくれるなら、日暮れには城を明け渡したいと思うがどうであろう」

賤ケ嶽は先の二つの急しのぎの砦とは違い、秀吉が付城を築き堅固に固めた地である。まともに攻めれば幾ら敵が寡兵でも、損害は否めない。

無傷で城が手に入るのなら半日くらい待とう、と盛政は考えた。重晴の申し出を承諾し、彼らは互いに弾のこもらぬ空鉄炮を撃ち合った。

そんな中、勝家からは何度も兵を戻せと使者が飛ぶ。盛政にしてみれば、夜になれば賤ケ嶽が落ちるとわかっているのだ。みすみす引き上げられるはずもない。

「筑前が戻ってきたらなんとする」

という勝家の叱責には、盛政はたまらず失笑した。

（親父殿は筑前がよほど怖いと見える。大垣からここまで十二里の道のりを、注進を受けて慌てて引き返してきたとして、到着は明日であろうに）

勝家はその後も何度も使者を寄越《よこ》し、ついには、

「貴様、わしに皺腹《しわばら》を切らせる気か！」

とまで言ってきたが、盛政は煩《うるさ》がって返事も出さなかった。

だが、すでに佐久間進軍の報に触れた秀吉は、すぐさま岐阜城の囲みを解き、賤ケ嶽に向かって猛進している最中であった。

辺りは早くも暗みかけていたが、秀吉は先に用意させていた薪で篝火《かがりび》を延々と沿道に焚《た》かせ、燃え上がる明かりの中を突き進む。

炎に浮き上がる軍勢に、飯炊きに駆り出されていた土地の者たちは心の底からひれ伏した。これほどまでに神々しい行軍を彼らはかつて見たことがない。

神々しいはずであった。このとき秀吉は、天下人の座る玉座に向かって疾走していたのだ。

秀吉は、先に忍びのものを木之本にやり、まだ着かぬうちから「秀吉着陣」を触れ

させた。

この報は賤ケ嶽の桑山勢にも届き、沈みきっていた彼らは一転して鯨波《げいは》を上げた。

ただちに空鉄炮に弾をこめる。

「御大将が来られた」

「御大将のご到着であらせられるぞ」

「それ、もう一息だ」

「死ぬ気で守れ！」

いまだ事情が飲み込めず空鉄炮のままの佐久間勢に、勢いよく実弾が襲いかかった。

佐久間勢はとたんに浮き足立つ。丸腰のところを突然攻撃されたようなものだ。短時間で多大な犠牲が出た。

「どうした、なにが起こった」

どうにか立て直して応戦を始めた盛政の耳に、

「敵方に援軍の到着にございます」

との声が届く。

「まさか、筑前か」

勝家の度重なる叱責が思い出され、思わずそう叫んでしまった盛政に、

「いいえ、丹羽長秀めの軍勢が、湖から船で到着の由」

くうっと盛政は唸《うな》り声を上げる。

志賀、高島両郡を領する長秀は、今度の戦では敦賀と塩津、海津に一万の軍勢を配置して、湖の向こう側から睨みをきかせていたが、このたび船でこちら岸に上陸し、賤ケ嶽に入ったというのだ。

これで桑山勢が戦わずに付城を明け渡して出て行くことなど万に一つもなくなった。

やがて敵方からの攻撃が沈黙し、いったんその場は静かになる。

盛政は自分が今、人生最大の危機に陥っていることを実感し、冷たい汗をかいた。

表面は、それでもいたって平静を保っている。

なんとしても無事に退却せねば、勝家に申し訳がたたない。深追いしすぎたことをいまさらながらに悔いた。

夜を待ち、退却するために軍勢を整えていた盛政の耳に、戌《いぬ》の刻（午後八時）、さらに信じられない注進が飛び込む。

秀吉、到着。

「ばかな」

こんなに早く戻れるはずがない。

だが、木之本方面から濃州路にかけて無数の松明《たいまつ》が浮かびあがって見える。佐久間勢に恐怖が走った。

とたんに、兵の離脱が始まる。盛政がどれほど叱責しても、もはや手のつけようのない混乱ぶりである。自滅、という表現がもっともふさわしい崩壊振りだ。

崩壊が始まって半刻、近隣の山の佐久間勢を見下ろす位置に、秀吉の金の瓢《ふくべ》の馬印が清月の光を浴びてたなびいた。どよめきが佐久間勢に起こる。恐慌状態の軍勢は、さらに崩れたつ。

盛政の下知を聞くものはもはやいない。みな我先に、自分だけは助かろうと逃げ惑う。逃げ惑うといって、松明や旗が見えただけでいまだ敵は姿を現していないのだ。

だが、混乱した佐久間勢は同士討ちさえ始まった。

盛政は歯軋《はぎし》りをして悔しがるが、どうしようもない。こんな負け方があることを盛政は知らなかった。恥辱に全身が震えてくる。せめて秀吉を仕留めようと金の瓢を目指して足を踏み出した、そのときだ。秀吉の馬印の立つ辺りから、法螺《ほら》貝が鳴り響く。

周囲から吶喊《とっかん》の声が轟《とどろ》きわたった。と思うや、秀吉勢が、加藤虎之助（清正）、福島市松（正則）ら秀吉自慢の荒小姓らを先頭に襲い掛かってきたではないか。

彼らは槍を振りかざし、崩れる佐久間勢に突きかかっては追い、追っては突き上げる。餓《う》えた獣《けもの》がようやく馳走《ちそう》にありついたとでもいわんばかりの喰《く》らいつきようだ。あまりの猛闘ぶりに秀吉はことに働きの目だった七人の小姓を、「賤ケ嶽の七本槍」と名づけたほどだ。

さらに近郊の堂木山、東野山、賤ケ嶽の守兵が、「頃はよし！」と木戸を開いて討って出たため、戦場は雲霞《うんか》のごとき秀吉勢で満ち、佐久間勢はこれらの猛攻を受けて壊滅状態に陥った。

流れる血や飛び散る臓腑の酸鼻な臭いが風に乗って山野を覆い、わずかな間に累々と討ち捨てられた死体で馬の足の踏み場もないほどである。

盛政敗退の波は狐塚まで進軍していた勝家勢にも及び、ここでも大将を置き去りに無情な兵の逃走が始まった。秀吉と勝家の勝敗は、直接刃《やいば》を交える前に、すでに決してしまったのだ。

勝家敗戦の知らせが北之庄に届いたのは四月二十一日の早朝だった。まもなくばらばらと敗兵たちが戻り始める。城内はことの深刻さを悟って騒然となり、敵が押し寄せてくる前に逃げ出す者が後をたたない。数刻でずいぶん人が減ってしまっていた。

「御義父上はどうなされたのかしら」

於茶々は妹二人と部屋に寄り添ったまま、息を殺すように過ごしていたが、ぽつりと勝家の身を案じる。

勝家の気性なら、たとえ部下がみな逃げても、意地を貫き秀吉の軍を待ち構えて一戦交えるかもしれない。すでに今ごろは討ち取られていることも考えられる。

誰かに尋ねたかったが、昼過ぎまでには侍女たちの姿も見えなくなってしまった。逃げたものもいるし、そうでなくても於市が残ったものをかき集め、勝家を迎える仕度に駆り出しているのだ。

於茶々も於初も手伝いたいと申し出たが、

「於江殿に付いていてあげてください」

いつに変わらず優しく言われ、大人しく部屋に入った。

なにか楽しい話でもして妹たちの気を紛らせてやろうとしたが、なにも浮かばなかったので先刻から黙りこくっていたのだ。於茶々が黙っているから二人の妹も黙っている。ようやく口を開いてみると、「御義父上はどうなされたのかしら」などと、かえって妹たちを不安がらせる言葉になったので、於茶々はそんな自分に苦笑した。

「小兵衛様はどうしているかしらね」

どんなに頭を巡らせても三姉妹にとって北之庄での華やいだ話題といえば、於初が大人に隠れて育てている恋しかない。この話題をこんなときに持ち出すのは微妙であったが、於茶々は於初をつついてからかった。

高次は結局、戦場には出してもらえず、城の守りについているから、無事でいることだけは確かである。

今は自分たちのいる奥も人気が失せているから、この隙《すき》に忍んでくれればいいと言いかけて、於茶々は口をつぐんだ。外から咳払いが聞こえ、続けて於初の名を小さく呼んだ声の主が高次その人のものだったからだ。

(あら、本当に来てしまった)

「小兵衛様」

於初が戸惑う声で返事をすると、

「御免」

襖が開いて高次が姿を見せる。

「どうなさったの。こんなところに。誰ぞに見咎《みとが》められたりしたら……」

「今のこの城に他人を見咎めるものなどいやしない」

高次は人目を心配する於初の言葉を途中で遮《さえぎ》った。

「でも」

「みな自分のことで精一杯だ」

「だけど」

「残っているのは死を覚悟しているものたちばかりだ」

死という言葉に於江が怯《おび》えた。北之庄で留守を預かっていたものたちにとって、勝家の敗戦はあまりに突然な印象でしかない。

まだしっかりとなにが起こっているのかわかっていなかった於江は、

「私たち、死ぬの？」

不安げに眉《まゆ》を寄せて於茶々に聞く。

「誰も先のことはわからないのよ」

於茶々は微笑したが、実際は笑いきれていなかったかもしれない。

人生二度目の落城だ。本当は罵倒《ばとう》したいくらいこの世というものも、この世を支配して戦ばかりしている男たちのことも腹立たしい。

なにか一矢《いっし》報いてやりたい。この理不尽な世に逆らいたい。

「小兵衛様も城をお出になるのですね」

突然の思い人の登場にぽうっとなっている於初と違い、於茶々は冷静に高次の装束を観察した。簡単な旅ができるように整えられ、手には小さな荷物が握られている。

「えっ」

於初もようやくその異常さに気付き、顔色を変えた。まさか、と目を見開き、絶望を瞳に宿らせる。

「この城を捨てるのですか」

於初は悔しそうに高次を非難した。高次の顔は苦しげに歪《ゆが》んだが、そうだとうなずく。

「行く当てのないわたしを匿《かくま》ってくれた修理殿のご恩に報い、この城と共にわが身も滅びるのが義理というのは百も承知だが、姫、ここで死ねるくらいなら、明智が滅んだときに加担した我らも腹を切っている」

「わかりません」

於初はいっそう混乱したようだった。そこまで自分の愛した男は死を厭《いと》う卑怯者《ひきょうもの》ということなのだろうかと呆然となる於初に、

「於初さん、小兵衛様は京極家のために恥をしのんで生きようとしておられるのよ」

於茶々がみかねて口を添えた。

「えっ」

「御家再興のためにはたとえ非難を受けても堪えようとなさっているの」

そうですね、と於茶々が高次を見ると、泣いてはいなかったが、彼は肩を震わせた。

浅井家再興を夢見た於茶々には高次の辛さがよくわかるのだ。

「御免なされてくださりませ。私……」

於初は高次の本心を理解することができなかった自分に衝撃を受け、後悔の色をその表情に滲《にじ》ませた。於初は於市が三人の娘にそれぞれ持たせている守り袋を懐から取り出し、高次の手に持たせる。

「小兵衛様の御身がご無事で、望みが叶《かな》う日が来ますようお祈りいたしております」

高次は守り袋を受け取るときに、そのまま於初の手を握りしめた。

「於初殿、一緒に」

於初は驚いたように高次を見る。

「別れを申しに来たのではない。貴方を攫《さら》いに来たのだ。一緒に逃げて欲しい」

於初はしばしぼんやりして、なにを言われたのかはっきり把握すると、おろおろと視線を漂わせ、やがて於茶々をすがるように見た。

於茶々は、こぼれそうな濡れた瞳でこの様子をじっとみつめる於江の手を握り、黙って立ち上がる。

「姉上様！」

於初が不安気に於茶々を呼ぶ。

「席を外します」

「待って」

「於初さん。仕合せになって欲しいの。ね、勇気をお出しなさい」

「私……」

まだなにか言いかける妹を制し、於茶々は高次を見た。

「頼みます」

「於初殿のことは、この高次が今日よりお守りいたす」

高次は於初を抱き寄せ、於茶々に向かってしっかりと約束した。

さ、と於茶々に促されて部屋を出る間際、於江が於初を振り返る。

「姉上様、お別れなのですか」

於江は瞬きもせずに目にいっぱいためた涙をぽろぽろと零《こぼ》した。

「於初さんは仕合せになるのよ。だから泣かなくていいの」

於茶々は於江の手を引いて、於初のいる部屋を後にした。於市の部屋に入る。そこは静まり返り、薄暗い闇がたまり始めている。いつの間にか時刻は夕刻になっていた。

まだ、勝家が帰ってきた様子はない。秀吉の軍もいまだ影すら見えない。ただ、戦場を捨てて逃げてきた男たちが、さらに城下を逃れるために家族を連れてばらばらと北之庄から離れていく気配を感じるだけだ。

於茶々は急に心細くなって、泣きじゃくる於江を抱きしめた。

（於初さん、ずっと一緒に過ごしてきた私の半身みたいな妹）

この城を出ても助かるとは限らない。残党狩りを逃れても、途中で夜盗や盗賊の類《たぐい》に会えば、酷《むご》い最期が待っている。それでも、この目に見えぬ運命の束縛から解き放たれて死ぬのなら、少しは意味があるように於茶々には思えた。

（無事で、どうか無事でいてちょうだいね）

「泣かないで、泣かないで」

於江に向かって繰り返したが、半ばは自分に言い聞かせたようなものである。

どのくらい二人で抱き合っていただろう。人の気配に於茶々は顔を上げ、目を見開いた。そこに於初が立っている。

「於初さん」

「ごめんなさい。私、行けなかったの。私たちいつも寄り添って生きてきたでしょう。一人だけなんて、行けなかった」

「馬鹿な子」

於初が部屋へ入ってくる。

「姉上様」

「本当に馬鹿な子だわ」

言いながら、於茶々には於初が愛《いと》おしくてたまらない。

於江がいきなり於初に飛びついた。

「どこにも行かないの？」

「行かないわよ」

三人は先刻と同じように肩を寄せ合って黙りあった。

しばらくして表がざわめき始める。

「義父上が戻ってこられたのかもしれないわ」

なるべく明るい声を於茶々は上げた。たまらず外が見える窓辺まで駆けていった三人は、帰還した男たちの群れを見つけてぎょっとなる。確かに勝家はそこにいた。生きて戻ってきてくれた。だが、二万の軍勢を引き連れて出陣したはずの勝家が連れて戻ってきた数は、どう多く見積っても百に満たない。

（こんなことって）

於茶々の足ががくがくと震え始めた。なにが起これぱこういう結末になるのか、あまりに義父が哀れである。だが、勝家を哀れんでいるときではないのだ。勝家に降りかかる運命は、そのまま於茶々たち母子に降りかかる運命でもある。死が、そこまで忍び寄っている。

二十一日の夜の食事は、勝家を囲んで親子でとったが、盛政と共に出陣した勝家の十六歳になる息子権六の姿は見られなかった。どうなってしまったのかなど、聞ける雰囲気ではない。

ただ、勝家自身は敗戦の気落ちも見せず、かといって空元気を振りかざすわけでもなく、なにごともなかったように泰然としている様は、於茶々の心を打った。

「後でお方に話があるでな、食べたら姫たちは部屋へ引き取りなさい」

と言われ、於茶々たちは食べ終えるとすぐに勝家のもとを辞した。聞きたいことはいろいろあったが、実際はなにもかもはばかられる気がし、結局於茶々はなにも訊ねぬまま引き上げた。

「お疲れだったわね」

姉妹三人だけになっても於初は勝家を労《いたわ》る言葉を口にしたが、於茶々は別のことを考えている。

（筑前はいつやってくるのかしら。それとももう、遠巻きに囲んでいるのかしら）

北之庄にはすでに戦える男はほとんど残っていない。攻められれば一日どころか数刻も持ちそうにない。この城の中にいるものの命は、誰もがあと一日二日で尽きるのだ。だのにまるで実感が湧《わ》かない。

しばらくして於市が戻ってきた。於市は三人の娘を目の前に並べて座らせ、

「早ければ明日にもこの城は落ちます」

動かし難い現実をまず、告げた。三人が、「はい」と神妙に答える。

「覚悟はできておいでですね」

「はい」

「義父上は先刻、妾《わらわ》を離縁すると言うてきました」

「えっ」

あまりに意外な母の言葉に娘たちはみな顔を見合わせる。

「どういうことでしょう」

於茶々がいつものように三人の代表で聞く。

「妾たちは亡き上様の縁者ゆえ、筑前にとっては主筋に当たるため、ないがしろにはしないだろうとおっしゃるのです。このまま明朝にでも城を出るようにとのことです」

於茶々は息をのみこんだ。あきらめきっていた自分の人生に、ふいに生きる道が指し示されたのだ。動揺するなという方が無理である。

「それで、それで母上はなんとお答えしたのですか」

「妾は殿の妻としてご一緒いたしますとお答えいたしました」

於初が於茶々の横でうなずいた。於市はさらに言葉を続ける。

「生涯に二人の夫に仕えることになったのも、二度も落城の憂き目にあったのも、これもみな小谷の城が落ちるときに生き延びてしまったため。ここで再び助かれば、また同じことを繰り返さぬとも限りません。だから、母はここで死ぬことに決めました。姫たちは、姫たちだけでも生き延びるつもりがあるのなら、そのように御義父上様に頼んでみることにいたしましょう」

選びなさい、と於市は言うのだ。

「私も。私も一緒に逝《ゆ》きます。生きていても道具にされて、流されるばかりだわ」

於初はまったく考える様子もなく、義父と母に殉《じゅん》じることに同意する。於初はここでうっかり助かれば、高次以外の夫に仕えねばならなくなるだろうことを、母の一生に照らし合わせて恐れているようだった。

「私もご一緒いたします」

於江も母や姉に遅れぬようにと慌てて同意した。於江は死自体がどういうものか、まだよく理解できていないのだと、於茶々は思った。ただ、母や姉と離れがたいから一緒に逝くと言っているに過ぎない。

於茶々は一人、唇を噛む。

三人が黙ったままの於茶々を見た。

「私は、ここを出て筑前のもとへ参ります」

選べ、と言ったのは於市だが、於茶々の返答は予想外だったのか、まさかという顔をした。

「母上様、小谷で死なずに生きていたからこそ、私たちは今日という辛い日を迎えてしまったけれど、この十年は母上にとっては辛いだけの、まったく価値のない十年だったのですか」

「それは」

「教えてください。父上が死んでからのこの十年間、母上にとって喜びがまったくなかったと言えるのですか。私たちを引き取ってくださった伯父上はいつも優しく接してくださったけれど、それが嬉《うれ》しくなかったのでしょうか。修理殿に嫁いできたことは苦痛しか母上に与えはしなかったのですか。だとしたら、母上はおかわいそうな方だわ」

於市は返事もできずに呆然と於茶々を見ている。

「茶々の十年は、哀しいこともあったけれど、嬉しいこともあったのです」

「於茶々殿」

「だから、生きてみたいのです。茶々は一人でも下ります。今日のような辛いこともあるかもしれないけれど、精一杯生き切って、そしたら父上によくがんばったと褒《ほ》めてもらうんだわ。父上だけじゃない。きっと上様も」

「兄上が」

「死のうは一定……。上様に教わったことがたった一つあります」

「存分に、生きよと」

「はい」

「私も」

と於江が於茶々の言葉を聞くうちに気持ちが変わったのか、前言を翻《ひるがえ》した。

「私も姉上に付いていきます。死ぬことより生きていく方が辛いもの。死んでおしまいになる母上様には向こうで父上が待っていてくださるけど、この世の地獄で姉上は今のままだと一人だわ。一人で堪えられない試練も、二人だと堪えられるかもしれないわ」

「於江さん」

於茶々は妹の労りに声が詰まった。

「母が間違っていました」

於市はそっと目の端にたまった涙を払い、いつの間にか成長していた娘たちを満足気にみつめた。

「では、母上様もご一緒に？」

「いいえ、妾は殿と一緒に参ります。先ほどのような後ろ向きな理由ではなく、添い遂げるために殿と参りましょう。ただ、於初殿は於茶々殿と一緒に、なあ」

於市は於初の髪を撫でた。於初はすすり泣きながらうなずいた。

明日からは、母と別れて三人で生きていかなければならない。本音を言えば、於茶々は震え上がるほど怖かった。

## 五

二十一日の深夜、北之庄は煌々《こうこう》と敵の焚《た》く篝火《かがりび》に周囲を包まれ、秀吉の軍勢がすぐそこに迫っていることが知れた。

二十二日は払暁から小さな鉄炮の撃ち合いがあったものの、すぐにそれも沈黙する。秀吉の軍勢がぞくぞくと近隣を囲んでいくのが九層の天守閣から見渡せたが、勝家はまったく弾の無駄撃ちはさせなかった。

「わしは殿と一緒に逝くのだ」

と言って、大広間に信長から数十年にわたって贈られた様々な品を自らの手で並べる。

並べ終えると於茶々らを呼び、明日中に三人の姫たちを敵陣営に送る交渉が済んだので、引き渡しが済むまでは攻撃は仕掛けられないのだと教えてくれた。

「今日はゆっくり母上と水いらずで過ごすがいい」

「義父上は」

と於茶々が聞けば、

「わしは明日の準備がある」

答えて天守閣へ上っていく。老将の背には近寄りがたい孤独が張り付いている。

四月二十二日の夜は、母子はみな同じ部屋で寝た。蒲団をくっつけ、娘たちは於市に擦《す》り寄っている。母の温かい両隣は二人の妹の位置なので、於茶々は於江を挟んで於市を感じながら、眠ってしまわないように気を付けた。

（やっぱり、一緒に逝こうかしら）

一晩のうちに何度もそんな気持ちが湧《わ》いてくる。

（離れたくない）

於茶々は母を揺さぶってそう告げたい衝動に強くかられた、そのとき、

「茶々」

於市の方から話しかけてくる。

「私」

一緒に死にますと於茶々が言うより先に、

「手を、ね」

於市が於江の頭ごしに手を伸ばしてきた。

手を繋いでいましょうと言うのだ。於茶々は慌てて手を伸ばした。於市が包むように於茶々の手を握る。

「ごめんなさいね、貴方《あなた》にはいつも」

長女だから、いつも於茶々が我慢する。

声を出すと泣き声になるため、於茶々はひたすら首を横に振った。

（私、私やっぱり母上と御一緒に逝きます）

その言葉を於茶々が永遠に口にできなくなったのは、於市にこのあと頼まれごとを

されたからだ。

「於茶々殿、石わりの太刀を持って城を出てもらえますか」

浅井の守り刀で父の形見でもある「石わり」の太刀のことだ。

それは頓挫《とんざ》していた浅井復興の夢をもう一度目指して欲しいという、娘に託す於市の最後の願いである。

於茶々は於市の手を強く握り返すことで母に応えた。今となっては儚《はかな》い希望に思えるが、それでもそのわずかな希望にすがれば生きていけるかもしれない。

翌日、明るい中で見ると全員の目が赤いので、互いに四人は笑いあった。勝家と最後の朝食をとる。

勝家は昨日と同じに平然として、食事のあとは旗指物を城の長壁に立てかけさせ、己の墓場となる北之庄の見栄えが少しでもよくなるよう指図する。

こうして義父が武将の最後を飾ろうとしているのに、北之庄の空は秀吉方の焚《た》く火の煙で一面を覆われ、太陽はまったく見られず、薄暗いのが於茶々には口惜《くや》しかった。

於茶々たちが最後の挨拶に行くと、

「気丈にな」

勝家は言葉をかけ、「母上がこれをと言うてな。筑前に渡しなさい」

一通の文を於茶々の掌《てのひら》に置いた。於市直筆の、秀吉宛の手紙だ。中身は見なくても於茶々には予想が付く。娘たち三人を頼みますと、祈りをこめてつづられているのだ。

もっとも嫌った男に娘を託さねばならぬ於市は、心を裂かれるような思いでこれを認《したた》めたに違いない。が、於茶々は母よりは秀吉という男を知っている。

（大丈夫。きっと、ひどいことにはならない）

日暮れ近く、於市とも最後の別れをし、富永新六郎という侍に引かれて城を出る。城に背を向けて数歩歩いたところで、於茶々は子供のころから引っかかっていたことを無性に母に訊ねてみたくなり、城門まで出て見送る於市を振り返った。

（私は本当に父長政の子なのですか）

声が、出ない。母に聞くには酷《むご》すぎる問いだ。

どうしたの、と言いたげに於市が優しい目で見守り小首を傾げる。

「いいえ。お顔をしっかりと見ておきたかったの」

於茶々はまた母に背を向けた。そして二人の妹の肩を抱くように押して歩き始めた。

敵の前線の近くまでいくと、駕籠《かご》を用意して一人の若い武将が立っている。石田佐吉（三成）と名乗るその武将は、

「姫様方を鄭重《ていちょう》にお迎えするようにと申しつかってまいりました。今より御大将の許《もと》へお送りいたします。御大将は柴田殿の兵も傷を負って山野に伏したるものは、味方

と区別なく手当てをさせておいでです。そういう方でありますからご安心くだされ」

「よろしゅう頼みます」

於茶々はうなずき、ここに自分が手にしている石わりの刀は父の形見であるゆえ、刃物であるが持参を許して欲しい旨を告げた。佐吉はあっさりと許した。

於茶々たち三人が駕籠に乗ろうとしたとき、佐吉が連れてきた護衛兵の一人が、大きなくしゃみをもらす。於茶々はとっさにその方角を振り返り、くしゃみをした男の首に下がる守り袋を見つけて小さく息をとめた。あれは自分がかつて才蔵という名の忍びに預けた懐剣に付けておいたものだ。一度も会ったことのない喜八郎という弟が、この乱世を無事に渡っていけるようにと願いをこめて渡したものを、なぜこの男が持っているのだろう。

於茶々の足はふらふらとその男の前に出た。この男が喜八郎でないことは年齢から知れる。男は四十歳に届こうかと思われる風体で、体躯《たいく》は見上げるほど大きい。首に気味の悪い大蚯蚓《おおみみず》に似た傷が這《は》っている。

その男が、首の守り袋に於茶々が気付いたことを察し、目礼する。

（知っている。この男、喜八郎の出生を知っている者だわ）

もしかしたらここに自分たちを迎えにくることになったため、気付かれるように見える位置に守り袋をぶらさげておいたのかもしれない、と於茶々は思いいたる。

（だとすれば、喜八郎は無事に筑前の軍の中にいるのだわ）

「姫？」

石田佐吉が不審気に声をかける。

「ああ、なんでもありません。妾《わらわ》の知っている者に似ていたものですから」

と答え、於茶々は石につまずく振りをして男によほど近づいた。

「喜八郎は秀勝様の近侍の中に」

蚯蚓の傷の男は、ほとんど唇を動かさずに小声で於茶々の耳に告げる。

（弟がすぐそこにいる）

あらゆる感慨と小さな希望が胸の内に湧き起こり、於茶々は母のいる北之庄を振り仰いだ。明日には炎を噴いて母を呑み込み、落ちる城だ。しばし目に焼きつけ、駕籠に乗り込む。

（慎重に）

と於茶々は思った。

（浅井家再興に向けて慎重にことを進めていこう）

三人を乗せた駕籠はやがて秀吉の陣所に到着した。

外に出て待っていた秀吉が、於茶々らが駕籠を降りるとにこにこと相好《そうごう》を崩して寄ってくる。

「よう来られましたのう。於茶々御寮人においてはほんにお懐かしい。さ、姫」

と手を差し伸べてくる。

これからこの男に三人の人生を預けねばならぬのだ。於茶々は覚悟を決めて、その手をとった。

「あっ」

「いかがしゃーした」

「なんだか今、筑前様の御手をとったとき、とても懐かしい気持ちになったのです」

「二度目でございますからなあ」

ああそうだ、と於茶々は六歳の自分を思い出した。六歳の小さな於茶々は、この男の手に握られ、張っていた気が緩み、ようやく泣くことができたのだ。あの時、足元が崩れてしまう恐怖の中で、ひどく温かいものに触れたような気がしていたのに、ずっとそれがなんであったか思い出せずにいた。

（これだったんだわ。筑前の手……）

なぜそんなことを忘れていたのか。

思い出したとたん、じわりとこのときも於茶々の中に熱いものがこみあげてきた。

於茶々は秀吉の手を握り返した。

「もうなにも心配はいりゃーせん。この秀吉が御三方を日本一仕合せにいたしゃーす」

於茶々はうなずき、秀吉に手を引かれたまま、ひとすじに前を向き、顔を上げて幔《まん》幕《まく》の中へと入っていった。

於江は徳川幕府二代将軍の御台となり、三代将軍の母となった。

於初は、京極家再興の悲願を果たした京極高次と結ばれ、生涯を添い遂げた。

そして於茶々は、天下人となった秀吉に手を引かれるまま求められて結ばれ、豊臣家の興亡を見つめることになるのである。

本書は、二〇〇五年三月、小社から発行された単行本
『茶々と信長』を改題し、加筆・修正したものです。